徳　間　文　庫

白椿はなぜ散った

岸田るり子

徳　間　書　店

CONTENTS

登場人物

望《のぞみ》川《かわ》貴《たか》　S大学理学部。創作サークル「カメリア」のメンバー。

万《ま》里《り》枝《え》・プティ　貴の幼馴染み。幼稚園・小・中・高校、大学と一緒。S大学文学部。創作サークル「カメリア」のメンバー。

木《き》村《むら》晴《はる》彦《ひこ》　貴の義兄。ピアニスト。貴の頼みで「カメリア」に入る。

西《にし》脇《わき》忠《ただ》史《ふみ》　S大学経済学部。創作サークル「カメリア」のメンバー。

高《たか》田《だ》ちひろ　S大学文学部国文学科。創作サークル「カメリア」のメンバー。

沢《さわ》口《ぐち》ユリ　S大学文学部英文学科。創作サークル「カメリア」のメンバー。

田《た》口《ぐち》光《こう》一《いち》　S大学法学部。創作サークル「カメリア」のメンバー。

谷《たに》田《だ》諭《ゆ》吉《きち》　創作サークル「カメリア」の顧問。小説家。

望川貴《き》枝《え》子《こ》　貴と晴彦の母。

シルヴィ・プティ　万里枝の母でフランス人。日本人の夫と離婚したのち、万里枝とともに京都に移り住む。

市《いち》華《はな》　先斗町の芸妓。

青《あお》井《い》のぼる　小説家。

中《なか》水《みず》香《か》里《おり》　看護師。青井とつきあっている。

第1章

一

蝶《ちょう》は飛んでいる時が美しい。捕獲してかごの中にいれてしまえば、その美しさはたちまち半減してしまう。半日もたてば鱗粉《りんぷん》も落ちて色あせ、花から花へ飛んでいる時のような美しさはない。

だから、私はただ万里枝《まりえ》の姿を見守っているだけでいいと思っていた。彼女には私の視界の中にいて、そこで自由に飛び回っていて欲しい、と。そのうちに、いつか私の手のひらを安住の地と気づいてくれるだろう。それまでは、少し離れたところから、私の情念を彼女の中に注ぎ込んでいるだけでいい。ゆっくり時間をかけてそうやっているうちに、私が注ぎ込む私自身が、彼女の中に徐々に沈殿していき、いずれ私が彼女、彼女が私になる。

それは、至福の時間のはずだった。

しかし、私と彼女がひとつになる時はなかなか訪れず、彼女を見つめていると胸苦しくなる時もあった。だが、私が本当の苦しみを体験することになったのは大学へ入ってからのことだった。

一人っ子だった私は、幼児期、同世代の子どもをほとんど知らずに、大人たちの愛と信頼に包まれ、のんびりとした環境の中で育った。与えられるものはすべて自分だけのものだったので、競うということを一度も経験したことがなかった。

そういう平穏な日々が初めて壊れたのは、幼稚園へ通うようになってからだった。母と手をつないで、小さな鉄の門をくぐり抜けた時の衝撃は忘れられない。

そこには自分と同年齢の子どもたちがたくさんいて、積み木でもブロックでも、砂場のスコップですら自分一人のものではなかった。

私は自由時間に積み木を一つずつ載せていき高い塔を作った。最後に三角の屋根を載せれば完成だ。

見事最後の積み木を載せて、「ヤッター!」と得意満面で振り返った。

当然のように、誰かがこの私の成功を祝福してくれるものと思っていた。ところが次の瞬間、同じ組の男の子が近づいてくるなり、私の積み木をいきなり蹴飛ばした。一瞬、なにが起こったのか分からず、私はただ崩れた積み木とその男の子の顔を呆然《ぼうぜん》と見比べた。その子はこちらに向かって嬉《うれ》しそうに笑っているから、ますます私はわけが分からなくなった。なにがしかの意地悪な思いがその笑みに含まれているのか、と注意深くその子の表情を観察した。しかし、そんなふうにも見えなかった。その子の行動があまりにも不可解だったので、私はなんともいえない不安に襲われた。

幼稚園というのは、いろんな子の集まりだ。せっかく積み木で遊んでいても、それを奪ったり壊したりする乱暴者がいるし、こちらのしたことに抗議するかのように泣く子、私の手元を意地悪く観察してはさみの持ち方を正すお節介焼きの女の子など、ありとあらゆる不愉快な摩擦《まさつ》があり、不協和音のわんわん鳴り響く場所だった。

私は、生まれて初めて自分とは違う主張をする自分以外の子どもがいることを意識するようになった。いわば、私にとって、そこは初めての戦場だったのだ。

なににでも慣れないことはない。一年もすると、他の園児との距離をうまくとり、自分の居場所を見つけられるようになった。積み木を壊す乱暴者には抗議し、時々たたき合いの喧嘩《けんか》をした。泣く子には、先生に「タカちゃん、ごめんねは！」と叱《しか》られて、仕方なくあやまるようになった。お節介な女の子には素直に応じることもあったが、うるさいと言い返すこともあった。はさみの持ち方については、彼女にいくら注意されても、私は「うるさい」で押し通した。

そうやって、幼稚園生活に慣れ始めた頃のことだった。一人の女の子が私と同じクラスに入園してきた。記憶をたぐり寄せてみると、多分、五歳くらいの時、つまり年長組の途中に突然といった感じで彼女は私の前に現われたのだ。

最初、みんなは物珍しそうに彼女のことを見た。髪が見たこともない赤茶色をしていて、瞳の色が異様に薄かった。一瞬、白い膜をはっているのかと思い、ぎょっとしたが、よく見るとそれはいままでに見たこともないような透明感のあるグレーの瞳だった。水色のTシャツに膝までのピンクのジーンズ、他の園児となんら変わらない平凡な服装だったが、肌の色がみんなと比べると白いので、全体的に、水を多めに含んだ水彩画のような印象だった。

みんなはなんとなく彼女に違和感を持ち、距離を置いた。「こわい、気もちわるーい」とひそひそ陰口を言う子もいた。

いわゆる普通の日本人とは違う異国の雰囲気に、みんなはどう接していいか分からなかったのだ。そして、彼女の方でも、始終おびえた目をしていて、なかなか他の園児にとけ込もうとはしなかった。

彼女を初めて見た時、他の園児からくっきりと浮き上がっているのに気づいて、私は驚いた。まるで飛び出す絵本の中で、他の子は二次元空間の絵にすぎないのに、彼女だけは本から立体的に浮き上がり、三次元空間に存在しているみたいなのだ。

彼女と視線が合った時、他の園児に感じるような違和感をいっさい持たなかった。私はついに自分と気持ちの分かち合える同類に出会えた、そう思った。

そして、彼女のグレーの瞳の中に私と同じ恐怖の色を見て取り、彼女もいきなりわんわん響く不協和音の中で、自分以外の他の子が別種の人間であるという恐怖におびえているに違いないと思った。

「自分が一人やと思ってる？」

唐突に私は彼女にそう聞いた。

「一人……」

そう言うと、しばらく考えてから、彼女は「トゥットゥソウル（toute seule）……」と言った。意味は分からなかったが、その声がまるで小鳥のさえずりのようにきれいだったので、私の心は躍《おど》った。私も一人だと彼女はそう訴えているに違いない。彼女の中に、私が強く惹《ひ》かれる、絶対的な何かがあることを、その時、私は悟ったのだった。

「一人なんや、やっぱり」

私は繰り返した。自分と同じ考えに囚《とら》われている仲間に出会えて、この地球上にたった一人の人間がもう一人に出会えた時のような喜びに浸《ひた》った。

それが万里枝との最初の出会いだった。

園庭に遊びに出るよう先生の指示があった時、彼女は先生の言っていることをほとんど理解していないと直感的に気づいた私は、ぼんやり自分の爪を噛《か》んでいる彼女の肩をたたき、「なあ、あっちゃで、いこう」と声をかけた。彼女は、私の方を見た。

グレーの瞳の中の瞳孔が不安と信頼の狭間《はざま》で微妙に揺れたかと思うと、私を捕えたその目は信頼の方を選んでいた。こうして、私は彼女の信頼を勝ち取ったのだ。まだ五歳になったばかりの私は、得も言われぬ興奮に胸が高鳴った。

彼女は噛んでいた爪を口からはずして、「う……うん」とうなずいて、私のうしろからついてきた。私たちは砂場へ行った。

私が穴を掘ると、彼女も隣で穴を掘り始めた。私は彼女の掘る穴と自分の掘る穴を繋《つな》げてトンネルを作った。彼女の手を土の下で見つけて穴が繋がったとき、嬉しさのあまり私たちは互いの手をしっかりと握り締めた。そして、二人は「わおーっ!」と喜びの奇声を発した。そこに砂団子をころがしたり、車を往復させたりした。大きな山を作って、その上に曲がりくねった道を作りながら、あれこれ話しかけてみたが、彼女は私の言っていることの半分も理解できないようだった。

それでも、他の園児がいることなどすっかり忘れて二人で夢中になって砂遊びをした。乱暴者もお節介焼きの女の子も、すぐ泣く子も、万里枝に警戒心を抱《いだ》いていたので、そんな私たちにちょっかいを出してくることはなかった。

私は自分のことを、望川貴《のぞみかわたか》だから「タカ」と自己紹介した。万里枝はその時自分のことを「マリー」と言った。万里枝という名前だと知ったのは、もう少し後のことだった。

「あんたら、ほんまに仲がええねぇ」

私たちの組の先生が、私たちのことを見ながら感心したように言った。

私はその先生のだらっとした抑揚のない話し方があまり好きではなかったのだが、その言葉だけは心に響いた。それからというもの、私たちは自然と二人でいることが多くなった。

万里枝は自由時間はいつでも私の後についてきた。ブロックをしている時、絵本を読んでいる時、折り紙をしている時。珍しそうに私のやっていることを覗《のぞ》きにきては、同じことをした。絵本で私たちのお気に入りは「はらぺこあおむし」だった。先生がみんなの前で読んでくれた時、食いしん坊のあおむしが毎日、いろいろな果物を食べていき、土曜日には、ケーキやぺろぺろキャンディーなど私たちが大好きなものを山ほど食べて、最後に蝶になるところで、二人は同時に目を見開いた。そして、ページいっぱいに大きく描かれた蝶の彩り鮮やかな美しさにうっとりしたのだった。その蝶は、実際の蝶のように左右対称に形が整っているわけではなく、大きくて、のびのびしているのに心もとない愛らしさを感じさせる、どこか万里枝に似た蝶だと私は思った。

それからというもの、私たちは自由時間のたびにその本をひらいて、ページをめくっていき、最後の場面で飽《あ》きることなく何度も感動した。万里枝は絵本に仕掛けられたページごとに増えていく果物にあけられた穴に指をつっこんで、あおむしの食べた跡を本のページを垂直に立てて何度も確認した。

二人が感動するのは、いつも最後の見開き全体に描かれた蝶の姿を見た時なのだが、万里枝は、その場面にいきつくまでを引き延ばすかのように、本の仕掛けをゆっくり吟味した。私は彼女がそうしている時、話が先に進まないことをじれったいと思うことはなかった。穴に差し込まれた彼女の白くて細い人差し指と噛み跡でぎざぎざになった爪を、じっと観察していると、とても気持ちが落ち着くのだ。

土曜日にあおむしが、ケーキやアイスクリーム、ぺろぺろキャンディーなどを食べるところで、万里枝は「ウー、マムマム」と舌をぺろっと出して、いかにも食べたそうな表情をするので、私はケーキを絵本から拾って食べる振りをした。すると、万里枝もアイスクリームを拾って食べた。

　そんなふうにもったいぶってゆっくりと読んでいくと、最後のページで二人の感動は一層大きなものになった。

　万里枝と一緒に、五感でいろいろなことを吸収しているうちに、私は目をつむっていても、彼女を他の園児と見分けられるようになった。彼女からは他の園児とは違う独特の匂いがすることを発見したからだ。それは、酸《す》っぱいような甘いような、鼻につんとくる匂いだった。特に夏場など園庭で遊んでから、教室に入って一休みして、みんなの汗が引いた時など、離れていても、その匂いが私の鼻孔《びこう》までたどり着いてきたから、多くの園児の中から万里枝の匂いだけをかぎ分けられるようになった。

　まだ、幼稚園児だった私は、体から出てくる匂いのことをなんというのか両親に聞き、体臭という言葉を覚えた。

　――万里枝の体臭。

　そう心の中で何度も繰り返した。当時の私は、その言葉が一番のお気に入りだった。

　幼稚園で万里枝と一緒にいるうちに、私は、万里枝のグレーの瞳と赤みがかった髪、彼女の体臭の虜《とりこ》になっていた。それらさえあれば他に何も必要がないとまで思い込むようになった。しかし、そのような偏執的《へんしつてき》な思いを他人に悟られてはいけないと子ども心に感じていたので、他の子と遊ぶこともあった。それは退屈をほんのちょっと紛《まぎ》らわす程度の時間つぶしに過ぎなかったのだが、大人を欺《あざむ》くことが、自分の情念を貫き通すために絶対にしなくてはいけないことだと、あざとい私は、五歳にしてすでに知っていたのだった。

小学校へ上がる頃には、万里枝はみんなとうまくうち解けられるようになり、むしろ、私より活発になった。だが、彼女は私に慣れているので、学校から帰ってきてから、互いの家を行き来した。

万里枝は母親と二人暮らしだった。彼女の母親はフランス人で、顎《あご》まできっちりそろえてカットされたまっすぐな髪は見事な金色だったし、目は深い青色だった。目の周りに青いアイラインを入れているが、肌におしろいはほとんどつけていず、赤みがかった皮膚にそばかすが浮いていた。近くでよく見ると、金色の産毛《うぶげ》が髭《ひげ》みたいに口の周りに生えているのだが、そういうことをあまり気にしているようではない。名前はシルヴィ、名字はプティだった。

万里枝のフランス名は、マリー、つまりMarieで日本名と同じ発音になる。フランス人にも分かりやすいようにと、シルヴィがつけた名前だった。Marie Petitだったらフランス人にもありうる姓名だとシルヴィは説明した。

二人は、京都市内の2Kのアパートで暮らしていた。六畳と八畳の畳の部屋、それに小さなキッチンだけの狭いアパートだった。日本人みたいに畳の部屋の真ん中にちゃぶ台を置き、座布団を敷いていた。親子はそこで日本人みたいに食事をしていたし、夜になると、押入から布団を出してきて、もう一つの畳の部屋で寝る生活をしていた。

私の家は洋風の一軒家で、小学校へ上がってからは、自分一人の部屋を持っていた。家全体が洋風の造りなので、私も両親もベッドで寝るし、食事も今風のダイニングキッチンだった。ダイニングの隣に唯一畳の部屋があり、冬場はコタツがあるので、そこで食事をすることもあったが、たいていは、ダイニングの真ん中に陣取っているマホガニー製のテーブルで食べた。

万里枝のところの生活と比べると、なんとなくあべこべのような気がしたが、座布団にぺたりと座って、ちゃぶ台の上に頬杖《ほおづえ》をついて、ストローからジュースを飲み、おかきを頬張っている万里枝は、自分の家なのだから当然かもしれないが、ちょっと前の日本独特の質素な風景にすっかりとけ込んでいた。

シルヴィは、昼間は、フランス人観光客のガイド、夜は翻訳の仕事をしていた。東京から京都へ引っ越してきたのは、夫婦仲が悪くなったからだという。

万里枝の父親は日本人で、ある文芸誌が主催している新人賞を受賞した作家らしいのだが、受賞後一作目の評判が悪く、次の原稿を編集者から何度か却下され、それから、さっぱり書けなくなってしまったのだ。

カルチャースクールの小説家コースで教えているが、それだけでは夫婦二人が食べていくだけの収入にならなかった。シルヴィは、夫の才能を信じて、翻訳や通訳の仕事をして生活を支えていたが、休みの日など昼間から飲んだくれて文壇の愚痴ばかり言う夫に失望し、罵詈雑言《ばりぞうごん》の喧嘩が絶えなくなった。結局、そんな生活にお互い疲れ果てて、別れることになった。

そんなわけで、シルヴィは離婚して、旅行会社を営む知人を頼って、娘と二人で京都へやってきたのだ。

私の家は、両親はそろっているが、母は再婚だった。万里枝の母親同様、離婚経験がある。母はあまり話したがらないが、前の夫の噂《うわさ》は、おしゃべりな祖母からよく耳にした。祖母が教えてくれた話によると、自称ジャズピアニストだが、実際には定職に就いたことのない素行の悪い男なのだという。みんなから猛反対されたが、すっかりのぼせ上がっていた母は、駆け落ち同然で結婚したが、三年目に夫の女癖の悪さに音を上げて離婚して戻ってきたのだという。

「なんでそんな人、お母さん好きになったんやろう」

私は不思議に思い、祖母にそう聞いた。

「顔だけ見たら、誰でもぽーっとなるようなええ男やったんや。不良で美形、おまけにピアノが弾ける。それだけでなんぼ女にもてるか。世間知らずの若い女を捕まえるのには不自由せえへん男やったな。いまだに女で食べとるんとちゃうやろか、あのアホたれ男は」

その男に対する祖母の感想は情け容赦ないものだった。私の父親は、美形とはほど遠い小柄でずんぐりむっくりした体型の、優しいだけが取り柄の地味なサラリーマンだ。父は母に一目惚《ひとめぼ》れし、過去のことはいっさい問わないからと何度も求婚したらしい。

「他にもな、お母さんに求婚してくれはる人いたんやで。私に似て、あの子は美人やさかいにな」

ちょっと自慢げに祖母は言った。父よりかっこいい人からも結婚を申し込まれていたのだと。

「でも、やっぱりお父さんがよかったんや？」

「懲《こ》りとったんちゃうか、女たらしに。私もな、あんたのお父さんみたいな誠実な男にしてんかあ、いうてあの子に強う勧めたさかいに」

結局、母は、女たらしの前の夫に懲りて、父のような、いわゆる異性としては魅力のない男、浮気の心配のない男に、経済的安定と心の安息を求めたのだという。

父は母にぞっこんで優しいし、母は以前の失敗の負い目があるので、家庭を大切にし、主婦の仕事に専念した。だから、私はとても平穏で愛情豊かな家庭で育った。

「何事も一長一短。ある意味、あんたのお母さんが若いうちに恋愛に懲りてくれたさかいに、こんなふうに幸せな家庭が築けたんやで」

恋愛に懲りるというのがどういうことなのか私には分からなかった。恋愛、というのは私が万里枝に抱《いだ》いているような感情を指すのだろうか。だが、それに懲りる、などということはあろうはずもない。それどころか、年月を重ねることで、私の彼女への思いはますます強くなっていった。私の万里枝に対する情念は、恋愛などと世間が軽はずみに口にするものとは違うのだ。積み重ねることでより深くなっていく、何ものにも代え難い強固な絆だった。

母の前の夫との経緯を万里枝の家で話したら、シルヴィが「タカ君のお母さんも、かつこばっかしの男に騙《だま》されたのね。若い時って、本質的なことが見えないからね。でも、いいお父さんと知り合えてよかったわね。中味なしって、そういうの、男ダメ」と苦笑しながら言った。シルヴィは日本語が達者だが、抑揚がどこかおかしいし、時々意味の分からないことを言った。万里枝の言葉が遅いのも、それが原因なのだ。

「中味なしって?」と私が聞くと、なんでも、万里枝の父親は見た目は芥川龍之介みたいに陰のある文学青年で、いわゆる女心をくすぐる雰囲気の男らしい。カルチャースクールの講師をしていて、創作の話をするとすばらしく弁が立つのだが、受賞した短篇と、もう一作の短篇以外の作品はない。構想を練っていると口ばかりだったらしい。

しかし、女にはもてて、稼ぎもないのに、カルチャースクールの生徒と浮気したのが原因で大喧嘩になったそうだ。

「書いていないくせに、私働いてるよ！」とシルヴィが批判めいたことを言うと、酔っ払って殴る蹴るの暴力をふるう。骨折するほどの怪我をしたこともあるらしい。

「女と遊ぶの悔しくて、わざとね、言ったのよ。書いてない、言われるの一番嫌いだった」

大人の男が妻を殴る蹴るというのは、想像しがたい光景だった。それを万里枝はいったいどんな気持ちで眺めていたのだろう。

夫婦というのは互いを思いやるのがあたりまえだと私は思っていたから、シルヴィの話を聞いて、そんな激しい喧嘩の中にいる万里枝を想像して可哀想《かわいそう》になった。

ところが、万里枝を見ると、他人事《ひとごと》みたいにきょとんとした顔でカルピスを飲んでいるのだ。

シルヴィは前の夫がいかに情けない男だったかを話しだすととまらなくなる。

そんな大人の事情を聞きながら、私は、その芥川龍之介に似ている父親の容姿は実際にはいったいどんな感じなのだろうかと、全然別のことに思いをはせた。シルヴィは金髪だが、万里枝の父親は、ごく一般的な日本人の髪、つまり黒色なのだろうか。もしかしたら、黒の中でも若干赤みを帯びた色なのかもしれない。髪の色を決定する二人の特徴が混ざり合って、万里枝のような赤い髪が生まれたのだとしたら、その父親の髪質は彼女の髪に大きな影響を与えたことになる。

そんな空想に耽《ふけ》っている内に、私は万里枝の髪を手に入れて、一人自分の部屋でそれを愛撫《あいぶ》してみたいという途方もない欲望に支配されていた。

その思いに取り憑《つ》かれてからというもの、彼女の家に行くと必ず、畳の上に落ちている髪の毛を目で探し、二人が見ていないところでこっそり収集した。家に持ち帰って、母が留守の時、キッチンの棚からステンレス製のボウルを取り出し、そこに水を入れて拾った髪を浮かせた。水の中にふわっと広がった髪は二種類あった。一つはシルヴィの金髪のストレート、もう一つは少しウェーブのかかった万里枝の赤毛だった。畳のゴミも一緒にかき集めてきたので水面には、細かい埃《ほこり》も浮いていた。私は万里枝の赤い髪だけ水の中から拾いあげて、ティッシュの上で乾かした。それを細長い木箱に集めていった。万里枝が私の家に遊びに来た時、髪を落としていくので、それも拾い集めた。髪というのは、一日に、五十本から百本近く抜けるという。実際には、せいぜい一日に数本しか集められなかったが、拾い始めて、一年もたつとそこそこの束になった。

私は母の手芸用品の入っている箱を部屋に持ち込み、小さな引き出しの中から赤い糸を探し出すと、収集した髪を結び束ねた。そして、それを三つ編みにして、先端部分をやはり手芸箱から見つけた赤いリボンで結んだ。

それはわずか十センチ足らずのものだったが、三つ編みにしてみると、いままでより質量感があり、万里枝をより深くイメージすることができるようになった。

その夜、私は、嬉しさのあまり、興奮してなかなか眠れなかった。しばらく万里枝の三つ編みの束を握りしめて、彼女と幼稚園で初めて出会った時のことや、一緒に砂遊びした時のこと、「はらぺこあおむし」の絵本の穴に突っ込まれた彼女の白い指のことなどを何度も何度も回想し、彼女の体に触れたり、汗のしみこんだ服や肌の匂いを嗅ぐことを夢想した。

いままでも、同じ空想に何度となく耽っていたが、三つ編みを握っていると、彼女の髪の手応えがずっしりくるので、リアリティーが増すのだ。私は、部屋の明かりを消し、カーテンを半分あけて、月明かりがほのかに差す薄暗い部屋で彼女の三つ編みをじっとながめた。髪は蛍光灯の光の下よりもさらに崇高で神秘的な赤色に輝いていた。

私はそれを飽きることなく何時間も見つめていた。新たな発見ほど私を興奮させるものはない。私は、もっとたくさんの万里枝の髪の毛が欲しくなった。

小学校四年生頃のことだった。その日、母は留守だった。万里枝が家に遊びに来て、我が家で唯一の和室の鏡台の前に座って自分の顔をしばらく眺めていた。こんなふうに、彼女は、私の家に遊びに来ると、鏡台の前に座って時々自分の顔を観察することがあった。

小学四年生にしては、彼女の発育は早いほうなのか、胸のあたりがふっくらと膨らんでいて、乳首の形がTシャツの上からでもくっきりと見えた。私の目はそこに釘付けになった。彼女の体が動くたびにそのふくらみも微《かす》かに揺れ、乳首がTシャツに擦《こす》れているのを間近に見て、真昼なのに、まるで夢の中にいるような気がした。

「この鼻、もっと低くならへんかしら」

唐突に彼女の声が飛んできて私は我に返って、胸から視線をはずした。

彼女はあらぬ場所に釘付けになっていた私の視線になど全く気づかず、首を左右に動かして、自分の鼻をいろいろな方向から鏡で見ている。

万里枝はクラスの男子に「鼻、すげえ高いなあ」と言われたことを気にしているのだ。

私は、ツンと高い彼女の鼻が高貴なものに感じられて、好きだった。

「そうか。かっこええ鼻してるやんか。僕みたいな団子鼻よりなんぼもええで。それより、髪の毛、もつれてボサボサやな。そっちの方がへんやで」

「そうかな、そんなにボサボサ？　私、元々癖毛なんよ」

ぶつぶつ言いながらも、万里枝は、慌てて、手で髪の毛をいじり始めたので、鏡台の引き出しから母のヘアブラシをさりげなく出して彼女に渡した。彼女はブラシで丁寧に自分の髪をとかし始めた。

私は台所へ行くと、ガラスコップを二つ食器棚から出して、冷蔵庫に入っているオレンジジュースをそれに注いで和室に戻り、座卓の上に置いた。

髪をとかし終わった彼女は、ブラシにこびりついた自分の髪を取ってゴミ箱に捨てようとしたので、私は慌てた。

「僕がやるし、ジュースでも飲んでて」

ブラシを引き受けてから、ジュースを彼女の手に渡した。私は、急いで自分の部屋へブラシを持っていった。それを自分の部屋の鍵のついた引き出しにしまうと、何食わぬ顔で和室にもどった。彼女はジュースを飲みながら、まだ自分の顔を鏡で見ている。

その日の夜、ブラシから彼女の髪を傷めないように慎重に取った。中に母のものらしい太い黒髪があったので、それは捨てて、万里枝の髪だけ例の木箱に入れた。一度に多くの髪を採取することに成功した私は、嬉しくてたまらなかった。

ブラシを鼻に近づけてみると万里枝の匂いがした。全身から匂ってくるあの甘酸っぱい匂いとは異なる、油脂が練り込まれたような頭皮独特の匂いだった。しかし、それは純粋なものではなく、母の匂いが微かに混じっていることに、私は多少の不満を覚えた。

翌日、私は新品のヘアブラシを近所のスーパーへ買いに行くことにした。豚の毛の高級ブラシというのがあったが、動物の匂いが混じるのが嫌だったので、普通のナイロン製のブラシにした。

それからというもの、私は、彼女がくるたびに、あまりうるさがられない程度に髪の毛の乱れを注意し、ブラシを渡すようになった。

その時、こっそり彼女の胸のあたりを盗み見るのだが、ある日を境に、彼女は、Tシャツの下に下着をつけるようになった。

新品のブラシからは純粋に彼女の頭皮の匂いだけがした。それを初めて鼻先に持っていった夜、私は興奮のあまり目眩《めまい》がした。月の美しい晩だったから、窓から夜空を見ながら、彼女と月まで昇天していくことを夢想した。

また、ある日、鏡の前に座って、ブラシで髪をとかしながら、万里枝は言った。

「明日、お父さんと会うの」

肩までの髪をまずバックにいったんとかして、真ん中で二つに分け、片方ずつ丁寧にブラッシングしている。まるで父親に会うためにおめかししているようなので、私はちょっと妬《や》けた。だが、その一方で、彼女の髪の収穫がいつもより多いことに胸が弾んだ。

「お父さんと、どんな話するんや？」

「読んだ本のこととか、いろいろいっぱい」

万里枝の父親は、シルヴィと顔を合わすのが具合悪いらしく、二、三ヶ月に一度、娘にだけ会いに京都へ来る。

万里枝は、本当は両親が離婚したことにひどく傷ついていた。だから、母親の口から出る父親の悪口は聞こえないふりをしているのだ。

私がそのことに気づいたのは、七夕の日に、私の家で一緒に笹を飾った時のことだった。彼女は短冊に「パパとママのけんかがなおりますように」と書いていた。とてもひたむきな思いが伝わってくる字だった。それを読んだ母は、短冊を両手で大切に持ったまま何度も読み返し、涙ぐんだ。

この時、もうひとつ意外な事実を私は知ることになった。

母には、前の夫との間に男の子が一人いて、相手先に残してきているのだと、その時、初めて告白した。その子のことを思い出したのだという。

私は自分に兄弟がいることなど聞いたことがなかったので、どうイメージしていいのか分からなかった。その後、祖母から簡単な説明は聞いたが、それきり、母はその話をしなかったので、その時のことは、特に印象に残らなかった。

万里枝は、父親と気が合うのか、会った日の翌日など、父親のことをよく話題にした。私など聞いたこともない難しい本をたくさん読んでいること、日本の伝統芸能や日本画の話など、知識が豊富なことを自慢した。万里枝の話の中の父親は、シルヴィがいつも悪く言っている人物とは随分違っていた。ものの感じ方、受け止め方について、幾通りもの表現方法があることを分かりやすく説明してくれる知的な人だと彼女はいう。万里枝は、自分の父親が「中味なし男」などではないのだと、暗に私に訴えているのだ。

彼女は父親に会う前日は、少し興奮気味で、なんとなく浮き足立っているのが分かった。

これはあくまでも私の想像だが、万里枝の父親は、彼女が日本語でうまく表せないもやもやした感情を適切な日本語になおしてやっているのだ。フランス人の母親に育てられて不足しがちな娘の表現力を豊かにしてやるのが父親の役目と思っているのだろう。だから、父親に会った後など、私も知らない難しい言葉を話すようになっていた。

万里枝は、私なんかにはあまりなじみのない小説を父親に薦められて読んでいた。それに影響されて、私もだんだん小説を読むようになっていった。だが、万里枝の父親が薦める本は、たとえば志賀直哉、有島武郎、川端康成などいかにも大人の小説といった感じで、子ども心をときめかせるものではなかった。当時の私は、ジュール・ヴェルヌの十五少年漂流記や海底二万マイル、ルブランのアルセーヌ・ルパンなどもっぱら冒険小説に凝っていた。もちろん、万里枝もそういった小説が好きだったので、読んだ本の話題で盛り上がることはよくあった。私たちは「はらぺこあおむし」からずっと、読んだ本の話題をよくしてきた。

「おばちゃん、うっとこのパパええ人やのにママちっとも分かってへんの。どうやったら、パパとママ、仲直りするのやろう？」

　私の家に来たとき、万里枝は頬杖を突いて深刻な顔で母に相談したことがある。

「うーん、難しい問題やね。一度、うまくいかへんようになった男と女ってなかなか元通りになれへんから……。多分、一番問題なんは、経済的なことかな。お金がないと難しいわ。これはあくまでもおばちゃんの経験やけど」

「うっとこのパパも貧乏で、それをママはいやがってた。パパがもっと金持ちやったらよかったんや」

「別に金持ちでなくてもええんよ。少なくてもちゃんとした定収入があったら。明日の生活も分からんような人といるのは大変や。それで、優しい人やったらまだええけど、たいがいの場合、そういう人は、妻に引け目があるから、ええ人と違うし」

「引け目って？」

「悪いと思ってること。後ろめたいんよ」

「悪いと思ってたら優しくできるのとちがうの？」

「そう簡単にいかへんのが人間や」

そう言うと母は自分の過去と重なる苦い記憶をかみしめるかのように、深いため息を漏らした。

そういえば、万里枝の父親もシルヴィに殴る蹴るの暴力をふるったことがあるという。私はそういう大人の複雑な事情が分からないので、同意を求めるように万里枝の顔を見た。彼女はぼんやり考え込んでいた。彼女の中でも、答えが見いだせないでいるようだ。

似たような過去を母親が持っているという、ただそれだけのことだが、私と万里枝は自然と家族ぐるみのつきあいになっていった。シルヴィが仕事で夜遅いときは、万里枝が私の家に来て、食事をすることもあった。母もシルヴィの前の夫の話を聞いて、彼女に親近感を抱《いだ》いたのだ。

そんなふうに互いの家を行き来した時、私は必ず彼女の髪を拾い集めた。彼女の匂いをいつでも嗅ぎたい時に嗅ぎたかったので、常に新しい髪を私の秘密の引き出しに補給する必要があったのだ。一度だけ、彼女の髪飾りやヘアピンを持ち帰ったことがあるが、さすがにそれには罪の意識が伴ったので、後からそっと返しておいた。

　ある日のこと、万里枝が遊びに来たとき、母が万里枝の手を取って言った。

「万里枝ちゃん、爪伸びてるね」

「爪切り嫌いなん。うっとこのお母さん切りすぎて痛くするから」

「ほんなら、おばちゃんが切ってあげるわ。おばちゃんやったらちっとも痛《いと》うならへんし。なあ、タカ」

「うん。そんな爪してたら折れたりはがれたりして危ないで。お母さんに切ってもろたらええ。全然、痛うないで」

「ほんまか？」

　半信半疑で万里枝は聞いた。

「絶対大丈夫や。ほら、僕なんか昨日切ってもろたけど、全然深爪してへんやろう」

　私は万里枝に自分の手を差し出して見せた。

　母は、爪切りを取ってきて、万里枝の爪を切り始めた。爪を切るときのパチンという音に私の神経はぴくっと反応した。万里枝の爪が切れる音を聞きながら、私は、なんともいえない、幸福感に浸った。

「ほんまや。全然、痛うなかった」

「今度からうちで切ったらええ」

母は万里枝の指先を手に取り満足げに眺めながら言った。それから、おもむろにティッシュを取ると、爪切りを逆さまにして、切った爪をはき出して、ゴミ箱に捨てた。ティッシュにくるまれた万里枝の爪を、私は、夜中にゴミ箱からこっそり引き上げた。私は万里枝の爪を透明の薬ビンに入れ、例の鍵のついた引き出しにしまった。

彼女の髪で作った三つ編みは、すでに三本ほどになっていたが、それに爪が加わったことで、その日の夜、どんな新しい妄想が生まれるかとわくわくした。

爪の入ったビンを開けて、匂いを嗅ぐと、髪の毛とはまた違う、しかし彼女特有の香りがしたから、私は身もだえしそうなほど興奮した。彼女と一緒に写真で見たことのある砂漠を一緒に駆け回ったり、草原を走ったり、地球の裏側まで二人で歩き回る夢を見た。

それからというもの、万里枝が来るたびに、私がやんわりと爪が伸びていることを指摘し、母が彼女の爪を切るようになった。私は密《ひそ》かに、彼女の爪をコレクションした。

夜の空想と並行して、現実の万里枝との交流も充実していた。

父が出張でいない時、私の母は昔からの友人とほんのたまに夜出かけることがあった。

そんな時、私は、万里枝の家に食事をしに行くことになっていた。シルヴィは、マルセイユという地中海に面した南仏の町の出身だが、得意料理は、塩漬けした豚肉と大きなソーセージを白いんげんと一緒に煮込んだ、カスレという料理だった。私が行くと決まってそれを作ってくれた。

「これ、マルセイユの料理?」

初めて出された時、私は聞いた。

「マルセイユ違うけど、フランス南西部の料理ね。美味《おい》しいよ」

シルヴィは自慢げに言った。

「おばあちゃんの店のブイヤベース、あれはこれよりもっともっと美味しいで。そやのに、お母さんちっとも作ってくれへん」

万里枝が不服そうに言った。

「あれ、日本のスーパー、材料ないの!」

シルヴィが怒って言い返した。

「魚やったら、近くの錦《にしき》市場にかて売ってるやんかあ」

「あそこ売ってるの煮た魚ばっかり。お菓子みたいに甘い味付けのとか、干からびたのとか、気持ち悪いの」

「甘い魚美味しいもん! 甘露煮とか大好きや」

「味覚へん、違うの」

そういうと、シルヴィは、人差し指を自分のこめかみのところに持っていって、ぐりぐり回した。後から知ったのだが、これはフランス人がよくやるジェスチャーで、頭がおかしい、という意味らしい。

どうやら、シルヴィは魚の甘露煮が嫌いなのだ。万里枝は学校の給食で、煮魚も甘露煮も食べているから日本の総菜に慣れているのだ。

「生の魚も売ってるの見たことあるもん」

「種類違う魚なの！」

そうたたみかけられて、万里枝はなんとなく納得のいかない顔をしたが、カスレも好物らしく機嫌を直して食べ始めた。

カスレを初めて食べた時、豆といえば甘い味付けしか知らなかった私は、はじめの一口を思わずはき出してしまった。

シルヴィの口に、甘く煮た魚が合わないように、私の口には、甘みのない豆が合わなかったのだ。豆をフォークでよけてソーセージだけをかじっていたが、二人があんまり美味しそうに食べるので、つられて少しずつ食べていくうちに、豆も食べられるようになった。しまいには、豆料理だったらこれが一番好きになった。この料理を食べるためだけにでも、父が出張し、母が夜でかけてくれることを期待したくらいだった。

夏休みと冬休みの年に二度、万里枝はシルヴィと故郷のマルセイユの祖父母のところへ二週間ほど帰るのが通例となっていた。

彼女がいない間、私は彼女の爪の匂いを嗅ぎ、髪を握って寝ることで、ぽっかり空《あ》いた心の穴を埋めた。もっとも、それは穴というほど空虚なものではなかった。彼女がいない間、空想が私の心を充分に満たしてくれたからだ。

万里枝は帰ってくると、私に長々と、マルセイユの話をして聞かせた。フランスから帰ってきたばかりの彼女は日本語がすこしへんになっていたが、彼女の説明するマルセイユの町の風景が目に浮かぶようだった。

煉瓦《れんが》色の屋根の家々に囲まれたフランスの南にある地中海に面した港町、そう聞いただけで、たちまち私の想像に翼が生《は》え、海にはヨットがいっぱい浮かび、強い日差しが町全体に降り注ぐ美しい風景が目の前に現われるのだった。

港湾都市としては地中海一の規模だというのが万里枝の口癖で、それが彼女の自慢だった。

万里枝の祖父母は、港に面したお店で郷土料理の小さなレストランを営んでいた。そして、そのお店でお祖母《ばあ》さんが作ってくれる魚のスープ、ブイヤベースが美味しいとこれまた口癖のように繰り返し自慢するのだ。

「日本みたいに、きれいに切ってお刺身にしたり、焼き魚にしたりして食べるんと違うの。

魚丸ごと全部の味がするの。それにサフランとニンニクの香りがして、コクのある複雑な味なん」

「サフランって？」

「お花のめしべを乾燥させたもん。それを使うとスープが黄金色になって、ええ匂いがするんや」

私はサフランというのはどんな匂いがするのか想像もつかなかったが、そう聞かされたとき、魚丸ごとの味のする、黄金色のスープというのをイメージしてみた。きっと、万里枝ほどいい匂いはしないだろう。でも、それに近い香りがすぐ鼻先まで漂《ただよ》ってきて、無性に食べたくなった。

彼女は私にマルセイユの写真を見せてくれた。その中で、私が最も惹かれたのはカランクというマルセイユの近くの町にある白い岩だった。そこに立っている万里枝の姿が自然とよく合っていて、なんともいえない猛々《たけだけ》しい美しさなのだ。

「へーえ、こんな白い岩があるんや」

私は感心して言った。

本で調べてみると、カランクというのは氷河期の地殻変動により、海底からもり上がり、岩肌が海に浸食されてできた入り江のことをいうらしい。

石灰質の白い岩肌が太陽光を反射して光っているさまは、それが写真だと分かっていても、見ているだけでまぶしくなった。

海の底が見えるほど透き通った海水とのコントラストが美しく、そんな場所に立っている万里枝は、日頃、私が接している万里枝とは別世界の人のような気がした。

こんなところから、彼女の赤茶色の髪とグレーの瞳は運ばれてきたのか。甘酸っぱい彼女特有の匂いも、マルセイユで調合されたものだとすれば、至極辻褄《つじつま》の合う話だ。

私は、そう思い、彼女にこれほどまで惹かれる理由を、また新たに発見して、嬉しくなった。

万里枝は、学校では、どちらかといえばスポーツがよくできる元気な生徒だったが、その一方で友達関係の些細《ささい》なことでくよくよする繊細な一面があった。

ちょっと言葉使いのきつい女子に「白人って、黄色人種より偉いと思ってんでしょう？」と言われたことにへこんで、くよくよ思い悩んでいたことがあった。

「白人って、白色人種のうち、特に明色の皮膚をもつ人って辞書に書いてあるけど、それって私と何か関係があるん？　私の態度、なんか偉そうやったんやろか？」といつまでも、私にしつこくそのことを話した。

「白人は老けるの早いし、太った人が多いって言うんよ。うっとこのお母さんちっとも太ってへんのに、なんでそんなこと言うんやろう」と、その女の子の解釈に腹を立てたりもした。また、「私の名字プティっていうやんか。フランス語で小さいって意味やのに、あんた、ごっついなって言われた」というのも本人はすごく気にしていた。

彼女はこんなふうに人から言われたことをいつまでも覚えていて、それを心の中にためこんで、何度も何度も私に反復して聞かせるのだ。

「そんなに万里枝のことあれこれ気にして言うんは、彼女、ほんまは、羨《うらや》ましいからや。万里枝に嫉妬してるんやで」

私はそう言って万里枝を慰めたが、彼女は私のこの説明にちっとも納得しているようすはなかった。

「違う、なんかの仕返しやと思う。私が一番気にしていることをあんなに上手《うま》いこと皮肉るやなんて、並大抵の恨みと違うで。よっぽどしつこうに頭練らんと思いつかへんもん。きっと、運動会に来たお父さんが小柄でやせぎすの人やったんで、それを私が笑ったと思ってるか、給食係の時、好物やと思って焼きそばをあの子のだけ、やたら大盛りにしてしもたんで、それを、私が太らそうと企《たくら》んでやったことやと勘違いしたのか、それとも……」

万里枝はあれこれ、その女子に恨まれる原因を十通りほどあげてみせるのだった。私はそういう時の被害妄想に陥《おちい》った、危《あや》うい感じの彼女の言動が、健康優良児のように周りから見られている表面的な彼女のイメージとあまりにもかけ離れていることにとまどい、呆《あっ》気《け》にとられて聞いていた。

だが、それこそが、まさに私だけが知っている彼女なのだ。私の手のひらに彼女が一時的にでも留まってくれたような気がした。

母親のシルヴィは、本人も南仏人気質と言っているが、明るくてシンプルな人だ。ものごとをぐちぐちと複雑に考えることはない。だから、よけいに前の夫のことが理解できずにイライラしたのかもしれない。そして、万里枝の性格は恐らく父親譲りなのだろう。

元来が無邪気な彼女は、学校ではそういう面を見せることはなかったが、ガラス細工のようにもろくて危ういところがあった。

私と万里枝は中学校へ入る頃から、学校では徐々に距離を置き始めた。

万里枝は小学校の高学年くらいから、本人の望みとは裏腹にますます背が伸び、私の身長を追い越し、スポーツ万能で学級委員までするクラスの人気者になった。

野性的で大柄な彼女は、いわゆる一般の男子にもてるタイプではなかった。高すぎる鼻も大きな口もおそらく日本人好みではない。私は、彼女の全体的に大ぶりな顔のつくりが好きだった。そして、なにより魅力的なのは、あの大きなグレーの瞳だった。瞳の中をのぞきこむと、そこにカランクの白い岩肌が映し出されることがある。あれだけは、髪の毛や爪のように手に入れて、鍵のついた引き出しにしまっておくことはできない、だから、なおさら私の心を引きつけた。

彼女のグレーの瞳を観察することは、中学生になってからは、ほとんどできなくなったが、夢の中に頻繁に出てくるようになった。私は、万里枝の瞳に吸い込まれて、カランクの崖《がけ》から海に飛び込み、爽快に泳ぎ回る夢を何度も見ることがあった。目を覚ますと、彼女の三つ編みをしっかりと自分の胸の上で握りしめていた。

万里枝の背がどんどん伸びていく一方で、私の方は、身長は伸びず、父に似てやや太り気味、運動神経は鈍く、勉強も特に出来る方ではなかった。元から根暗というわけではないが、学校では消極的で口数の少ない生徒になった。唯一《ゆいいつ》、理科が好きだったので、将来は、そっちの道へ進むつもりでいた。

中学、高校と地元の公立高校で万里枝と一緒だったが、学校で口をきくことはほとんどなくなった。時々すれ違いざまにちらっと視線を交わすことがある程度、普段は、快活に友達とふざけ合っている彼女を遠目に見つめるだけとなった。

あれは本当の彼女ではない。彼女の心の奥底には、もっと繊細で壊れそうなものが潜《ひそ》んでいる。表面的には笑っていても、言われたことを心の底ではいつまでもしつこく気にして、一人で危なっかしい妄想に耽っているはずだ。そのことが分かっているのはこの私だけなのだ。

万里枝と距離を置くようになったのには、もう一つ理由があった。それは、私自身の体の変化だった。例によって、万里枝の髪の毛を握りしめてベッドに横たわると、彼女と地球を駆けめぐる妄想とは別種のものに支配されるようになった。

私は彼女の裸体を想像し、自分の体の一部の変化にとまどいながらも、羞恥心と欲望の間を行き来し、ついには彼女の体の中に入って、射精する行為に到達してしまったのだ。

それからというもの、欲望が羞恥心を上回るようになり、夜な夜なその行為を繰り返すようになった。

そういうことをするようになってから、万里枝と顔を合わすと、なんともばつが悪く、逃げ出したいような心境に襲われるので、こちらから声をかけることはなくなった。

また、そういう行為をするようになってから、彼女の髪や爪は最小限にしか必要なくなった。欲情があまりにも爆発的で、ただ、ベッドに横たわるだけで、どんどん空想がふくらんでいき、ありとあらゆる角度の彼女の裸体が脳に現われ、体液を外にはき出してもはき出しても、私の肉体は静まることがなかった。

万里枝の方はといえば、私のそんな体の変化に気づいているようすは全くなかった。学校ではしらんぷりだが、時々、私の家に平気で押しかけてくることがあった。

「タカ、理科と数学の宿題貸してえな!」

子どもの時に戻ったみたいな口調だから、私の方でも、最初の内は、あの淫靡《いんび》な空想に耽る夜のことなどまるで忘れて、ごく自然に彼女と接することができた。

居間のテーブルに向かい合わせに座ると、私はカバンからノートを取り出し、彼女に渡した。理数系の苦手な彼女は、そのことでだけ私に頼ってくるのだ。

私は自分のノートを丸写ししている彼女を黙って見つめているのが好きだった。ちょっと優越感に浸れるからかもしれない。とにかくその光景が、微笑《ほほえ》ましいのだ。だが、久しぶりに嗅ぐ彼女の匂いは思春期に入って、ますます強くなっていたので、少しでも油断すると、たちまち夜の淫靡な空想が迫ってきた。私は、数学の宿題の数式を頭に描くことで、意識を必死で他のところへ持っていった。

宿題を写し終わると、万里枝は、例によって友達との会話のやりとりで傷ついたこととか、ああでもない、こうでもないと胸にため込んだものをはき出すのだった。

彼女の話に、私は時々、的確な指摘を交えて相づちを打ちながら聞いた。彼女のやりきれない気持ちを他の表現方法で代弁することもあった。そうされることが万里枝は好きで、ひどく安心した顔をするのだ。そんな時、彼女の細胞の一部が私の細胞に変換し、私の方へ接近してくるのを感じた。

二人で一つになりたいという強烈な願望は、思春期を迎えて、肉体の欲望を持ち始めてから、私の中ではなおいっそう強くなっていた。

だからといって精神的な面での愛情が薄まったわけではない。私は、彼女の弱さも含めた本当の美しさを知っていた。だから、学校で彼女を取り巻いて笑っている連中に嫉妬することはなかった。いずれ、誰も二人の間に割り込んでくることなどできないほど、彼女との距離は縮まるはずだ。隙間《すきま》などなくなるほどに。

二

私と万里枝は、京都市内のＳ大学に入学した。私は理学部、彼女は文学部だった。

彼女がどこの大学へ行きたがっているのかシルヴィから聞き出し、私も同じ大学を受験することにしたのだ。それはやはり、彼女が私の視界の中にいつも居て欲しかったからだった。

大学生になってからは、私たちは、学校でも時々話をするようになった。というのも、同じサークルに入ったからだ。

彼女は、密かに小説家を目指していた。口に出して言わなくても私には分かっていた。万里枝は無意識のうちに、父親の影を追いかけているのだ。親の果たせなかった夢を実現したい、そんな思いが、心の中に潜んでいるのが私には手に取るように理解できた。

万里枝の父は、彼女が大学に入学した直後に再婚し、それからは、彼女に会いに来ることも、連絡してくることもなくなった。一方的に彼女が手紙を送ることはあったが、返事が来ないので、ひどく落ち込んでいた。

シルヴィの話によると、万里枝の父親は、駐車場やマンションの家賃収入だけで生活できるそこそこ資産家の一人娘と結婚したらしい。それ以来、妻の家に気を遣って、娘に連絡するのをやめたのだという。

「どうせ金持ちの女に好かれるのに、陰のある文学青年ぶったんだわ。あー、虫酸《むしず》が走る。あのわざとらしい、悩んでる男みたいの。カッコつけ文学青年ダメね。その金持ちのお嬢も、あんなのに騙されるなんて、バカなヤツ！」

シルヴィは自分のことは棚に上げて、憎々しげにそう言った。彼女は自分が勤めている会社の社長と愛人関係になっていたので、それきり、万里枝の父親の話は彼女の口から出ることはなくなった。

シルヴィにとっては、もはや過去の人なのかもしれないが、万里枝にとっては父親だ。

自分を見守ってくれる父親の存在は、心のよりどころだったに違いない。父性という大切なものを、本人の望まないままなくしてしまい、心の痛手は相当なものだったのだろう。万里枝はなんともいえない暗い陰を見せるようになった。私は自分が彼女にとって、もっと頼りがいのある大きな存在になりたいと願い、自分の力不足を不甲斐《ふがい》なく思った。私にできるのは、黙って、彼女の痛みを分かち合うことだけだった。

万里枝が、大学で創作のサークル「カメリア」に入ったのは、そんな時期だった。心にぽっかり空いた穴をそのサークルで埋めようとしたのだ。

私は無理をして同じサークルに入ったわけではない。課題が自由であれば、案外、文章を書くのは嫌いではなかった。

特に、万里枝に対する私の思いを、頭の中だけであれこれ空想しているより、なんらかの形で文字にして残しておきたかったのだ。文字にすることによって、より具体的に彼女への愛を表現できるのではないか。そう思う一方で、たかだか文字で表現できるほど、私の彼女への愛は制限された小さいものではない、という文学への反発もあった。

この二つの思いに迷いながら、結局のところ試してみなければ何も分からない、という結論に達した。

また、その頃、私の方は、万里枝が父性という家族のよりどころを失ったのとは別種の、いや、まさにそれとは逆の、人生の転機といえる出来事が起こった。母の過去の繋がりの産物である人物と大学に入ってすぐにつきあわなくてはならなくなったのだ。それは私の人生観を覆《くつがえ》すに足る、社会の抑圧というものを取っ払った、なんとも表現しがたい常識から逸脱した男だった。

三

大学に入学してから、両親の勧めもあって、私は、市内のアパートに下宿することになった。一人っ子の私は、家にいるとどうしても至れり尽くせりになってしまう。身辺自立のために一人暮らしをした方がいい、というのが父と母の一致した意見だった。

私にとっても、それは願ってもないことだった。部屋に鍵をかけて欲望にふけっているとき、階段を上る母の足音で興ざめしてしまうことがよくあったし、万里枝の髪や爪をいちいち鍵のついた引き出しにしまっておくのもわずらわしくなっていたのだ。

入学式の一週間前に、私は、京都市内の六畳のアパートへ引っ越した。そこへ突然訪ねてきたのが、木村晴彦《きむらはるひこ》だった。

夜の十時頃にいきなりチャイムの音がしたから、私は何事だろうと思い、チェーンをかけたまま、部屋のドアをあけた。そこには私と同年齢か、それよりいくつか年上の男が立っていた。

「よう、タカ、久しぶり！」

彼はまるで長年の親友みたいに私の顔を見ると、酒臭い息を吐《は》きながら、そう言った。

――こいつは誰や？

私は心の中でそう思った。男はおかまいなしで続けた。

「ちょっと泊めてくれ。追い出されたんだ」

「はあ？」

私はまじまじと彼を見た。酒臭い息を吐いてはいるが、よく見ると、なかなかイカした男だった。切れ長でくっきりとした二重、すっと通った鼻筋、りりしく引き締まった艶《つや》やかな唇、髪はふんわりとした天然パーマで、前髪に自然なウェーブがかかっている。男の私でも見惚《みと》れるような、端整な顔だちをしていて、しかも、真っ白なカッターシャツの上からベージュの麻のスーツを軽々と着こなしていた。こんなあか抜けたスーツは自分にはとても似合わない。まてよこの顔、どこかで見たことあるぞ、そう思い、私はチェーン越しに男に対する警戒心をゆるめた。

「おまえの兄の晴彦だよ。覚えてない？」

男は続けた。

「兄って……僕は一人っ子です」

私は、反射的にそう言って首を横に振った。しかし、この顔には、やはり見覚えがある。かすかな記憶をたどってみる。確か、私がまだ下宿する前に、家の近所をうろうろしていた男に似ているのだ。顔が際だってきれいだったので、一瞬目を惹いたから、記憶に残っていた。

「まあな、おまえが赤ん坊の時、一回会ったきりだから仕方ないかあ」

赤ん坊の時？　となると、そのうろうろしていた男とは関係ないことになる。

「なんかの間違いやないですか？」

「なんだ、聞かされていないのか、お袋から。元亭主との子どものこと」

そういうと晴彦なる男は直角に立てた親指で自分の顔を示した。

「母さんの……まさか」

そう呟《つぶや》きながら、私はやっと思い出した。母は前の夫、祖母が言う不良ピアニストとの間に子どもがいたことを。

なんでも、姑《しゅうとめ》が、二歳になる息子をかわいがってくれていたので、母はその人に預けたまま、京都の実家へ帰ってきたらしい。落ち着いたら迎えに行くつもりでいたが、その後、すぐに再婚話が持ち上がり、そのまま結婚してしまった。晴彦は姑に預けられたままの状態になったのだという。

祖母の話によると、母は時々、東京へ晴彦に会いに行っていたらしいが、ある時からそれもぷっつりなくなった。私は細かい事情をいっさい聞かされていなかったから、母の前夫の子どもの存在などすっかり忘れていたのだ。

彼の顔には、確かに母の面影がある。切れ長で大きな目は母譲りだ。少し潤《うる》んだ瞳が悲哀のある印象を作り出しているのが、見る者を同情心にも似た、なんとも名状しがたい感情にかきたてる。私は子どもの頃から、母のことを美しい人だと思い、時々見惚れることがあったのだが、男の顔にこんなに心を動かされたのは初めてだった。

私は、晴彦を部屋に上げ、お茶を淹《い》れた。

「酒はないのか？」

「そんなもの置いてません」

晴彦はしばらく私の部屋を見回していた。本棚にならべられている文庫本、大学で買ったばかりの教科書、キッチンには炊飯器、一人用の食器類などがあるのをざっと眺めてから言った。

「ふーん、くそ真面目《まじめ》でつまらんヤツだな、おまえって。ま、いいや。しばらく泊めてくれ、ここに」

最低限の礼儀も知らないやつだ。私は、むっとしてこんなやつの顔に見惚れたことを後悔した。不機嫌に黙り込んでいる私に晴彦は言った。

「なんだ、その冷たい態度は。俺はおまえの兄だぞ」

なんと恩着せがましい口調なのだ。思わず、それがどうした、と言い返したくなったが、兄、という言葉には、やはり重く響くものがあった。そう、この目の前の男は、あの母の息子なのだ。これだけ似ていたら、信じないわけにはいかない。

「追い出されたってどういうことなんですか？」

「女の部屋から追い出されたってことだよ。そんなの決まってんだろうが」

晴彦は自慢にもならないことを言った。女の部屋から追い出されるなんて、私にはちっとも当たり前のことではなかった。

「喧嘩でもしたんですか？」

「いや、罠《わな》だ。巧妙に仕掛けられた罠にはまったんだよ」

深刻な顔をして晴彦がそう言うので、私はその先の話を聞くのに心の準備が必要だと思い、つばを飲み込んだ。いくら弟にとはいえ、初対面の者にこんな無礼な口の利き方を平気でする人間だ。真っ当な生き方をしてこなかったに違いない。なんと言っても、不良ピアニストの息子なのだから。その女にはヤクザの男がいて、脅されでもしたのではないか、と推測していると、晴彦はおもむろに話し始めた。

　晴彦の彼女というのは京都のデパートに勤める三十歳くらいのＯＬだった。去年の夏に東京へ遊びに来た時に知り合い、桜の季節になったら京都に遊びに来ないかと誘われたのだという。彼女の部屋へ転がり込んで、一週間ほど一緒に暮らしていた。

「俺、失業したばっかりだったから、東京にいても仕方なかったしな。しばらく京都も悪くないな、なんて思ってたのさ」

「それで、罠にはまって、追い出されたんですか？」

「そうだよ。そいつが、一泊旅行に行くからって言うから、これはいいと思って他の女を連れ込んだら、いきなり早朝に帰って来やがったんだ。京女って、噂に違《たが》わず、底意地が悪くて陰険だよな。『どすえ』なんて言葉にころりといっちまったが、こっちの女はもうこりごりだ。罵詈雑言、あげくの果てに寄生虫扱いだよ、まったく。思い出しても気分が悪い、ちくしょうめ！」

「じゃあ罠って……」

　私は絶句した。女の部屋に平気で転がり込む神経だけでも理解できないのに、そこへ他の女を連れ込む？　しかも、自責の念に駆られることもなく女の方が悪いという。これが私と半分とはいえ血のつながりのある兄なのか？　まだ女の後ろにヤクザがいて脅されたというほうが同情の余地があるではないか。

晴彦の顔を改めて見る。私の母は道行く人が振り返るほどの美人で、前の夫も美男子だったと祖母から聞いていたが、なるほど、この兄の顔を見て納得した。

美男美女が結婚したからといって、必ずしも、美しい顔の子どもが生まれるとは限らないのだが、晴彦については、それがうまく組み合わさって、いいところばかりが容姿に現われたといえる。美男だから女たらしとは限らないが、そのへんは、ジャズピアニストの父親譲りなのだろう。

私は、自分が母親にはいっこうに似ず、父親とうり二つであることをいままでの人生の中でとくにあれこれ悩んだことはない。だが、この兄の話を聞いているうちに、容姿というのは、人の人生を大きく左右するものなのだと改めて気づいた。

顔という特権を振りかざして、女の部屋に上がり込む図々《ずうずう》しさ。寄生虫以外のなにものでもないではないか。

今自分にあるものを背負って生きていくのが命あるものの使命だというのが私の人生哲学だった。だが、そんなのきれい事だよ、とせせら笑われたような気がした。

私は、幼児期の体験を思い出し、積み木をいきなり蹴り飛ばされた時に似た憤怒《ふんぬ》の気持ちに陥った。

女性に対して誠意のかけらもない、こんな無礼な男を受け入れる余地など私にはない。これ以上つけ込まれないように、私は毅然《きぜん》とした口調で断ることにした。

「悪いけど、僕は、あんたを追い出したその女の人みたいなお人好《ひとよ》しと違うんや。ここにあんたを泊めることはできひんからホテルへでもどこへでも行ってくれ」

目上のあまりよく知らない相手――実際には兄だが――だからと気を遣う気分が失《う》せて、私はぞんざいな口調でそう言った。

「文無しなんだよ。だったら金貸してくれ。ホテル代を」

「僕もぎりぎりやからそんな金ない。すまんな」

「俺に野宿しろってか？　おまえまでお袋みたいに俺を見捨てるのか？」

「見捨てる？　なに大げさな……」

晴彦は私の言葉を遮《さえぎ》った。

「大げさなもんか。俺は、あいつに捨てられたんだ。母親のスキンシップがまだ必要な時にだぞ」

「母さんが自分の子を捨てるやなんて……そんなことするはずがないやろう」

「俺を残してさっさと再婚しちまいやがったじゃないか。俺がどんなに惨《みじ》めで悲しい幼少期を送ったか、おまえみたいな極楽とんぼには想像もつかんだろうさ。もの心ついた時の俺はな、ばあさんに、お袋はすぐに帰ってくるから、とかなんとかごまかしごまかし育てられたんだ。いくら泣いても、寂しがってもお袋は帰ってこなかったよ。小学校へ上がる頃になって、知ったんだ。お袋は俺のことなど見捨てて、他に家庭を持ってしまったことを。今、おまえが俺を見捨てたら、俺は鴨川《かもがわ》のほとりで野宿するしかないんだよ。そうなったらおまえら母子を死ぬまで恨んでやるからな！」

死ぬまで恨む？　その言葉に私は軽いショックを受けた。

私が追い出したことで、母が自分の息子から死ぬまで恨まれたら、あまりにも可哀想だ。私は、自分のためにではなく、母のために、ここは自分が我慢した方がいいのではないか、というふうに気持ちが揺らいだ。確かに、晴彦の生い立ちは同情に値する。そんな私の動揺を素早く感じ取った晴彦は、勢いづいて話し始めた。

彼は、母親に捨てられて自分がいかに惨めな人生を送ってきたか、それに比べて、学費の高い私立大学に当たり前のように通っている私は、恵まれたぼんぼんだ、特権階級だ、と大げさにうらやましがった。晴彦の話術にはまって、なんとなくうなずいているうちに、ますます勢いづいていったのには辟易《へきえき》したが、死ぬまで恨まれてはたまらない、と私は黙って聞いていた。

晴彦は父親同様、ピアニストだった。小さい頃からピアノだけは父親にたたき込まれていたらしい。父親は自分が三流のピアノ弾きであることを見返してやりたくて、息子の晴彦には、相当なスパルタ教育をしたという。そんなわけで、何度か小さなコンクールで優勝したし、大きなコンクールでもいい線までいったことがある。が、やはり一流とまではいかなかった。一流になるには、超一流の先生につく必要があるし、海外へ留学したほうが有利だった。経済的に続けていくのが難しくなり、結局、一流ピアニストの道を断念したのだという。

今の晴彦は、クラブやバーでピアノを弾き、女から女へ渡り歩いて、生活している。

「そっちのほうが結構な身分やないか」

「どこがだ！　俺は、自分で自分が悲しいんだ。女の肌を求めてやまない、そんなふしだらな自分がいやでたまらないんだ」

自業自得だろうが、と私は冷めた気持ちになったが、晴彦の話、つまり彼の身勝手な解釈によると、そうではないらしい。

自分が女の肌を求めてやまないのも、すぐに別の女へ目移りするのも、すべては母親の愛情が足りなかったからだ、というのだ。

「それ、どう関係があるんや？」

「大ありだろうが。よく考えてもみろよ。母親に抱きしめてもらいたい時に捨てられたんだぞ、俺は。母親の代わりになるような包容力のある年上の女を求めて、ついつい甘えたいと思うんだよ。トラウマなんだよ、これは」

この顔でそんな感じで口説《くど》かれたら、さぞかし母性本能をくすぐるのだろう。だが、それはトラウマというより、遺伝なんじゃないのか、と内心で私は思った。

「それじゃあ、どうして次の女へ行ってしまうんや。一人の人をずっと愛すること、できひんのか？」

むしろ、そのことの方が私にはよく理解できなかった。私は、五歳の時からずっと一人の女しか見てこなかったのだし、これからもずっとそうするつもりだ。それがどれほど崇高で幸せなことかをよく知っていた。浅く広く多くの女と情事を交わしたところで、それでいったい何が得られるというのだ。そんなものは、何も体験しないのと同じ、ただ惰性で生きている無駄な時間でしかない。

「そんな簡単なもんじゃないんだよ。なんせ、俺は母親に捨てられたんだぜ。基本的に女が信用できないんだよ。だから、しばらく女といると、不安になってくるんだ。こいつもいつか俺のことを捨てるんじゃないか、ってな。で、捨てられる前に他の女を口説きにかかってしまうんだよ。防衛本能ってやつだな。おまえみたいに、母親の愛情いっぱいで育てられたヤツには俺の苦しみは分からないだろうさ」

　後からよく考えてみれば、ただ単に女にだらしないだけのことなのに、こんなふうに堂々と正当化されると、おかしな理屈だと感じつつも、その術中にはまってしまい、反論の言葉が見つからなかった。こんなやつでも堂々と生きていることが、腹立たしく、同時に無性に羨ましくもあった。

「でも、母さんと時々会《お》うてたんやろう?」

「捨てたくせに母親面《づら》して会いにこられるのもむかつくんだよ。それで過去の自分の過ちはご破算ね、みたいな顔してさ。俺の方では全然許してやってないのにな。高校の時、二度と会いに来てくれるな！　って絶交した。何度も電話や手紙が来たけど、無視しつづけてやったんだ」

「で、それっきり?」

「ああ、それっきり。高校を卒業してから家を飛び出して、親父にもばあさんにも連絡先は教えてないからな」

　息子にそんなふうにされた母は相当なショックを受けただろう。

「で、なんでここの住所が分かったんや?」

　ふと疑問に思って、私は訊《たず》ねた。

「そんなのは、ちょっと調べりゃ分かるんだよ」

そう言うと、晴彦はそれ以上は説明しなかった。

結局、押入の奥にしまっておいた寝袋を出してきて、晴彦を泊めることになった。彼は、本当に、無一文だった。

愛情にも恵まれ、裕福な家庭で育った私がそうするのは当たり前だといわんばかりに、私のお金で酒を飲み、出前を取って食べ、三日ほど居候してから「夜行バス代をよこせ！」と財布から一万円を抜き取って、東京へ帰っていった。

彼が三日間私の部屋にいる間にアルバイトで稼いだお金はすべてなくなった。人に甘えて生きることに慣れたヤツに抗《あらが》うのはこうも難しいことなのか、と私は残り少ない財布の中身に涙した。

これが晴彦との出会いだった。この出会いが後に私の運命を大きく変えることになった。いや、彼との出会いのせいにするべきではない。これにには、なんらかの必然が働いたのだ。とにかく、私が不純なものに手を染め、万里枝の心を傷つけてしまう罪深い運命の歯車がこの時点ですでに回り始めていた。晴彦は、その歯車を回すための部品の一つに過ぎなかった。もし、彼が現われなかったら、私は、別の部品を利用して、同じ過ちを犯していただろう。要するに私は、彼女と私の間に入ってきそうになった邪魔者を払いのけるために、晴彦を利用したのだ。

晴彦が私を訪ねたことは、その時、誰にも告げなかった。父に知れたらいい気はしないだろうし、母に話してもよけいな心配をかけるだけだと思ったからだ。

四

万里枝と一緒に入った創作のサークル「カメリア」のメンバーは全部で十人だった。私たちと同じ学年が六人と、一年生が比較的多かった。私と万里枝以外では、経済学部の西《にし》脇忠史《わきただふみ》、文学部国文学科の高田《たかだ》ちひろ、英文学科の沢口《さわぐち》ユリ、法学部の田口光一《たぐちこういち》だった。

女子は、万里枝を含めて三人とも将来詩人か作家になりたくて、このサークルに入ったのだと最初の自己紹介で言った。だが、男子の中には不純な動機の者もいた。

そのわけは、沢口ユリの存在だった。彼女は全体的に華奢《きゃしゃ》で、アイドルみたいな容姿と愛くるしい笑顔で男子生徒を魅惑し、学内の噂の的だった。法学部の田口光一は彼女目当てで、このサークルに入ってきた。

経済学部の西脇は、実は文学部に行きたかったのだが、彼はその名を知らない者はいない日本を代表する財閥、西脇グループの創始者の孫だった。いずれはグループを継がなくてはいけないため、文学部に行くことを両親から猛反対され、やむなく経済学部に入学したらしい。だから、せめてサークルだけでも、文学に浸りたいというのが入部の理由だった。

　もちろん私は、万里枝と一緒にいたかったから、このサークルに入ったのだ。そして、当初の目的通り、彼女に対する気持ちを何かに投影して表現するつもりでいたのだ。元来が文系の科目は苦手なので、純文学はとうてい無理だから、卒業するまでに、一編の短いファンタジー小説のようなものが書ければいいと考えていた。

　顧問は、純文学の某新人賞を受賞し、芥川賞の候補になったこともある、谷田《たにだ》諭吉《ゆきち》先生だった。谷田先生は中央の文壇のことをかなり意識していて、最近の若手作家のことを「あんなものが某賞を取るんじゃ文学も終わりだ」と悔しそうに愚痴ることがあった。

　真にいいものは、決して世に出ることがない、というのが先生の口癖だった。出ようとするとそこに不純な動機が混じり、それがどうしても作品に反映してしまう、というのだ。私は、世に出る、ということ自体、どういうことなのかよく理解できなかったが、先生のその言葉から、自分の万里枝に対する愛について、新たな発見があった。私は自分の狂おしいまでの彼女への思いを誰にも披露したいと思わなかった。彼女への私の情念は自分の心に秘めたまま死ぬまで封じ込めておきたい、という強固な感情は、そこにいかなる不純物も混じっていない証《あかし》ではないか。

谷田先生のその言葉がひどく気に入り、折に触れて、他の「カメリア」のメンバーに話すことにした。

するると、ある日、高田ちひろが、谷田先生のその言葉について別の見解を述べた。

「でも、谷田先生は某新人賞を受賞して、芥川賞の候補にまでならはったんえ。つまり賞が欲しかったんとちがう？　それって、世に出ようとしたことにはならへんのやろうか？」

「でも、作品が純粋すぎて認められへんかったんちゃうか？」

田口が反論した。

「それ以前に、先生の理屈やったら、純粋やったら文学賞に応募せえへんいうこととちがうの。認められへんからひがんで言うてるみたいに聞こえるから、そこは好きになれへん」

みんなは、ちひろの意地悪な解釈に呆然とした。私たちの顔色を察して、彼女は慌てて付け足した。

「でも、好きやで、私、谷田先生のこと。そういう人間らしいところも愛嬌《あいきょう》やわ」

ちひろのような若い学生に愛嬌、などと言われているのを谷田先生が知ったらどんなに傷つくだろう、と、私は少し気の毒になった。

「そうかしらん。なんか俗物や、言うてるように聞こえるわ」

ユリが幻滅したように言った。

「俗物でない人間なんておらへん。そういう人間臭さを追求するのが文学やんかあ。それに、創作についての先生の話が興味深かったわ。創作に駆り立てるエネルギーというのは、自分の心の奥底に眠っている何かを引っ張り出してきて、白日《はくじつ》の下《もと》にさらけ出すことへの渇望から生まれるものや、いう話が特に私には印象に残った。つまり表に出す、いうことやろう？　創作言うのは、表現やもん」

ちひろに、勝ち誇ったように言われて、私は自分の万里枝への秘めた強い気持ちと谷田先生の言葉を重ねたことは間違いだったと気づいた。その時、私は万里枝への自分の気持ちを白日の下にさらけ出したいなどとは思っていなかったのだ。そんなことをしなくても、テレパシーのように私の思いは彼女に通じているものだと信じていた。

ちひろの谷田先生への意見をどう解釈したのか、万里枝は、読んだ本のことなどで、積極的に先生に話しかけるようになった。先生の方でも、万里枝のことをとてもかわいがるようになった。もしかしたら、谷田先生に自分の父親と同じ匂いを感じ取ったのかもしれない。サークルに入って、早速、父親の代役のような存在に出会えたことを、私は、万里枝のために喜んだ。

中学に入ってから止まっていた万里枝の髪の採取を大学へ行ってからまた始めることにした。とはいえ、大学で彼女の座っていた席などでそれとはっきり分かるものがあると、誰もいない時にこっそり拾う程度だ。だから、小学生の頃のように一度にたくさん集めることはできなかった。せっかく、サークルを通じて以前のように自然に話ができるようになったので、タイミングを見計らって、実家に遊びにこないか、と声をかけるつもりでいた。母も久しぶりに万里枝と話したがっているので、それを口実にすれば、誘いやすかった。

創作活動の方は、谷田先生の話によると、自由テーマだとなかなか作品があがってこないし、またテーマを出すと作文みたいになってしまいおもしろみがなくなる。そこで、京都のお寺を散歩して、そこから湧いてきたものを文章にしてみてはどうか、と提案した。行く場所は各々が自由に選ぶことになった。

一年生六人、私と万里枝、西脇忠史、沢口ユリ、高田ちひろ、それに田口光一が同学年ということもあり自然と一つのグループになった。六人で相談して、五月に入ってから、詩仙堂《しせんどう》へ行くことにした。

私たちの大学は三条烏丸《さんじょうからすま》にあったので、そこから四条まで歩いていき、五番のバスで一乗寺《いちじょうじ》下《さが》り松《まつ》町で降りる。西向きに舗装された斜面を上《のぼ》っていったところにお寺はあった。

椿《つばき》で覆われた木の屋根の門に続く石段を見つけて、東京出身の西脇が叫んだ。

「さすが、京都だなあ。こういうところに風情《ふぜい》を感じる」

私たちは、石段を上っていって建物の中に入った。詩仙堂は、江戸初期の漢詩の大家《たいか》である石川丈山《いしかわじょうざん》が、一六四一年に建てた終《つい》の住処《すみか》である。中国の詩人三十六人の肖像を江戸時代を代表する絵師、狩野探幽《かのうたんゆう》に描かせ、頭上にそれら各詩人の詩を石川丈山が自ら書いて四方の壁に掲げた詩仙の間というのが有名だ。

万里枝と高田ちひろは、肖像と詩を一つ一つ丹念に眺めていたが、私と西脇と田口はすぐにあきてしまった。中国の詩にさほど興味のなさそうな沢口ユリが、「わあ、綺麗《きれい》なお庭」と庭園にせり出している詩仙の間の縁側まで行って腰をおろした。それに続いて田口が彼女の隣に座った。

私と西脇もその横に並んで座った。

「建造物もええけど、私はこの庭からイメージして、なにか書いてみようかな。西脇君は？」

ユリが西脇の方を見て言った。それから彼女は西脇の方ばかり見て話をするので、田口が露骨に面白くなさそうな顔をした。彼はリュックからペットボトルを取り出して、お茶を飲み始めた。

柔らかな春の日差しが庭の木々を照らしていて、サンシュユ林の向こう側の竹林まで見渡せた。五月ということもあって、きれいに丸く刈り込まれたさつきの木が庭のあちこちで濃いピンク色の花をつけている。白砂とのコントラストが目に鮮やかだ、万里枝とちひろもやってきて縁側に座った。私たちはしばらく日常の世俗的な世界から離れ、詩仙の間から見える美しい庭木をぼんやりと眺めた。

万里枝の横顔を見ると、穏やかな表情で景色に見惚れている。ふと私はカランクの崖に立つ万里枝の姿を思い浮かべた。あの万里枝は勇敢で猛々しい野性的なイメージだ。そして、今の万里枝はこの小さな山荘の中に静かにたたずんでいて、静寂そのものだ。万里枝を見ていると、南仏の荒々しい景色にも、この寺のように飾りやおごりを捨てた、日本の美の象徴とされる寂しくて深い味わいのあるものにもとけ込んでいるかのように思えた。異端であることで、適応すべきことにより多く直面してきたからではないか、と私は想像した。

私は彼女の心には日本の文化の一部が欠けているような気がした。欠けていることで、彼女はいっそう、それを理解しようと努力しているように思われるのだ。

一流の酒造家やソムリエの中には下戸がいるという。美味しい酒造りに励むことやワインの味を表現力豊かに語ることなど。ないものに対する憧れは、人を無限の想像へ駆りだし、現実を超越することがある。

自分に欠けている何かを補おうとすることには、人をその道の達人に押し上げる力があるのだ。私は万里枝と日本文化について、そんな妄想を抱《いだ》きながら彼女の横顔を見つめていた。すると、不意に西脇と視線がぶつかった。私は慌てて目をそらした。その時、私は、彼も万里枝の方を見ているような気がした。

みんなで縁側の階段を下りて園庭へ出た。

丸く刈られたさつきにかこまれた石段を下りていくと、右手に小さな池があった。向こう側に藤の木の蔓《つる》を屋根にはわせた、木で組んだ日よけがあり、ユリがそれを目指して歩いていったので、田口もそれに続いていき、木のベンチに二人で腰掛けた。二人を遠目にしながら、私が歩調をゆるめると西脇もこちらに肩を並べてゆっくりと足を運んだ。ユリが、「早くおいで」というふうにしきりに手を振っている。

その時、一足遅れて万里枝とちひろが石段を下りてきた。万里枝はさつきの花を摘んで、中のめしべを抜き取っている。ちひろは万里枝を残してこちらに向かって歩いてきた。

万里枝は、さつきの花を反対側から口に持っていって蜜を吸い、味を確かめてしきりに首をかしげている。そうやって、なんども蜜の味を確かめると、今度は池の前にしゃがみ込み、人差し指を水面につっこんで、ぼんやり眺めている。鯉《こい》でもいるのだろうかと私は目をこらした。それから万里枝は何を思ったのか、浸《つ》けていた指を口の中に持っていった。池の水を味見しているのだ。私は彼女らしい無邪気さに苦笑した。

今度は、五指を水に浸けて、いたずらっ子みたいな表情をした。どうやら手で軽い波を作って、池の中の鯉を困らせているみたいだ。しばし、池を観賞すると、満足したのか、立ち上がって、ジーパンで濡《ぬ》れた手を拭《ふ》きながらこちらに向かってきた。

万里枝は、几帳面《きちょうめん》で女の子らしいユリのようにアイロンのかかった綺麗なハンカチを持つということがなかった。そういう彼女のあまり自分にかまわないおおざっぱなところが、元来几帳面な私を苛《いら》つかせた時期もあったが、今では、それも愛嬌のうちと受け入れられるようになっていた。

それから私は、ある思いに囚われた。鯉と藻《も》のエキスの入ったこの季節の池の水は万里枝の唾液と混じっていったいどんな味がするのだろうか、と。私は彼女の指の浸かっていた池の水を自分もなめてみたくなった。今すぐにだったら、そこに彼女の味を識別できるに違いない。あの池には、何万倍にも薄められているとはいえ、万里枝の唾液が混じっているのだという事実が、私をぞくぞくさせた。そうして思い起こしてみると、私は、彼女が子どもの頃に我が家に来たときに飲み残したジュースやお茶のたぐいに後からそっと口を付けてみるのが好きだった。彼女の唾液の味がするからだ。あの池にだって、彼女の分泌物が混じっているのだからその風味は当然残っているはずだ。

途方もない想像に酔いしれながら、不意に西脇の方を見ると、彼もやはり万里枝の方に視線を留めていた。彼の視線に熱くて力強いものを感じた私は、たちまち不愉快になった。

万里枝を観賞するのはこの世界で唯一私だけの特権なのに、西脇の図々しい視線はいったいなんなのだ。私は苛立ち、それきり、不穏な気分に支配されつづけた。

それが最初の悪い予感だった。

帰りのバスで、田口の隣になった。ユリと万里枝とちひろと西脇は四人がけのシートに向かい合わせに座っている。ユリの明るい笑い声がきこえてくる。

「ちぇっ、何不自由ないぼんぼんのくせしやがって。あんなぼーっとしたヤツ、どこがええねん。あんなヤツ、西脇財閥やなかったら、ただの腰抜け。情けないヤツにきまってるやんけ！」

田口が吐き捨てるように言った。

「ええヤツやんか。嫌みのない」

私も、さっきの件以来、彼のことをはっきり嫌いになったのだが、ここで田口に合わせて悪口を言ったのでは自分がますます惨めになると思った。西脇は性格がおっとりしていて、いかにも人がよさそうに見えるのだ。

「嫌みやないか。金持ちで、スポーツマンで、そこそこ二枚目なヤツなんか。女にもてる条件そろってるのに、性格までええヤツやなんて、こんな嫌みなヤツおらんで。俺みたいに金はない、見た目は十人並み、性格は……」

「嫉妬深い」

私がそう言うと、田口は意外なほど傷ついた顔をした。

「僕らみたいな平凡な人間は、それなりの幸せに満足したらええねん」

私は慰《なぐさ》めるつもりで慌てて付け加えたが、それはますます田口を傷つけることになった。

「そこそこ豊かなおまえが平凡やったら、俺はいったいなんやねん。俺みたいな人間にな、いったい何が残されてるっていうんや」

「………」

「恵まれてるヤツに嫉妬して、卑屈になるしかないやんけ。こういうの不運の連鎖っていうんや」

田口のところは、大学に入学した直後に、父親がリストラされ、パートの母親の収入だけになってしまった。いつまで大学が続けられるか分からないとよく嘆いている。大学が終わると、夜遅くまで居酒屋でアルバイトしているので、授業中よく居眠りをしていた。試験前になると、他の学生からノートを借りているようだった。

一方、西脇は、田口に対して苦手意識があるようだった。多分、嫉妬されていることを感じ取っているのだろう。その分、私に親しみを感じて、学食などで、私を見つけると積極的に目の前に座ることがあった。正直、私は彼になど全く興味がなかったし、そうやって目の前に座られること自体面倒くさいと思った。一人、空想に耽っている方が私にはよほど有意義な時間なのだ。しかし、彼の方では、私のそんな気持ちに全く気づいていないらしく、持ち前の人当たりのよさで、最近読んだ本の話、映画の話など、楽しそうに話しかけてくるのだ。おめでたいヤツだと内心思ったが、私の方でも、表面的にでも彼と親しくすることで、彼の万里枝に対する関心を見張っておけると計算した。また、同性の友達と屈託なくつきあえる健全な大学生を装うことにある程度の価値を見いだしていたから、あからさまに嫌な顔はせず、適当に相づちは打つことにした。子どもの頃から、常識からはずれることを過敏なまで気にしている私は、普通の大学生であることが大切なことだと心得ていたのだ。

何度かそうやって学食で食べているうちに、雑談の中で彼はさりげなく切り出した。

「君、万里枝君と幼なじみなんだって?」

彼の声は少しうわずっていた。私は胸にちくりと針を刺されたような痛みを受けた。

「ああそうやけど……」

ついに来た。西脇は、ユリではなく、万里枝に強い興味があるということが、私の思い違いでもなんでもないと知る時が。私は心のどこかで、その予想が当たらないで欲しいと、願っていた。彼が私に近づいてきたのは、彼女のことをもっと知りたいという下心からだということも、できることなら認めたくなかった。

西脇とは、それっきり、いっさい口をきかないでおけばよかったのだ。

だが、私は、彼など、万里枝と自分にとって、取るに足りない相手だと、自分に言い聞かせ、それをその場ではっきりさせたかった。だから、危ない橋を渡ることにしたのだ。万里枝との子どもの頃の思い出話を彼に話してきかせた。いかに自分と彼女が親密な関係であるかを見せつけて、彼を万里枝から退《しりぞ》けさせたい衝動にかられたのだ。

長身でスポーツマン、親が途方もない金持ちで将来が約束されている何不自由ない男。田口ほどではなくても、そんな西脇に対する対抗心からだったのかもしれない。ほんの少し見返してやりたいというたぐいの薄っぺらな対抗意識。万里枝を競うのには、およそ相応《ふさわ》しくない、通俗的な感情だったにもかかわらず、止められなかった。

私は、万里枝の母親がマルセイユ出身で、祖父母が地中海の港に面したレストランで郷土料理を作っていること、カランクの話、ブイヤベースという魚のスープのこと、シルヴィが作ってくれたカスレという豆を煮込んだ料理のことなどを話してきかせた。

その時、西脇の瞳がぎらりと光ったのを私は見逃さなかった。彼の目は、もっと知りたい、もっと話して欲しい、と訴えかけているようだった。私と万里枝の間に、食い込んで来そうな、そんな野心的な目だった。

この男にそんなハングリーな面があること自体、私には意外だった。何不自由ない生活をし、生まれながらにして巨大ブランドを背負い、与えられたものに満足していればそれでやっていける、そんな人間にハングリー精神など似つかわしくない。だから、もっと軟弱な人間だと、私は、高をくくっていたのだ。

私が十数年かけてこつこつと築き上げてきた、万里枝との関係に割り込んでこようとする彼の野心はいったいどこから来るのだろう。

——勘違いも甚だしい！

そう思いながらも、私は焦りと苛立ちを感じた。

奪ってくれ、と言わんばかりに自分の大切な宝物を敵に自慢するとは、なんて愚かしいことをしてしまったのだ。

万里枝のことは、決して人に自慢してはいけなかったのだ。

それからというもの、私は西脇とはつかず離れずの適当な距離を取るようにした。彼の方から話しかけてきても、曖昧《あいまい》に相づちを打つだけになった。

万里枝の話を振ってこられても、話をそらすか、いっさい返事をしないようにした。

五

「カメリア」の創作活動は、作品の方の提出はあまりないまま、京都の寺巡りみたいな感じで一年が過ぎた。相変わらず、田口はユリを思い、ユリは西脇を、そして西脇は万里枝を思っているようだった。

私は、万里枝だけを見つめていた。

ある日、学内で、西脇と万里枝が二人でベンチに座って話しているところを見かけた。私はごく自然な態度で二人に話しかけに行こうと近づいたが、こちらに気づく様子もなくうち解けて話している二人を見て、足が硬直した。

こんなふうに他の男子と彼女が話している光景など、いままでだって何百回と目にしてきた。どうってことないはずなのに、なぜか二人の姿を直視することができなかった。西脇の万里枝への気持ちの熱さに怖《お》じ気《け》づいたからなのか、とにかく、いつものような余裕は私にはなかった。私は咄嗟《とっさ》に視界に入ってくる二人の姿を消したくなったのだが、それができないので、自分がその場から消えることにした。

私は、くるりときびすを返すと、反対方向へ逃げるように歩いていった。いつの間にあの二人はあんな親しげに話すようになったのだろう。

万里枝の方では、西脇に話しかけられて、仕方なしに相手をしていたのだ。いつものことではないか。彼女は如才《じょさい》がないので、あんなふうに、その場だけ、誰とでも適当に楽しそうに話すのだ。そんなことは、私が一番よく知っていることではないか。

帰宅してから、私は自分がなぜこんなに焦りを感じるのか、自問自答した。自分はあんなヤツのいったい何が気になるのだ。ただの空気だと思って無視すればいいではないか。何度も自分にそう言い聞かせたが、そうしようと努力すればするほど、西脇の顔が私の頭から離れなくなった。私は、自分の弱さに嫌気がさした。

情けないことに、私は、西脇グループというブランドに、脅威を感じているのだ。それは私にとっては、未知の物体だった。たかだか、そんなものが二人の間に割り込めるはずもない、と思う一方で、その先には、私が見たこともないような世界が広がっているような気がした。その高さに行かなければ決して眺めることのできない景色、そこへ行かなくては感触を得られない何かに、万里枝が惹かれていってしまうことを恐れたのだ。

その日の夜、私は万里枝の気持ちを確認したい思いに取り憑かれて、彼女のマンションを訪ねた。

「あれ、タカ。どうしたん?」

顔を出した万里枝は右手でドアのノブを握り、左腕に一匹の黒い子猫を抱きしめていた。ジーパンに白いTシャツ、髪は後ろで束ねてポニーテールにしていた。

「その猫どうしたんや?」

「ひろったん」

「いつ?」

「一週間ほど前。まあ、入ってんか」

万里枝は私を部屋へ招き入れると、猫を床に置いた。猫はちょこんと座ると、前足をぺろぺろなめ始めた。

「へーえ、かわいいなあ。なんていう名前?」

「ミルク」

「真っ黒やのに?」

「近くの空き地をふらふらしとったんよ。抱き上げたら、私の耳たぶにちゅーちゅー吸い付くんよ。まだ母猫のおっぱい求めてたん。すごい乳くさいくせして、真っ黒やんかあ。ほんでミルクって、わざとつけたん。ええ名前やろう?」

そう言ってから、万里枝は「えへ」と笑った。

私はしゃがみこんで猫ののどを指でなでた。しばらくごろごろとのどを鳴らしていたが、ミルクは「みゃーお」と一鳴きすると、寝室の方へ歩いていった。

「お願いがあるんやけど」

「何？」

「私、今年もマルセイユへ行くし、その間、ミルクの面倒みてくれへん？」

「ええよ、そんなことやったら喜んでみるで」

万里枝が住んでいるのは、市内の中心街にある1LDKのマンションだった。シルヴィが旅行会社の社長と愛人関係になったのが二年前。万里枝は、母親の恋人といまいち気が合わなかった。どこがどうということはないが、なんとなく偉そうなので嫌いだというのだ。万里枝がここへ引っ越しするのを手伝いに来た時、私も一度だけ会ったことがあるが、五十過ぎの穏和な紳士という感じだった。

どうやらシルヴィはその人に経済的なことで、助けてもらっているらしい。住むところも前のアパートから2LDKの高級マンションに引っ越した。

その社長の印象には、確かに、心に引っかかるものがあった。にこやかに話している時でも、言葉の端々から威圧的な響きが伝わってくるし、シルヴィはそんな彼にかなり気を遣っているようすだ。万里枝は、母親がその人に遠慮している姿を見ると、惨めな気持ちになるのだ。万里枝はその男の前ではあからさまに無愛想で、始終仏頂面をしていた。男の方でも彼女のことが苦手なのか、話しかけることはなかった。

大学に入ったのをきっかけに、万里枝は、一人暮らしをしたいと言い張った。経済的に無理だとシルヴィは反対したが、不動産業もやっているその社長がタダ同然の家賃でこの部屋を貸してくれることになった。その男にとっては、万里枝がいない方がシルヴィの家に行きやすいし、自分がくつろげるのだから、さして割の悪い提案でもなかったのだろう。

私がここへ来るのは一年前に引っ越しを手伝って以来だった。

「創作の方、どうや?」

「あんまり進んでへんの。書くのって難しいね。タカは?」

「この間の金閣寺、なかなかよかったけど、ほんまにきんきらりんやったな。あんな絢爛《けんらん》豪華なんは、日本の美という感じせえへん。今のところ、一番最初に行った、詩仙堂が印象ええな、僕は」

「さつき、ちっとも甘《あも》うなかったけど……」

あんなお寺で花の蜜を吸うなんて、まったく何を考えているのだ、とあの時のことを思い出して私は苦笑した。だが、その場の自然ととけ込む万里枝の壁を作らない性格が好きだった。地中海の波に打たれるカランクにも、京都の古びたお寺の庭にも、万里枝は自分の居場所をちゃんと見つけて、楽しんでいる。それは、異文化を背負った彼女が子どもの頃から身につけた処世術なのだ。裏返せば、本当の居場所、というのを彼女はいまだに見つけていない。私は、五歳の時から、彼女のよりどころに自分がなるという大業に挑戦すると決めた。一生をかけてやらなければならないほどの大業。それに成功したとき、万里枝は私のそばにいることで真の安らぎを感じるはずだ。私はそう信じて今まで生きてきた。なのに、私のこの尊《とうと》い希望は、西脇という存在によって、いとも簡単に崩れそうになっている。

思い切って、私は聞いてみた。

「今日、西脇と楽しそうに話してたな。あいつ、万里枝に気があるのと違うか？」

なるべく軽い口調で、冗談っぽさを装おうとしてみたが成功しなかった。私の声は裏返っていた。

「まさかあ。私と西脇君なんて、全然釣り合《お》うてへんもん」

私は釣り合ってないという言葉にかちんときた。万里枝がそんなことを気にするとは思わなかったのだ。

「あんなヤツは、ものすごええとこのお嬢さんと結婚するんやろうな。なんせ西脇財閥の御曹司《おんぞうし》なんやからな」

我ながら俗っぽい言い方になってしまったが、あんまり癪《しゃく》に障《さわ》ったので、わざと嫌みに聞こえるように言ってやった。

だが、万里枝はそんなことは意に介してないというそぶりだった。

「西脇財閥ってやっぱりすごいんや。ユリちゃんも同じこと言うてたわ」

「そら、日本を代表する企業グループの一つやからな」

「ふーん、そうなんか。夏休みに、ディズニーランドにユリちゃんと一緒に行くことになってるんよ。そうしたら、西脇君ったら、その頃自分も東京に帰ってるから、向こうで会わへんかって誘われたの」

「マルセイユに帰るんと違うんか？」

「それは八月の半ばから。ディズニーランドは夏休みに入ってすぐに一泊で行くつもりなんよ。そうしたら、ユリちゃんが西脇君のお屋敷を見たいってミーハーチックに言い出したん」

「ふーん、それで？」

「ええよ、遊びに来てって。田園調布なんやって。田園調布いうたらすごいお屋敷のあるところやろう？　どんな豪邸やろう。一見の価値あると思わへん？」

「高田は行かへんのか？」

「ちひろはプライド高いやんかあ。そういうミーハーなん『ふん』って感じ。西脇君みたいな生まれながらにして金持ちの人に興味ないんやって。努力のない人は軽い、とかなんとか言うてるけど、もしかしたら反感あるんかも」

「別に反感までもたんでええけど、君も沢口もプライドなさすぎひん？　あいつは、君らみたいな普通の女となんかせいぜい遊びやで」

「西脇君は紳士やし、ええ人やで。それに、ええやん、遊びでもなんでも。ユリちゃんと『わーい、楽しみ！』いうてはしゃいでるの」

ふざけているふうを装っているが、万里枝の目が夢見心地なのに気づいて不愉快になった。

「あんなぼんぼんのどこがええんや！」

私は怒りにまかせて吐き捨てるように言った。

「西脇君、案外、苦労してるんよ。西脇グループいうのんがいつもついてまわって、普通の人として見てもらえへんのやって。利用しようと取り入ってこられるか、嫉妬されて意地悪されるかのどっちからしい。そやから、本当はすごく孤独なんや、彼」

「でも、豪邸へ君らを招待するんや。それ、言うてることとやってることが矛盾してへんか？」

苦労知らずの人間が自分の不幸をひけらかすのなんて、相手の関心を引くための常套《じょうとう》手段ではないか。そんな手口に引っかかる万里枝も万里枝だが、なんて薄っぺらいヤツなんだと心底、私は、西脇を軽蔑《けいべつ》した。

「それはユリちゃんが頼んだからやないの。彼女、西脇君に気があるんよ」

だが、西脇が興味を持っているのは万里枝の方なのだ。万里枝はそのことに気づいているのだろうか。

「豪邸見たいやなんて、へつらってるやないか」

「ただの好奇心や。へつらってなんかいいひんもん」

「そやけど、豪邸に招待するやなんて、鼻持ちならんヤツやないか」

「なにやっても、そんなふうに鼻持ちならへんっていわれるんやって、彼。それも可哀想とちがうか？　でも、そういうことはもうあきらめてるみたい。結局、自分から西脇グループを取ることは出来ひん、それも含めた自分なんや、そう悟ったんやって。自分がどれだけ、そのしがらみに囚われずに自由に生きられるか、それに青春をかけることにしたらしい」

「そんなことまで君に……」

彼のことをよく理解しているみたいな、しみじみとした万里枝の口調に、私は言葉を失った。

地中海の断崖《だんがい》に堂々と立つ万里枝でも、西脇グループというブランドが与えてくれる別世界にあこがれを持つのか。

もしかしたら、西脇の方でも、万里枝が持っている異国の空気に、逃げ道を見いだしているのかもしれない。万里枝となら、西脇グループのしがらみに囚われずに自由に生きられるかもしれない、そんなふうに考えているのではないだろうか。彼は、自由への小さな穴、抜け道が彼女のグレーの瞳に映っているのを発見してしまった。きっと、そうに違いない。いかにも金持ちの息子が考えつきそうな気まぐれな逃げだ。

万里枝への情熱は私の中で十年以上燃え続けてきた、私を生きることへ駆り立てる尊い炎なのだ。時には、自分の情熱に自分自身が手に負えなくなり、火傷《やけど》しそうになったこともある。それを、なんとか沈静化させ、抑制をかけながら、じっくり丁寧に熟成してきた。その尊いものを、西脇ごときの気まぐれで、いとも簡単に失いかけていることが信じられなかった。私の大切に育ててきた、この世で、いやこの宇宙で唯一の花を、彼は、他の花よりちょっと珍しいからというだけの理由で、摘んでしまおうとしているのだ。

私はわめき出したくなるのを必死で抑えて、黙り込んだ。

そんな私の気持ちをよそに、万里枝はキッチンからボトルを一本持ってきて、目の前に置いた。中には透明の液体が入っていた。

「なあなあ、そんなことより、これ、知ってる?」

「さあ、なんやこれ?」

「パスティスってマルセイユのリキュール。去年のクリスマスにおじいちゃんがくれたん。私らももう二十歳になったやんかあ。アルコール解禁ってことで今日は一緒に飲まへん?」

自分と二人っきりで酒を飲むということを万里枝はどう考えているのだろう。普段だったら、こういう万里枝の無防備さが好きなのだが、それが今は、ひどく無神経に感じられて、訳もなく腹が立った。

——僕らみたいな平凡な人間は、それなりの幸せに満足したらええねん。

自分がこんな偉そうなことを田口に言っていたことを思い出し、恥ずかしくなった。

私のイメージしている〈それなりの幸せ〉には、万里枝の存在が不可欠なのだ。彼女がいなければ、それなりの幸せなど私にはない。それどころか、生きる意味そのものが私の中から消えてしまうのだ。

私のような平凡な人間が、いったい万里枝に何をしてやれるというのだ。せいぜい、父が母にしているような、質素だが経済的に安定した生活と、彼女に対する敬意と深い愛情だけだ。

万里枝が、「ほい」と言って、パスティスを背の高いタイプのデュラレックスのグラスに注いだ。それは、黄色がかった透明の液体だった。氷を入れて、水を注ぎ入れると、カルピスみたいに白っぽく濁った。

飲んでみると、香草のきつい味がした。顔をしかめてグラスを置く。とても飲めたものではない。こんなものをマルセイユの人は常飲しているのか。

「アニスの匂いがきついやろう？　でも、慣れたら美味しいなってくるで」

そういいながら、万里枝は、グラスに入ったパスティスを飲み干した。

万里枝と話していると、西脇の名前が頻繁にでてくるので、冷静に向き合っているのが苦しくなった。

意識がなくなるほど酔いたくなり、半ばやけくそで、アニスの強烈な匂いを無視してどんどん口に流し込んでいった。

「どう、味？」

彼女がそんなふうなことをきいたのは覚えているが、後はなにがなんだか分からないまま、私は飲み続けた。恥も外聞もなく嫉妬して、西脇の悪口をやたらに言ったような気がする。浅はか、気まぐれ、飽きっぽい、逃避野郎、彼の人柄をそういった表現で何度も繰り返していたのだけは記憶に残っている。それから、万里枝の笑い声。万里枝は酔うと笑い上戸になるのか、けらけらと嬉しそうに笑っている。それと反比例して、私の気分はどんどん落ち込んでいった。

翌朝、目を覚ましてみると、私は、自分の部屋のベッドで寝ていた。どうやって家に帰り着いたのか、さっぱり思い出せない。頭ががんがんして、起きる気力がない。私は万里枝の髪をしっかり握りしめていた。昨夜、このベッドに転がり込んで、彼女を失いたくない一心でこの髪を胸に置き、呪文を唱え続けていたことを思い出した。

私はベッドに横になったまま再びまどろんだ。

夢の中に万里枝が出てきた。彼女は公園のベンチに腰掛けている。話しかけようとしたら、またもや隣に西脇がいたから、体が硬直した。二人は楽しそうに話していて、私の存在にまったく気づいていない。

突然目の前にとてつもなく大きな高層ビルが現われた。西脇は万里枝の手を引いて、そのビルの中に消えていった。

――万里枝、君にそんな場所似合わへん。そっちへ行ったらあかん、もう二度ともどってこれへんで！

そう言って、私は、万里枝の名前を何度も叫んだ。あんな高いビルから世の中を見渡したら、もう地上から人生を見ることなどできなくなる。苦労しないで、高いところへなど行ってはいけないのだ。

結局、彼女は帰ってこなかった。永遠に、上に行ってしまったままだ。失意のどん底から立ち直れず、私は、コンクリートの地面にはいつくばったまま、身動きできなかった。しばらくそうしていたが、そのまま死にたくなり、万里枝の名前を叫びながら地面にがんがん頭をぶつけた。頭が割れて、手のひらに血がぽたぽたと落ちてきた。

そこで目が覚めた。

私はしばらくアパートの天井をぼんやり見つめていた。

悪夢から這《は》い出すことはできたが、絶望から抜け出すことはできなかった。これは夢だといくら自分に言い聞かせても、ダメだった。これは、現実を暗示した夢なのだ。

私は涙を流して泣いた。いくら泣いても、万里枝が西脇の世界へ行ってしまったら、もう自分のところへは戻ってこないだろう。万里枝を失ったら、私には、生きる理由はない。今の夢で私が悟ったのは、そのことだった。

一日、ベッドの中で過ごした。二日酔いの吐き気が治まらず、時々、水をかぶ飲みしてはトイレで吐いた。

夕方になって、なんとか吐き気が治まったと思ったら、チャイムが鳴った。

ドアを開けると、木村晴彦が立っていた。彼は左手に大きなスーツケースを持っている。

六

今、この兄と話すことなどないし、正直、顔も見たくなかった。

だが、晴彦は私の顔を見るなり「なんだ、失恋でもしたのか？」と言ったからぎょっとした。兄に自分の人生の一部始終を監視されているのではないかと思って、私は慌てた。

「なんで分かったんや？」

「ふーん、やっぱりそうか。人間の悩みって、おおむねそうだろう」

晴彦はそう言いながら、私がうっかりチェーンをはずしたドアを無理矢理押し開けると部屋の中に入ってきた。

晴彦は、白い絹のシャツの上から、薄い緑がかった色のスーツを着ている。身なりにはかなり気を遣っているようだ。畳の部屋にスーツケースを転がして置くと、その横にあぐらをかいて座った。黒色のかなり幅のあるスーツケースを見て、嫌な予感がした。

「そっちは、また、女の家から追い出されたんか？」

私は焦ってたずねた。おおむね、というかたいがいの場合、この兄はそうなのだ。本人がそう言っていたのだから間違いない。

「いや、今度はそうじゃない」

「へーえ、珍しいな」

「実は、京都で仕事を見つけたんだ。祇園《ぎおん》のクラブ」

「ピアノ？」

「ああ、仕事っていえば、俺にはそれしかないんだよ。だから当分京都に住むことにした」

「そんなこといきなり言われても……東京で見つからへんかったんか？」

ここに居候されるのだけはかんべんして欲しい。それだけは断固拒否しなければ。

「いやあ、仕事ならいくらでもあるさ」

「へーえ、ピアノの仕事ってそんなにあるんか？」

「まあね。腕が違うからさ、この腕がな」

晴彦は得意げにそう言うと、机の上で指を動かし、ピアノを弾く振りをして見せた。上体をメロディーに合わせて揺らしながら、細い指が机の上をしなやかに躍りだした。ろくでもない生活をしているくせに、いっぱしの名ピアニスト気取りだ。

「顔で選ばれとるんとちがうか？　腕なんか二の次やろう」

「なんだと！　失礼なやつだな、まったく」

「けなしたんやなくて、ほめたんや。ルックスかて大事やろう」

どうせ、それしか取り柄のないヤツのくせに、と内心思った。

「おまえ、ちょっと失恋して傷ついてるからってな、言って許されることと許されないことがあるんだぞ！　俺のピアノ、聞いたことないくせに知ったようなこと言うな！」

私は、晴彦の声が震えているのにいささか気圧《けお》された。もしかして、彼は真剣に怒っているのだろうか。

「もちろん腕もやけど、顔が客受けする、いうのも、ええことやないか？」

「ちっともよくない。俺は自分の腕だけを見てもらいたいんだよ。純粋にこの腕だけを。恋愛だってそうだ。本当はな、内面だけを好きになってくれる女を探してるんだよ」

内面だけで、あんなに女を渡り歩けるわけがない。そんなことは、本人が一番よく知っているはずだ。むしろその顔が外観を気にする虚栄心の強い女ばかりを引きつけているのではないか。

人間、持って生まれたものを利用しているくせに、それがコンプレックスになったりもするというわけか。

努力して得たものでないから？　自分で築き上げたものだと誇れないから？　私は晴彦に心の中でそう問うてみた。

　それから、西脇のことを考えた。西脇グループのしがらみに苦しんでいるだと？　それによって底上げされているものの方が大きいというのに、そんなのは贅沢《ぜいたく》な悩みだ。万里枝のまるで彼を庇《かば》ったような言い方を思い出すと、むらむらと怒りがこみ上げてきた。

「なんだよ、信用してないな」

「なにがや？」

「内面だけを愛してくれる女を探してるってことだよ」

「そんなん見つかりっこないやろう。顔は人とのコミュニケーションの一番最初の身分証明書みたいなもんなんや」

　その次に来るのは、西脇が背景に持っているような社会的地位なのだ。そのどっちかでも持っているヤツのところに内面だけを見てくれる純粋な女なんか巡ってくるはずがないではないか。私は腹立ち紛れにそう心の中で断言した。

「いるかもしれないじゃないか」

「よぼよぼのじいさんになってから探したらええ。それでも、兄さんやったら、その人のこと信用できんと浮気してしまうんやろうな」

「だから、それは……」

　そこで、晴彦からまた自分の生い立ちの不幸をくどくどと聞かされることになった。

生い立ちはともかく、女を信用できずに、浮気してしまう、それは、一種の癖で治らないのだろう。

「しかし、そんなにピアノの腕があるんやったら、なにも京都まで来る必要ないんとちがうか？　京女はこりごりなんやろう？」

「俺が女に懲りるなんてことあるわけないだろう。この地でしばらく、ゆっくりしたいんだ。東京の人混《ひとご》みでアクセクするのにはもう疲れたんだよ」

「どこがアクセクや」

この兄がアクセクしている姿など想像もつかない。こういう常識的な言葉がまるで似合っていない男だな、とつくづく思った。晴彦の本心は別のところにあるのではないか、私は直感的にそう思った。

晴彦は、私の部屋の小さなロッカーをあけてしばらく中を確かめていたが、「なんだ、おまえスーツ、ほとんど持ってないんだな。ジーパンとTシャツ、それにトレーナーだけかよ。色も白と紺だけ。しみったれてやんの、まったく」

「僕の身なりみたら分かるやろう。兄さんは恵まれてるとかなんとか言うて責めるけど、僕は僕なりに、親に遠慮して、質素な学生生活送っててんのや」

「こぢんまりとまとまったつまんないやつだな、まったく。そんなんだから、女に振られるんだよ。一番もてないタイプだよ、おまえみたいなの」

「別にもてたいなんて思ってへん」

私はぷいとそっぽを向いた。

「まあ、そんなことはどうでもいいや。ロッカーに隙間は充分あるな」

そう言いながら、晴彦は、スーツケースのふたをあけると、中からハンガーつきのスーツを何枚か取りだした。

「な、なんや。ここへ居候するつもりか。それだけは勘弁してくれ。こんな小さい部屋なんや。二人は無理や」

「心配すんな。一週間ほどでいい。その間に住まいは探すから」

「住まいやなくて、女をやないのか？　そんなんいつ見つかるか分からへんやないか。予定のたたんこと約束されても困る」

「いや、ここはピアノが置けないだろう。ピアノ無しで俺は生きていけないんだ。一日最低でも四時間は練習しないと腕が落ちるからな」

「前に京都のデパートの女のところに居候してたって言うたな。その人はピアノを持ってたんか？」

「ああ、もちろんそうだよ。でなきゃ、いくら好きになっても、同棲なんかしないさ」

晴彦は大まじめな顔で言った。

「四時間も練習するんか」

「気分が乗れば、一日中だって練習しているよ。ピアノが俺の命なんだ。三歳から親父にたたき込まれて、それだけはずっと変わらない」

私は兄の目を見た。真剣そのものだ。ピアノに関する彼の思い入れは、どうやら本物なのだ。私は、兄のことをほんの少しだけ見直した。顔がいいだけで、内容のない男だと思っていたが、それよりはちょっとましなヤツかもしれない、と。もっとも、この男の父親だって、祖母はぼろくそに言うが、母が駆け落ちするほど好きになったのだ。ピアノに関する気持ちは本物だったのだろう。だから、息子にもそれだけは、スパルタで教え込んだのだ。

それから三日後の夜、私は晴彦がピアノを弾いている姿を祇園のクラブへ見に行った。クラブといっても、女性でも気軽に飲みに行けるショットバーみたいなところだった。カウンター以外に四人がけのソファがいくつか並べてあり、そこそこスペースは広いがホステスがいないのでそんなに値段は高くない。カウンターでカクテルを二、三杯飲んで四千円くらいもあれば足りると晴彦からきいていた。

スチール製のカウンターチェアに座ると、私はパスティスを頼んだ。リカールという銘柄のビンを出してくると、バーテンがグラスに注ぎ、エビアンと氷をその隣に並べた。

氷を入れると琥珀《こはく》色の液体はたちまち白濁色になった。事典で調べたところ、この濁りはハーブの中の非水溶成分が分離して出てくるからだと判明した。

一口含んでみる。相変わらず癖の強い味がするが、先日、万里枝と酔いつぶれるほど飲んだおかげで、舌がこの味に慣れていた。

飲みながら、窓際でピアノを弾く晴彦をずっと眺めていた。カウンターには、他にも若い女性客が二人、それに年配の男と着物姿の中年の女が座っていた。

ピアノの腕について細かいことはよく分からないが、ショパン、ドビュッシー、リストとなめらかに演奏する晴彦の指の動きは鮮やかだ。指だけでなく、全身がピアノの音色に応じてなめらかに揺れているその姿が美しかった。実際に生の演奏を聞いてみると、先日机の上で弾く振りをしていた時とは大違いだ。

窓から入ってくる祇園のネオンの光と室内の照明が兄の顔を複雑な色に染めているのも不思議な効果を発して、私の知っている兄とは違う、ピアノと一体化した別の生き物が音の世界を自由自在に舞っているように見えた。なんて、綺麗なのだ。これが自分の兄であることを初めて誇らしく感じ、感動のあまり背筋が震えた。

私は、ふと自分の顔がこの兄のようだったら、と考えた。それでも、万里枝は西脇のもとへ行ってしまうのだろうか。自分は誰よりも彼女を理解し、愛している。西脇なんかが一生かかっても知ることの出来ない彼女のすべてを知っている。もし、今、自分に不足しているものがあるとしたら、それはこの兄のようにあか抜けた美しさなのではないか。西脇のようなブランド力がない分、それに対抗できる別のものが私には必要なのだ。

私はリカールを三杯飲んで、演奏がいったん中断したところで、兄に軽く会釈して店を出た。酔いを冷ますために、先斗町《ぽんとちょう》の路地を北向きに三条通をめがけて歩いていった。途中で、お茶屋から出てきた振り袖におこぼを履いた舞妓《まいこ》数人の派手な格好に目を奪われた。見るからに仰々しくて重たそうな色彩鮮やかな着物と帯を身につけて、一本の乱れもなくきっちりと自髪で結った日本髪に季節を感じさせる藤のかんざしをさしている。

客らしい中年の旦那衆三人を見送るために彼女たちは出てきたのだ。客はすっかりいい気分で、舞妓たちに囲まれて歩いている。そうやって見送られている間中、自分たちは特別だと言わんばかりに、自慢げに他の通行人を数段高い位置から見下ろしているのが感じ取れた。

私は舞妓のおこぼの鼻緒の色を見た。紅《べに》色をしている。この世界に入ってまだ一年くらいというところだ。舞妓は十五、六歳から始めるので、せいぜい高校生くらいの娘。芸を磨いているといってもまだほんの見習い。真の芸を磨き抜いた迫力を備えているわけではない。私は、一人の舞妓の衣服を全部はぎ取り、白塗りの化粧をおとし、髪をばっさり切った姿を思い浮かべた。そこらの高校にいる色黒で平凡な女の子が現われるのを意地悪く想像した。先斗町の舞妓のブランド力というのはそんなものだ。まとっている高価な衣装と伝統の力によって、彼女たちの価値はこれでもかというくらい高いところへ押し上げられている。そうして考えてみると、世の中を欺くのなどいとも簡単だし、自分にもできるような気がした。

先斗町を抜けて、三条通を西へ歩いて河原町《かわらまち》通に出ると、私は市バスに乗った。アパートにもどると、私は兄の帰りを待ちながら一人部屋で考え続けた。なんと言えば、晴彦を口説き落とすことができるだろう。まず、単刀直入に言って、それでダメだったらどうしたものか。私は、恐らくそうであろうと考えられる彼の弱点についてあれこれ考えを巡らせた。

朝帰りしてきた晴彦はシャワーを浴びて、ジャージ姿で畳の上にあぐらをかいた。座卓の上に置いたままになっているビニール袋から、コンビニで買ってきたらしいビールを取り出し飲み始めた。一息つくのを待ちかまえてから、私は思い切って提案した。

「なあ、うちの大学のサークル、『カメリア』に入らへんか？」

「カメリア？　なんだそれ」

「詩とか小説とか書くサークルや」

「興味ないな」

「ピアノ弾くんやろう？　作詞とか作曲せえへんのか？」

「十代の頃は詩を書いてそれに曲をつけて歌ったりしてたよ。けど、今、読んだらこっぱずかしいのなんの。現実の女ってのはな、最初はいいんだよ、優しくて。でも、後は、思い出すのもおぞましい修羅場ばっかりだ。女の怖さを骨の髄まで知ったら、愛の歌なんか歌ってられないんだよ、ばかばかしくて」

やれやれ、浮気性のせいで、恋愛観まで歪《ゆが》んでしまっている。一人の女を一途に愛し続け、いまそれを失いそうになっている私には、兄のこういう浅はかなところが理解できなかった。

結局のところ晴彦みたいに選択肢が多すぎると、本当の愛をつかむことすらできないのだ。哀れなヤツだとしみじみ蔑《さげす》んでいるうちに、少し溜飲《りゅういん》が下がった。

「別に愛の詩やなくてもええんや。女の怖さを詩にしてもええわけやしさ」

「思い出すのも胸くそ悪いもん、どうやって詩にするんだよ、バカ」

私は、先日、金閣寺で撮影した写真を晴彦に見せた。

「これ、その『カメリア』のメンバーなんや」

「ふーん。どれどれ。なーんだ、みんな若いなあ」

「僕と同級生やからね」

晴彦はまじまじと写真を見た。私は一人一人を紹介した。男にはさほど興味がなさそうだが、女の写真にはじっくりと目を通している。

「俺、年下の女には全く興味がないんだよな」と言いながらも「うわあ、気のきつそうな女だな」とまず、ちひろのことを指さして、晴彦は言った。

「そうかなあ。知的な文学少女やで、彼女。そういえば、プライドは高いけど……」

彼女だけは、西脇の豪邸になど目もくれない女なのだ。

「こういう女は要注意だ。インテリぶってて、男女同権だなんだかんだとうるさいんだよ。セクハラに目くじらたてそうだしな、危ない危ない」

セクハラなんかするやつの方が悪いんだ、私は内心そう思ったが、晴彦の女に関する勘の鋭さに驚いた。

「こっちは上昇志向が強そうだな。俺みたいな貧乏ピアノ弾きなんかには目もくれないタイプだ」

ユリを指さしてそう言った。そっちも当たっていそうだ。ユリが関心を持っているのは、西脇グループの看板なのだから。

それから、万里枝の写真に目を留めた。晴彦は黙ってその写真に見入っていたが、なにも言わないで、男の写真の方に目を移した。

「どうや？　彼女は」

晴彦が万里枝について何を言うのか、一番知りたいところだ。

「おまえ、こいつに失恋したのか？」

そう指摘されて、私はぎょっとなった。どうやら晴彦の勘の鋭さは天性のものらしい。私が黙り込んでしまうと「なーんだ、図星かあ。つまらん」と言って、苦笑しながら、写真を机にぽんと置いて、ごろんと寝そべった。

「なんで分かったんや？」

私は追及した。

「顔みりゃ分かるんだよ。おまえみたいなバカ正直なヤツは。ほら、顔に文字が表れてる。恋敵は、えーとね多分……」

晴彦はむっくり起きあがると、机の上に置いてある写真としばらくにらめっこしていたが、「こいつか？」と西脇のことを指さした。私は思わず、自分の顔に手を当てた。それを見た晴彦が大笑いした。

「真に受けるなよ、まったく。この写真だったら、二択だろう？　おまえの他に二人しか男はいないんだからさ。誰でも当てられるんだよ。なかなか見栄えのいいスポーツマンタイプだな、こいつは」

「西脇グループの御曹司なんや」

「なんだと、西脇グループ。金持ちなのか？　そら、勝ち目ないね。こんな女のことはあきらめろ。女だったら他にもいっぱいいるからさ。なんなら、俺がクラブでいい子みつけて紹介してやるよ」

「僕には、万里枝しかいいひんのや」

「女なんかいくらでもいる」

「いいや、僕には万里枝しかいいひん。他の女なんて、僕には女ですらないんや」

「なんだって、まじで言ってんのか？　そりゃおまえ、完全に視野狭窄《きょうさく》に陥ってるよ」

「僕には彼女以外は考えられへん。彼女を失ったら、生きている意味ないんや。彼女といつか一緒になれる、そう信じて、今日まで生きてきたんやから」

私は不覚にも涙を流してしまった。晴彦はしばらくぽかんと私の顔を見つめていた。まるで異星人を見るみたいな目つきだ。

「一人の女を信じるなんて、そんな危険きわまりないこと、おまえ、よくできたもんだな。それはほとんど自殺行為に近いぞ。だいたい、こんなあか抜けないガキのどこがいいんだ？　それにこの髪の色、なんだよこれ。外国人の血でもまじってんのか？」

「母親がフランス人なんだ」

「だったら、この髪の色ももしかして天然か？」

「もちろんそうだよ」

私は得意げに言った。こんな美しい赤色の髪をしている女は世界中に彼女しかいないのだ。

「やっぱり、天然かあ。じゃあ下のヘアももしかして、こんな色なのか？」

変なことを聞くので、私は万里枝が冒瀆《ぼうとく》されたような気がして、顔がカッと熱くなった。

「な、なに、想像してんのや！」

「俺はダメなんだ。あそこがこんな色じゃ、絶対に勃起しないんだよ。過去にも経験があるんだ。欧米人はダメなんだ。金髪で一度失敗してるんだよ。赤毛なんてもってのほかだ」

女を見たら、そんなことしか考えないのか、この男は。もちろん私だって、万里枝の裸体は想像するが、他の女のことなどそんなふうに想像したこともなかった。ましてや写真で見ただけの女なのだ。私はかける言葉が見つからず、しばらく憮然《ぶぜん》と晴彦の顔を見ていた。

冷静になって、考えてみると、これはもしかしたら好都合なのではないか、と思えてきた。晴彦は万里枝にとって危険な異性になりえないということなのだ。

「なあ、俺ら合体せえへんか？　そうしたら理想の人間になれると思うんや」

「合体……なんだ、それ？」

「二人で一つになるんや」

晴彦はおびえた顔でのけぞった。

「おまえ、そのけがあったのか？　つまり何か、女はこの赤毛一人でいいけど、男だったら誰とでもいけるくちなのか？　それを先に言えよ。おまえとだったら、ホモに近親相姦までプラスされるぞ、まったく。俺はとっととホテルへ行くよ」

「そうやなくて、ある計画に参加して欲しいんや。それには、兄さんの協力が必要なんや」

「それは、もしかして、おまえの失恋と関係あるのか？　だったらごめんだ。ばかばかしい。せいぜい嫉妬にまかせて、恋敵に嫌がらせでもしようって魂胆だろう」

「そんな簡単なことやない」

「おまえに協力して、俺になんのメリットがあるんだ？」

「弟の生き死にに関わる問題や。かけがえのない弟の」

「大げさなこと言うなよ。たかが女くらいのことで」

「今さっき、兄さんは、自殺行為って言うたやないか。そのとおりや。僕がしてきたことは、自殺行為やったんや。万里枝が僕の視界から消えてしもたら……生きること、やめるかもしれへん。かも、やなくて、ホンマに僕は死んでしまう。弟を見殺しにする気か？」

私が真剣な顔でそう言うと、晴彦はちょっと顔を引きつらせた。

「よせやい。今度は脅しか？　甘えんな。俺みたいにどんどん女作って、忘れろ」

「兄さんのその癖かて、哀れなもんや。内面を愛してくれる女なんか見つかるわけないやろう、そんなふうに浅く広く女とつきあってたって」

「大きなお世話だ。多い方が、見つかる確率は高くなるんだよ」

「自分が相手に誠実にできひんのに、相手が一方的に自分に誠実になってくれると思うか？　そのつきあい方変えんと、いつまでも、悪循環から抜け出せへんで。愛の詩も書けへんようになってしまうなんて重症や。兄さんには異性とのいい思い出なんか何一つない、いうことやろ。それは女が悪いんとちごて、兄さんに問題があるんや。いつまでも母さんのせいにしてたって、直らへん」

晴彦は、うっと言葉を詰まらせたから、私は、続けた。

「それにな、僕は兄さんの本心分かってるんやぞ」

「本心？　なんだよ、その持って回った言い方は？」

「なんでわざわざ京都へ来たんや？」

「それは……だから、東京でアクセクするのに……」

「嘘ばっかり。僕、見たんやで。だいぶ前に、兄さんにそっくりなヤツが家の近所をうろうろしてんの」

晴彦の顔が青ざめた。やはり、あれは兄だったのだ。ここの住所も、恐らく家の郵便受けを調べるか何かして、見つけたのだろう。

「母さんのそばに来たかったんやろう。ホンマは仲直りしたいんや」

「なに、バカなこと言ってるんだ！　あんな薄情女の顔なんかぜーったいに見たくないんだ、俺は！」

晴彦がわめき始めたので、私は冷たい声でそれを制した。

「なにムキになってんのや。自分の気持ちに正直になれや。母さんかて、兄さんの顔見たら涙流して喜ぶで」

「あんな女、土下座されたって会ってやるもんか！」

「兄さんがクラブでピアノ弾いてるの見たら、母さん、きっと喜ぶで」

「親父のこと、三流の貧乏ピアニストだってバカにして捨てた女だぞ」

「でも、兄さんは三流やない。一流の腕を持ってる。それを母さんに見せて、見返してやりたいんとちがうんか。そやから、わざわざ京都まで来たんやろう」

それを聞くと、晴彦は「くそーくそー」と悔しがって頭を抱《かか》え込んだ。

「それに、自分の女性関係が悪いのは、母さんのせいやって言うてたな。それは僕ももっともやと思うんや。そやから、ここらで母さんとの関係を修復してみたらどうや？　そしたら、きっと異性ともうまいこといくで。家族関係がその後のその人の人間関係を決めるってよう言うやんか。その最たるもんが恋愛や。兄さんも分かってると思うけど、心理学的観点から見ても絶対にそうや。母さんとのかけ違えたボタンを元に戻すんや。そうしたら、運命の人に出会えるで、きっと」

私があらかじめ思いついたこの説得方法は晴彦の琴線《きんせん》に触れたようだ。彼は腕を組んで考え込み始めた。

「兄さんのピアノ、母さんに聞いてもらいとうないか？　あれは感動もんやからな」

「そりゃ俺だって、お袋には汚名返上したいさ」

「ただの不良息子みたいに思われてるの、嫌やろう？」

「そんなふうに俺のこと、あいつは言ってるのか！」

晴彦が鼻息荒く語気を強めた。

「たとえば、の話や。母さんが兄さんのことどう思ってるかはしらん。でも、見返してやりたいやろう？」

「そりゃそうだけど……」

「だったら、助けてやってもええで。母さんをさりげなくあのクラブへ連れて行ってやるし。見返してやれる上にかけ違えたボタンを元に戻して、未来の恋愛運も開ける、いうことや。一石二鳥、な、ええ話やろ？」

晴彦はちょっとムッとした顔になった。

「なんだ、偉そうに。うまいこと言って、結局、俺を利用しようとしてるんだろう。何が一石二鳥だよ。だいたい言い過ぎなんだよ、弟のくせに！」

「ほんなら、ええのか？　母さん見返してやらんで」

私はあからさまにそっぽを向いた。

「いいとは言ってない。そうじゃなくて、もっと自然に、俺の顔を立てる形でそういうことはやって欲しいんだよ。根回しが足りないんだよ、おまえは」

「すまんな、根回しが足りなくて。そんなことやってる暇、こっちにはないんや。命より大切なもん失いそうになってるんやから」

実際、私にとっては、この兄のプライドなど二の次だった。

私は押入から、晴彦の布団を引っ張り出してきた。通販で仕入れた新品だ。晴彦は、まだ、ぶつぶつ文句を言っていたが、「ほら、兄さんのためにわざわざ新しいの買ったんや、もう明け方やし、今日のところはこれくらいにして、また話し合おうや、な」と柔らかい口調で言うと、少し機嫌を直した。

晴彦は、私に促されて布団に入った。しばらくすると、すーすーと平穏な寝息が聞こえてきた。案外与《くみ》し易いヤツだな、と私は内心ほくそ笑んだ。

数日後、二十歳になった祝いに一緒に飲みに行こうと母を誘って、晴彦のいるクラブへ連れて行った。もちろん、そこで晴彦がピアノを弾いていることは母には内緒にしておいた。母と二人でマーブル製のカウンターに座った。バーテンがカウンターの向こうで、シェーカーをしゃかしゃかと振ってカクテルを作っている。

「雰囲気のええとこやね。息子とこんなクラブに来られるやなんて、嬉しいわ。あんたも大人になったんやね」

母はまるで少女みたいにうきうき嬉しそうだ。

「お父さんと二人で来いひんのか、こういう場所」

「来たことないわ。こんなおしゃれな場所は柄にもない、言いそうや。あの人は安い居酒屋とかの好きな人やから。今は、家でしか食事せえへんし」

父は外食があまり好きではない。母の作る料理が一番美味しいというのが父の口癖なので、母もそれが励みになって料理の腕には磨きをかけている。

家で晩酌をしながら、母の作ったつまみを食べている時、父は本当に満たされた顔をしている。

私たちが親子だと知ると、バーテンが「いやー、姉弟かと思いました」とお世辞を言いながら、カクテルを注いだから、母はますます上機嫌になった。

ピアノの音が聞こえてきたので、母は、ふと窓際の方に視線を向けた。

母はピアノの方を見たままになった。隣の私の存在を忘れて、まるでそちらの光景に吸い込まれてしまったみたいだった。しばらくそうしているうちに、グラスを持つ手が震え出した。演奏者が晴彦だと気づいたのだ。

私はそんな母を黙って見守っていた。晴彦は、恐らく母の視線に気づいているのだろう。前にも増して、一心不乱にピアノを弾いている。

母は目元に手を当てながら晴彦のピアノを聞いている。その内、声を押し殺して泣き始めた。

「せっかく、兄さんが一生懸命弾いてんのやから、泣いてたらあかんで」

「こんな……こんなにピアノに感動したんはじめてやわ。あの子、すごい腕あげたんやね。もう、立派な一流のピアニストや」

小声でそういうと、涙を拭《ぬぐ》って、姿勢を正した。母は心底晴彦のピアノに聞き入っている。私は適当なところで、席を外して、一人で帰った。帰り道、思いっきり照れながら母と話す晴彦の顔が浮かんだ。

ほろ酔い加減で天を仰ぐと、夜空には綺麗な月が浮かんでいた。きっと、晴彦と母にとって、いい夜になるに違いない。

その日の夜中、晴彦はほとんど泥酔状態で帰ってきた。酔っぱらって、母にさんざん文句を言い続けたらしい。そして、最後に母に手をさしのべられて握手して別れたのだという。

翌日、母から晴彦に電話がかかってきた。母は、まだ文句を言い足りなさそうなので、もっとじっくり聞いてあげたい。ちょうどタカの部屋が空いているから下宿しに来ないかと言って晴彦を口説いた。上等のピアノを買ってくれるという条件つきだった。おそらく、人のいい父と相談して決めたことなのだろう。

こういう時の父の寛大さのおかげで母も私も気持ちに余裕を持ってゆったりと過ごして来られたのだ。そして、その幸せな母の姿に、私は万里枝の姿を重ねていた。自分はきっと、こんなふうに万里枝を幸せにしてあげられるのだと。それは一つのイメージに過ぎないのだが、私が万里枝を愛する自信はそこから来ていた。

「よかったやないか、ただでピアノのある部屋に住めて。しかも、母さんと」

「母さんと、ってのはよけいなんだよ。どうしてもって頼むからさ、仕方がないから住んでやることにしたんだよ」

「なんか素直やないなー、その言い方」

「あたりまえだ。積年の恨みをそう簡単に帳消しにできるか」

「とりあえず、僕以外に文句を言える相手と住むことになってよかったな。ボタンのかけ違いは直した方がええからな」

私が恩着せがましくそう言うと、晴彦は、「カメリア」へ入会することを承諾してくれた。

七

大学では、西脇とユリと万里枝が三人で歩いている姿をよく見かけるようになった。時々、万里枝と西脇が二人でいる時もあり、そんな時、私は二人から視線をそらした。

万里枝が「タカ！」と自分に気づいて近づいてこようとする時があったが、私の顔は強《こわ》ばり「あ、ああ」と声を絞り出すのがやっとで、自然に振る舞うことはできなかった。私は、用事があって急いでいるようなそぶりを見せて、足早に二人から離れていった。

それでも、みんなの集まっているサークルでは、なんとか平常心を保つことができた。

先日、大徳寺《だいとくじ》へ行ったときの創作は、高田ちひろがエッセイを、沢口ユリが寺を題材にした詩を書いてきたが、他の者は何も書けず、創作活動としては、あまり実りがなかった。

万里枝はこの一年の間に十枚程度の小説をいくつか書いたらしいのだが、恥ずかしくてみんなに公表できないと言って、持ってこないのだ。

私自身は、花の蜜を吸っている万里枝の姿を丁寧に描写したものがあるが、もちろんそんなものを公表するわけにはいかなかった。

「カメリア」は創作サークルなのだから、作品がなかったら意味がない、と谷田先生は不機嫌になった。

講義が終わってから、谷田先生に、二人で話したいと申し出た。

「実は、ここの大学の学生じゃないんですけど、是非、『カメリア』に入りたいという者がいるんです」

「どこの大学生だね？」

「K大学です」

京都では名の通った国立大学の名前を私は言った。

「どうしてここのサークルに?」

「彼、僕の遠縁にあたるんですけど、先生が同人誌に載せていた短篇を読むように僕が勧めたんです。そしたら、すごく感銘を受けて、それでどうしても先生のサークルに入りたい、と言うもんですから」

「ほう、そうか。私の作品を読んでくれているのか」

谷田先生はまんざらでもない顔になった。

私は、次回の「カメリア」の合評に、彼を連れてきてもいいかどうかを相談した。谷田先生は一も二もなく承諾した。

次の「カメリア」の集まりで、私は、遠い親戚ということで、晴彦をみんなに紹介した。

自己紹介で、晴彦は市内のK大学工学部の大学院生だと偽り、このサークルへ来たのは、谷田先生の作品に感銘を受けたからだと熱く語った。これはあらかじめ私と打ち合わせしておいた筋書きだった。学部を工学部にしたのは、他の「カメリア」のメンバーに工学部の学生がいないのでボロが出にくいからだ。

晴彦はしゃあしゃあと嘘の肩書きを言ってのけた。内心、私は、なんて図太いやつなのだと呆《あき》れたが、一方でこの調子でいけばこの計画は容易に成功するだろう、と頼もしくもなった。複数の女性と同時につきあうには、どうしても嘘がつきものだ。そういう意味では、慣れているのだろう。なんとも悲しい性《さが》だが、私の書いた筋書きには好都合だった。

晴彦の自己紹介が終わった時、私の決心はついた。もう後へ引くつもりはなかった。自分が何をしようとしているのか、良心の呵責《かしゃく》も完全に消えていた。

後から思えば、自分の中の最も大切にしなくてはいけない感覚が、その時、麻痺《まひ》していたのだろう。そういう人間の弱さにつけいる悪魔がこの世には存在するのだ。一生の間に人間は何度となく試され、うまくかわすこともできれば、誘惑の罠にはまってしまうこともある。もう一度人生をこの時点からやり直したい、後から、私は死ぬほど後悔することになったのだが、この時は自分の名案に酔いしれていた。

「なんやあ、あのすごい二枚目は？　K大学の大学院生やと。頭ええ、顔ええ、西脇よりすごいヤツやんけ！　あれで親が大金持ちとかやったら、俺はこのサークルやめる。胸くそ悪すぎや。おまえ、なんであんなヤツ連れてきたんや」

田口がさっそく不満げに私に耳打ちしてきた。田口の反応は、私の満足いくものだった。

晴彦の登場は、想像以上にインパクトがあるのだ。結局のところ、人が最初に左右されるのは外見と肩書き、そういった表面的なものだけなのだ。そういう人間の浅はかさを逆《さか》手《て》にとって何が悪いというのだ。

私はそんなふうに強気になったのだが、晴彦に若干の陰影をつけるのも大切だと思い、湿った声で言った。

「親は金持ちと違うで。夜、ピアノ弾いてバイトで学費稼いでる苦学生なんや」

「ピアノが弾けるってか。それで自力で学費稼いでるやなんて、もっと嫌みやないか。金持ちのぼんぼんの方がまだましとちがうか。苦労知らずのバカ息子や、言うて陰口がきけるんやから」

何にしても、田口は気にくわないのだ。ユリが自分から遠ざかる要因がまた一つ増えたと思っているからだ。西脇の方を見ると、少し顔が強ばっているような気がした。私は内心、ざまあみろ、と晴れやかな気分になった。もしかしたら、自分はいやな人間なのだろうか？　いや、そんなことはない。これは人間の本質を見抜けないヤツらに対する純粋な挑戦なのだ。もし、騙されれば、彼らは人間の表面しか見ていなかった、ということになる。

そして、これは万里枝に仕掛けた実験だった。若気の至りとはいえ、西脇なんかに惹かれた彼女にお灸《きゅう》をすえたかったのだ。

数日後、田口が、京都日本酒ドロップキックという企画に参加しないか、と我々に提案してきた。日本酒の奥の深さを広めるのを目的にした、酒造家と居酒屋の経営者が組んで考えたイベントだという。

京都市内の十一軒の居酒屋が協力しているので、各店に寄って、日本酒をコップ酒でぐい飲みしては、次の店へと渡り歩くのだという。田口がバイトしている居酒屋が参加しているので、その宣伝もかねて彼は「カメリア」のメンバーを誘った。本当はユリだけを誘いたかったのだろうが、それではあまりにも不自然なので仕方なく全員に声をかけた。

「まず、五百円で、このTシャツを買うんや」

田口は「DROPKICK」の文字の入った黄色いTシャツをみんなに見せた。

「それでどうするの？」

ユリがTシャツを広げてたずねた。

「当日は、このTシャツを着て、参加店に直行するんや。各お店で、蔵元が出迎えて、お酒の説明をしてくれる。ほんで、一杯だけただで飲ませてくれるんや。全部で十一軒のお店があるし、十一の蔵元と出会って、十一種類のお酒が飲める。このたった一枚のTシャツでや」

「なるほど、五百円で十一杯かあ」

「しかも銘酒ばっかしや」

「十一杯も飲めへんよ」

ユリが言った。

「それやったら、気に入ったお店に腰を据えて、つまみとか食べながらゆっくりしてもええんや。つまみと二杯目のお酒からは実費になるけどな」

「だったら、十一軒さっさと飲んで回った方が得だな」

晴彦はTシャツを手にとって「しかし、ださい色だなあ」と文句を言いながらも、行く気満々だ。

西脇とちひろは下戸なので、最初からこの話には興味を示さない。結局、参加するのは残りの五人ということになった。田口は西脇が下戸と知っていて、この企画にみんなを誘ったのではないかと私は疑った。だが、私にとっても、邪魔な西脇がいないのは、晴彦と万里枝が親密になるのにいい機会だから乗ることにした。

晴彦に万里枝を口説くよう頼むと、年上の女にしか興味のない彼は「あんな赤毛のガキンチョはいやだ」と難色を示した。

「別に惚れんかてええんや」

「惚れることはないけど、でも……」

「でも？」

「勃起しないんだよ」

「惚れへんかったら、あたりまえやないか！」

私は晴彦の首を絞めたい衝動をこらえて、怒鳴った。

「おまえバカか？　惚れなくても、性欲くらい満たさないと時間の無駄じゃないか」

「だから、性欲なんか満たさんでええんや」

満たしたら殺す、内心そう思いながら「とにかく、僕の頼みを聞いてくれ。そういう約束やったやろう、な。それに、しばらくは母さんとの関係修復に気持ちを集中させた方がええ。今、好きな女の人ができたかて、また同じことの繰り返しになるにきまってる、そんなことは兄さんかて分かってるやろうな」

そう言って私は彼のカウンセラーになった気分で根気よく説得した。

晴彦はしばらく抵抗していたが、結局、私の執拗《しつよう》な説得に負けて、表面的にだけ、万里枝と親密になることにしたのだった。

私は「DROPKICK」と書かれたTシャツを手に取った。

「ええなあ、こんな面白い企画、またいつ経験できるか分からへん。みんなで是非行こうや」

私は大乗り気を装って、ユリと万里枝に声をかけた。

当日の夕方、六時にまず烏丸六角《からすまろっかく》の居酒屋「酒と焼き鳥　坊屋」に五人で集まった。みんなジーパンにドロップキックの文字の入ったTシャツを着ていたが、ユリだけは可愛《かわい》いピンクの花柄ワンピースを着ていて、Tシャツは腕にぶら下げている。

「酒と焼き鳥　坊屋」では、京都の北川本家の酒を出していた。

私たちは、店にさえ行けば、すぐに一杯の酒を振る舞ってもらえると安易に考えていたのだが、すでに店の前には列が出来ていた。

「わあ、すごい人。これやったら、相当長いこと並ばんならんのとちゃうかしら」

ユリはちょっと不服そうだった。田口がユリを退屈させまいと必死で各地方の銘酒の味、コクの違いなど、自分の得意分野で話し始めた。

晴彦は万里枝に自分がピアノを弾いていると打ち明け、祇園のクラブの場所を教えている。そこから音楽の話など、いろいろ話題をつなげているようだ。

「へえ、木村君のピアノ、いっぺん聞いてみたいわ。そこ、行ってもええか？」

「もちろん、大歓迎。カクテル一杯ご馳走《ちそう》するよ」

それからなにやらぼそぼそと二人で話し始めた。晴彦はどんな面白い話をしているのだろう。万里枝が何度も噴き出している。そうこうしているうちに、順番が回ってきて、五人で店内に入った。炭火焼きのいい匂いが漂ってくる。厚みのある木のテーブル席に五人で腰掛けると、コップが配られた。北川本家の蔵元という三十代そこそこの男性が出てきて酒の説明をしてから、みんなに一杯ずつ注いでくれた。

お腹が空《す》いていたので、この店の名物、地鶏の刺身を注文した。卵黄が真ん中にあって、それと生タマネギのスライスを混ぜて食べるのだ。

ユリは卵黄の絡まった鶏肉を箸でつまんで口に放り込んだ。

「ふーん、鶏のユッケみたいなもんかな。美味しいね」

彼女は、田口に、自分はこの店でもうしばらくゆっくりしたいと言い出した。だが、晴彦は一杯飲んだらさっさと次の店に行きたいと主張した。

「こんなところでゆっくり飲んでたら、全部回れないぞ」

「木村君、十一軒全部回る気なん？」

ユリはコップに半分ほど飲んだ時点ですでに顔を真っ赤にしている。

「私も全部回りたい。せっかくやから、十一杯の違う種類の美味しいお酒、全部味見せなもったいないやんか」

万里枝が晴彦に同意した。先日、一緒にパスティスを飲んだ感じからすると、万里枝は相当アルコールに強い。晴彦と同じペースで回れそうだ。

「ほんなら、二人でどんどん回ったらどうや。僕らは、ここで、もうちょっと飲んで食べてから次に行くし」

私がそう言うと、晴彦と万里枝は、予想通り二人で仲良く店を出て行った。

それから、私たちは、三条柳馬場《やなぎのばんば》で「馳走いなせや」へ行き、京都の増田徳兵衛商店の造酒を、高倉《たかくら》二条にある「魚とお酒　ごとし」で滋賀県の福井弥平商店の酒を飲んだ。「ごとし」は魚が美味しいので、その日のお勧め刺身の盛り合わせというのを注文した。

ユリはすっかり酔ってしまい、自分の分の酒は、田口に全部譲った。

最後にここだけは外せないからと、純粋に日本酒だけを楽しむ「地酒バー　Ｚｅｎ」に向かった。室町《むろまち》三条とすこし距離は離れているが、行ってみると、そこはビルの五階にあり、店内に入ると、カウンターまでが飛び石になっている不思議な空間だった。カウンターからは、斜めに窓が嵌《は》め殺しになっていて、室町通が見える和とモダンの美しさを巧みに取り入れたスタイリッシュな店だ。三台のセラーにはレアものの一升瓶が百四十本も入っている。

中は人でぎゅうぎゅうで、みんな立ち飲みしていた。そこに晴彦と万里枝の姿を見つけた。二人はかなり酔っているようすで、窓から夜の京都を眺めながら親密に話し込んでいる。月明かりが二人の顔を照らし、互いに向き合う横顔が幻影的な美しさを放っていた。これは、私が望んでいた通りの筋書きなのだが、それでも、二人がうち解けているようすを見るのは苦しかった。

ふと、ある疑いが私の心をかすめた。もしかして、晴彦はわざとあんなことを言ったのではないか。つまり、彼が、万里枝のような赤髪に性欲が湧かない、というのは嘘だとしたら。あれは、万里枝に関心があることを私に悟らせないための演技だった、と考えたらどうだろう。実は彼は万里枝の写真を見て、彼女に強く惹かれた。そして一芝居打った。今、私の前で堂々と万里枝を口説く立場にいられるのだから、私はまんまと晴彦の術中にはまったことになる。

そこまで考えて、私は自分の猜疑心《さいぎしん》を誡《いまし》め、嫌な想像を打ち消した。晴彦のように簡単に女を口説ける人間が、そんな手の込んだ芝居などするはずがない。口も素行も褒《ほ》められたものではないが、彼はそんな回りくどいやり方を好まないだろうし、それだけのために嘘をつくような陰湿さはない。彼が嘘をつくとしたら、せいぜい浮気の言い逃れをする時くらいだろう。

だいたい、晴彦は、私がいなければ、ただの偽者でしかない。私と合体しているから、彼はあそこにいる彼、つまり万里枝と親しくしている彼でいられるのだ。なんと言っても彼のシナリオを書いているのはこの私なのだから、そして、これは私が万里枝を取り戻すためのちょっとした回り道に過ぎない。一過性の試練なのだ。今、ここで私の気持ちが揺らいでどうする。しっかりするのだ。

私は二人の背中を見つめながら自分にそう言い聞かせた。

八

六月に入るとすぐに、梅雨入りし、じめじめと湿気《しけ》た空気のせいで気分がもやもやした。

私は、夜寝る前になると、相変わらず万里枝との淫靡な妄想に耽ることがあったのだが、ここのところそれには、大きな変化があった。私は自分が晴彦の体の中に入り込んで、中で彼の魂を操作し、万里枝と情事を交わすシーンを繰り返し繰り返し想像するようになり、しまいにはそのシーンが頭に浮かぶだけで興奮するようになった。

創作サークルでは、谷田先生の勧《すす》めもあって、サークル名の「カメリア」にちなんで椿を見に妙心寺《みょうしんじ》の東林院《とうりんいん》で毎年行われている「沙羅《さら》の花を愛《め》でる会」へ行くことになった。

妙心寺には四十六の塔頭《たっちゅう》があり、東林院はその一つだった。

市バスを妙心寺北門前で降りると、一条通を西に歩いてすぐのところに北総門があった。

幸い雨はあがっていたが、奥まで続く石畳はしっとりと濡れて光っていた。

入ってすぐのところに大きな境内図があるので、東林院の場所をみんなで探した。

「えーと、南にずっと行って、法堂と仏殿の間のここを左へまがって突き当たりをまた左へ、つまり北へ行ったとこやね」

ちひろがてきぱきとした口調で言った。

「男の人の方が地図に強いんとちがうの？　しっかり頭に入れといてね」

ユリは田口と西脇の方を見て言った。

「僕、案外地図はあかんねん。まあ、とにかく適当に歩いていこか」

田口は弱気だ。

「それで、分からんようになったら誰かに聞くのは女の役ってこと？」

ちひろが言った。

「なんで、そうなんの？」

万里枝が不思議そうに聞いた。

「男の人ってプライドが高いから、知らないことを人に知られるのがいやなん。そやから、道でもなんでも、人に聞きたがらへんのよ」

「へえ、男と女にそんな差があるの？　知らなかったな」

晴彦が半信半疑の口調で言った。

「差？　私は差やなんて一言もいうてへんえ！　違いはあると思う。実際そういう分析結果があるわけやし」

ちひろの口調がきつかったので、晴彦は「はいはい違いね。おっと、そこの段差、気をつけろよ。こっちは正真正銘の差だよな、ほら」と石畳の微かな段差をまたいでから、私の方に近づくと「ほらな、知的女パス」と小声でささやいたから、私はうんうんと頷いた。

結局、東林院へは迷うことなく、すんなりとたどり着くことができた。というのも、大勢の観光客がそちらへ向かって歩いていくのに続いていくだけでよかったからだ。

「すごい人気やね」

ユリが驚いてちひろに言った。

「沙羅双樹《そうじゅ》のお花の観賞は、時期が短いから、一時《いっとき》に観光客が集中するんやて」

「それに、ここ普段は非公開らしい」

西脇が言った。

私たちは列の最後尾についた。寺まで行く参道に色とりどりの紫陽花《あじさい》が咲いていて、それを見ているだけで、雨期の風情にしばし心を奪われた。

寺の中にはいると、広い畳の間に通され、赤い敷物の上に座ると、まず抹茶とお菓子がお寺さんの手によって運ばれてきた。それを食べながら、沙羅双樹を観賞する番がくるのを待った。

「しかし、すごい人数やな。お薄とお菓子で千五百八十円やろう。この人数やったら、一日いったいなんぼ儲《もう》かるんや」

田口が目で観光客の人数をカウントし始めたから、ユリが興ざめした顔をした。

「せっかく、樹齢三百年の木を観賞しにきたんやから、通俗的なこと言わんといて欲しいわ。創作意欲が萎《な》えるやんかあ」

ユリにそう言われて、田口は照れ笑いした。

「沙羅双樹って、樹齢三百年なの？　さすが京都だなあ、そんな古木のあるお寺だなんて」

京都は特別だと、いちいち些細なことでも感心する西脇が、また同じようなことを言ったので、私はうんざりした。毎回、毎回、こんな当たり前のことしか言わない男のどこがいいのか、とユリや万里枝の気持ちを考えると、なんとも歯がゆい。

晴彦は神妙な顔で抹茶を飲みながら、時々、ちらちらと万里枝を見る。万里枝の方でも、晴彦の視線に気づいて、にっこり微笑んだ。先日、日本酒を飲み歩きして回ってから、二人の仲は急速に親密になっていた。

「ここからでも見える、ほらあの背の高いやつ。高さ十五メートルはあるらしいえ」

ユリが沙羅双樹を指さした。背の高い木なので観光客の頭を飛び越してここからでも見えた。

そうこうしているうちに私たちの順番がまわってきたから、庭が見渡せる場所を七人で陣取った。しっとりと濡れた苔《こけ》が敷き詰められた庭には、沙羅双樹から落ちた花が均等にちりばめられている。寺の住職の説明によると、沙羅双樹は、平家物語の冒頭に出てくる「沙羅双樹の花の色、盛者必衰の理《ことわり》をあらはす」で知られる、梅雨の時期に花を咲かせる夏椿の別名だった。朝咲いてその日のうちに散ってしまうことから、世のはかなさ、無常を象徴しているといわれている。

「たった一日で散ってしまう花やなんて、切ないわ」

万里枝が苔の上に落ちている白い花を見つめながらしみじみとそう言った。晴彦が万里枝の耳元でなにかささやいた。

私は、苔の上に散った沙羅の花が一つ一つまだ力強い生命の光を放っているような気がした。たった一日だが、精一杯咲いた証、その残存の輝きだ。その時、沙羅の木が私に霊的ななにかを強く訴えかけてきた。

沙羅が私の心を捉えたとたんに、自然と空想の世界へと導かれていった。

想像はどんどんふくらんでいき、ある僧侶が、年に一度だけ訪れる沙羅の花の妖精に恋する物語が浮かんだ。この庭に一人座り、僧侶は梅雨の時期になると、何日も花の妖精が来るのを待っているのだ。

やっと現われた妖精はたった一日の命だった。二人は一日だけ、手と手を取り合って庭を歩き回る。私はその妖精を万里枝にたとえて、一編のファンタジー小説の構想を練った。僧侶が沙羅の妖精を待つ一年間、彼女のことばかり考えて過ごすところで、自分の万里枝に対する思いを込めるつもりだった。

背筋がぞくぞくしてきた。自分の体に、沙羅の妖精を待ちこがれる僧侶が乗り移ったような気がした。庭を見つめながら、ずっと空想に耽っていたかったのだが、次の客が待っているので、そう長くは座っていられなかった。

帰りは、また、北総門へ向かってみんなで歩いた。晴彦が万里枝と二人で並んで先に行ってしまったので、西脇はユリが話しかけてくるのに耳を傾けていた。

それにしても、晴彦は万里枝にいったい何を話しているのだろう。ごく自然にあんなふうに知り合ったばかりの女と話ができるなんて芸当は、私にはとてもできなかった。容姿がいいと、それだけで、屈託《くったく》なく人と接することができるのかもしれない。第一印象で嫌われたり疎《うと》んじられたりしないというのは強みだ。

「すごい人やったけど、お庭を見たら、心が洗われるようやったわ。花はたった一日やけど、あの木は私たちの何倍も生きて、たくさんの人たちの生き死にを見てきてるんやね」

ちひろが感慨深い口調で言った。

「花の命のはかなさと比較して、あの木の寿命の長さときたら。まったく自然の不思議を感じるな」

「なんというても、三百回近く花が咲いて散るのを経験してるんやから、あの木は」

田口が応じた。

「あの三百年の木も、まだ花をつけるんか？」

「さあ、どうかなあ。でも、三百年も花咲かしてたらすごいな」

「それって、たとえて言うと、人間の命は七十年か八十年くらいやけど、僕らを構成している細胞は常に生まれては消えていく、そんな感じなんかなあ」

そう言ってから、それともちょっと違うな、と私は思った。花や木も細胞から構成されているのだ。人間の体にとって、花に匹敵するものといえば……。生殖器だ。そして受精卵は実ということになる。そうやってあらためて気づくと、さきほどの椿の花の妖精と僧侶の話に、官能的な場面が浮かんできた。

「細胞？　そんなん、思いつきもせえへんかったわ。理学部の人は考えることがちがうんやね」

「どっちにしても、与えられた生命を大切にせなあかんな。今を大切に、いうこっちゃ。そやけど、あの寺、やっぱりぼろいで。儲かった金、どないしてんのや」

田口がまた、俗っぽいことを言った。

「庭の維持費とか、かかるんよ。今日、私らは、お寺さんの裏舞台を見に来たんと違うんえ。創作のためのインスピレーションを得に来たんやから」

ちひろがぴしゃりと言った。

市バスで大学までもどることになった。西脇とユリ、万里枝と晴彦が隣同士で座った。ちひろは、一人で前の席に座り、なにやらメモし始めたが、お年寄りが乗ってきたので席を代わった。立ったままつり革も持たずに書き続けている。恐らく今日のことを忘れないうちに記録に残しておこうとしているのだろう。

私は田口と一番後ろの席に並んで座った。せっかく、先日日本酒を飲みに行ってユリとの関係を縮められたのに、またもや西脇とユリが楽しそうに話しているのを見て、田口はあからさまに不機嫌な顔になった。だが、西脇の悪口を口にするのもいやになったのか、ぶすっと黙り込んでいた。そのうち、夜のバイト疲れのせいか居眠りし始めた。

田口が隣で寝てしまったので、私はリュックから大学ノートを出して、ちひろに倣《なら》って今日のことをメモすることにした。

大学に帰ってから、みんなで今日一日の感想を谷田先生と述べ合った。各自の感想を聞いているうちに「今度こそ、君たちの創作に大いに役立ちそうな体験みたいだから、期待しているよ。がんばって書いてきてください」とプレッシャーをかけた。

その日の夕方、帰宅すると、私は、すぐに机に向かった。さっそく書き始めたのは、沙羅双樹の木と向き合う美しい僧侶の場面だった。晴彦がピアノを弾いている時の姿を思い出しながら、庭の自然と一体化する僧侶の端整な顔を丁寧に描写した。

それからというもの、私は、講義が終わると、誰ともつきあわずに大学からまっすぐに帰宅して、作品に集中した。書いては直しを何十回と繰り返して、二十枚ほどの短篇を完成させた。

読み返してみると、自分でも悪いできではないと思った。僧侶と沙羅の妖精とのはかなくも美しい愛とエロスの物語。これを万里枝が読めば、この妖精が彼女を示していることに気づくだろう。妖精は彫りの深い顔に、グレーの瞳、赤茶色の髪をしているのだ。彼女だけではない、誰がみても、万里枝と分かるはずだ。

書き終わった夜、僧侶が欲望の果てに死にゆく場面をなんども回想し、興奮して明け方まで眠れなくなった。

僧侶は五年目に沙羅の妖精と再会した時、その美しさに負けて、彼女の衣をはぎ取ってしまう。沙羅の裸体の美しさに魅せられ、なめらかな肌に触れているうちに、ついには欲望に負けてしまうのだ。そして、肉体の喜びと引き替えに、妖精に魂を奪われ、死んでいくのだった。

題名を「沙羅を愛した僧侶」、作者の名前を木村晴彦とした。

翌週、「カメリア」で晴彦はその作品のコピーをみんなに配り、合評した。谷田先生の評価はほとんど絶賛に近かった。

沙羅の妖精がグレーの瞳をしていることなどその容姿の特徴から、それが万里枝のことだとみんなはうすうす勘づいていたが、誰も、指摘する者はいなかった。

私は、万里枝の反応をじっと眺めていた。万里枝は晴彦を見つめている。

西脇は合評の間中、黙ってうつむいていたが、彼の番が回ってくると、しどろもどろになりながら「僕にはこういうの……なんていうのかな……よく理解できない世界です」と、それだけ言った。

西脇が二人の間に入る余地など、完全になくなった。いや、二人ではなく、三人だ。私と万里枝と晴彦、三人で作った強固な壁に彼ははねのけられたのだ。

元来が育ちの良い西脇は、目立って嫉妬することもなく、万里枝から一定の距離を置くようになった。

第2章

一

青井《あおい》のぼるは、自分宛にきたＢ５サイズの茶封筒の郵便物をひっくり返して見た。送り主の名前がどこにも書かれていない。

封を開けてみる。中には「カメリア」という名前の、厚さにして五ミリ程度のいかにも手作りといった感じの雑誌と手紙が入っていた。

よくみると、それは京都のＳ大学の「カメリア」という創作サークルが十年前に発行した雑誌だった。雑誌のちょうど真ん中あたりに、ピンクの付箋《ふせん》が貼ってある。青井はその部分を開いてみた。

ページの真ん中に「沙羅《さら》を愛した僧侶」という題名があった。

ページをめくって、作品の冒頭に目を走らせて、愕然《がくぜん》となった。それは、三ヶ月ほど前にベストセラーになった『ホワイトローズの奇跡』という書き下ろしの作中作に青井が使った文章そのままだった。「沙羅を愛した僧侶」をなんどもなんども読み返してみる。一字一句ほぼ違うところはない。なんということだ。

そんなバカな。あの作品は「カメリア」という雑誌にすでに掲載されていたというのか。そんなことは断じてあり得ない。あれは未発表のはずだ。そう心の中で断言してみたものの、それを覆す証拠がここに突きつけられているではないか。

未発表という言葉を鵜呑《うの》みにした自分は、なんと迂闊《うかつ》なことをしてしまったのだ。ショックのあまり目眩《めまい》がした。

名前は、木村晴彦《きむらはるひこ》となっている。

いかにもありふれた名前だから、恐らく本名だろう。だとすると、作者は男ということになる。ペンネームを使うにしても、女がこんなありふれた男の名前を使うということはまず考えられない。

『ホワイトローズの奇跡』はすでに映画化も決まっていて、出版社では大々的な宣伝広告を打っている。

青井は、震える手で添えられている手紙の封を切った。一枚の便箋にパソコンで打たれた文字が現われた。内容は読まずとも想像はつく。呼吸を整えてから文章に視線を走らせた。

青井のぼる様

あなたの作品『ホワイトローズの奇跡』の中に出てくる文章の一部はごらんの通り、同人誌「カメリア」で私が十年前に書いた「沙羅を愛した僧侶」そのままです。

あなたほどの著名な作家がなぜ盗作などしたのか、という驚きとともに、あの作品がベストセラーになったことに怒りを感じます。

正直なところ、あなたの書くものなど、ご都合主義のエンタテインメントだと思っています。あれの評価が高いのは、ひとえに、私が書いた「沙羅を愛した僧侶」のできがすばらしかったからです。私があれをどれだけ苦心して書いたかご存じですか？　魂を込めて一字一句おろそかにすることなく、身を削る思いで書いたのです。それをまるまる作品の中に入れて平然としていられるあなたの神経が、まるで理解できません。

これを読んだ時の私の悔しさをあなたは想像できますか？　才能はあっても作家になれない私のような人間の作品を横取りしてのし上がっていく、それがあなたのようなベストセラー作家になるための汚い手口だとは夢にも思っていませんでした。とにかく、あなたの人間性を疑います。

しかも、映画化まで決まったときいて正直驚きました。もし、盗作の事実が知れたら、作家青井のぼるの名前が地に堕《お》ちることはお分かりですね。それだけではもちろんすみません。その映画そのものが、公開できなくなるかもしれないのです。あなたはマスコミの恰好《かっこう》の餌食になるでしょう。人の作品を盗んだのですから自業自得です。著名作家青井のぼるが破滅していく姿を見るのは、退屈しのぎにはもってこい。テレビやネットのニュースで見て楽しむのもいいかもしれません。

しかし、あなたが不幸のどん底に堕ちて、それで一時的に私の怒りが収まったとしても、その先、私が幸せにはなりません。

お互いが無難に楽しく過ごせるように、お会いして、お話ししましょう。

また、連絡します。

木村晴彦

九月十三日

読み終わると、青井はデスクの椅子にくずれるように座り込んだ。しばらくどうしたものかと考え込んだが、まず確かめたいことがあるので、立ち上がった。

デスクの引き出しをあけて、アドレス帳を取り出すと、ある番号を見つけ出して電話した。数回ベルが鳴って、留守電に切り替わった。至急聞きたいことがあるから、折り返し電話が欲しいとメッセージを残して、受話器を置いた。

さて、どうしたものだろうか。何か手を打つ必要があるが、この木村晴彦なる人物の連絡先が分からないのでどうすることもできない。とりあえず、相手からの連絡を待つことにした。

それから一週間後だった。憔悴《しょうすい》しきった青井のもとに公衆電話から電話がかかってきた。

「青井さんですか」

「はい、そうです」

「木村晴彦です」

「…………」

青井はなんと答えていいのか分からなかったので、黙って相手の要求に耳を傾けることにした。ここ数日の間に心の準備はできていた。

「片手でどうですか？」

「片手、とは？」

「それにゼロ二つってとこですかね。手渡しで」

五百万円現金で用意しろということか。

「しかし……それで」

脅迫が終わるとは限らない、そう言おうとしたら、相手は青井の言わんとすることを素早く察知して答えた。

「一筆書きますよ。あの作品は作家青井のぼるにすべての著作権を譲った、どのように使われようと訴えることはいっさいしない、と。お望みでしたら日付もあの作品を書くより前に設定しますよ」

「あなたが、あれの原作者だということをどうやって証明してくれるのですか?」

「免許証を持っていきます」

「木村晴彦は本名ですか?」

「ええ、本名です」

「しかし、木村晴彦なんて名前はよくある名前でしょう」

「当時の『カメリア』のメンバーの写真も一緒に持っていきますよ。その中にあなたは私の姿を見つけることができます」

「その写真が『カメリア』のメンバーだとどうして分かるのですか?」

「さすが、ミステリ作家ですね。用心深い。では、こうしましょう。当時『カメリア』の顧問《こもん》をしていた谷田諭吉《たにだゆきち》先生の写真が雑誌の最後のページに載っています。それを確認してください。その人物と、他のメンバーの集合写真を私は持っています。写真の中で谷田先生は『カメリア』の雑誌を掲げていて、さらに、S大学の看板があるところで撮影しています。どうです、これだけそろっていれば完璧でしょう」

木村は、待ち合わせ場所を指定してから、電話を切った。

元々純文学出身の青井は、谷田諭吉なら名前だけは知っていたが、会ったことは一度もない。この同人誌を発行したのが彼だということも、今、初めて知ったことだった。

さっそく「カメリア」の最後のページを確認した。そこに谷田諭吉の簡単な略歴と首から上の写真が掲載されていた。丸顔に額のはげ上がった、四十代半ばくらいの貧相な印象の男だった。

青井は、翌日、現金五百万円を銀行から引き出し、渋谷の指定場所へ夕方の四時半に持っていった。そこそこ広いカフェバーだが早い時間なので、客はほとんどいない。

目印に、「カメリア」の雑誌をテーブルに置いて、一番奥に座っていると木村は言っていた。

中に入った青井は店の奥に目をやった。照明が暗いせいで、顔はよく見えないが、男が一人、奥のテーブルに座っているのが見えた。

テーブルに置かれている「カメリア」を確認してから、青井は、男の向かい側に座った。

三十歳前後だろうか。カーキ色のスーツを着こなしていて、髪の手入れも周到だが、まるで水商売の男みたいに派手な印象だ。

あれをこんな男が？　そう思うと、意外な気がした。あの繊細《せんさい》で艶《なま》めかしい作品とはほど遠い、怪しい金にまみれた人間にありがちなギラギラした目をしている。やはり、偽者ではないだろうか、という疑惑が胸に広がった。

木村は、まず、自分の免許証を差し出してみせた。貼り付けてある写真は確かに目の前の男だ。一九七六年生まれ、となっている。つまり今、三十四歳。当時は、とざっと頭の中で計算する。この男はやはり偽者だ、と思った。

「あれを書いたとき、あなたは二十四歳だったということになりますね。もう大学は卒業しているはずじゃないですか？」

「私は当時、K大学の大学院生だったのです。谷田諭吉先生の作品に感動して、それで、遠縁にあたる親戚がそのサークルに入っていたので、入れてもらうことにしたのです」

「その親戚というのは？」

「望川貴《のぞみかわたか》という理学部のやつです」

そう言うと、木村は、スーツケースからモノクロの写真を出してきて見せた。

「これが私、これが望川貴です」

木村は、当時の「カメリア」の集合写真を青井に見せながら、説明し始めた。サークルのメンバーは全部で十二人だが、主に、自分と、望川貴、西脇忠史《にしわきただふみ》、高田《たかだ》ちひろ、沢口《さわぐち》ユリ、万里枝《まりえ》・プティ、田口光一《たぐちこういち》の七人が京都散策などで一緒に行動していたという。

青井はその中の一人にしばらく視線を止め、信じがたい思いに囚われた。こちらを見据える二つの瞳の奥にある真相がいったい何なのか分からなくなった。

それから、木村晴彦の顔をじっくり観察した。

谷田諭吉は「カメリア」の雑誌を持ってこちらに向かって渋い笑顔を作っている。

確かに、この中の木村晴彦は目の前の男だ。

「この写真は、いつごろのものですか?」

「十年前です。私以外の六人が二回生の時のものです。そこそこ作品が集まったので、同人誌を発行してはどうかと、谷田先生が提案したのです。サークル名と同じ『カメリア』という名前にして、みんなでお金を出し合って発行しました。これは、その記念に撮影したものです」

「なるほど。ではこれが第一号ということになるのですね」

「ええ、そうです」

「第二号、第三号というのはあるのですか？」

「いいえ、それは聞いていません。これを発行した直後にいろいろあって、私はサークルを離れました。このサークルのその後については、何も聞いていません。大学も違うので、連絡も取り合っていません。『カメリア』のことはあなたの方がよくご存じなんじゃないですか？　なんせ、『カメリア』から私の作品を盗作した本人なんですから。他にもめぼしい作品はないか、と調べたのでは？」

「私はこの雑誌のことは知りませんでした」

「なにをしらばっくれたことを。ちゃんと証拠は挙がってるじゃないですか」

「あの作品の題名が『沙羅を愛した僧侶』であることも知りませんでした」

それは事実だった。作中作の題名は「一日花、永遠の魂」とつけていた。

「では、あなたはいったいどうやってあの作品を……」

「私の熱狂的ファンだという女性と交際していたのです。彼女が、自分の作品を読んでくれと言って、私に見せてくれたのです」

「いったい、誰なんですか、それは？」

「名前は明かせません」

「それが、『沙羅を愛した僧侶』と同じ作品だったというのですか？」

「そうです」

「そんなバカな」

「信じる、信じないはあなたの勝手です。私が非常によくできていると褒《ほ》めると、その女性は、自分の作品を是非使って欲しい、と頼んできたのです」

「それを鵜呑みにして、作品の中に取り入れた、とあなたは言うのですか？　その女のことを信じたのですか？」

「誠実そうな女性に見えましたから」

「後から訴えられる、そうは思わなかったのですか？」

「今から思えば、不用心でした。すでに雑誌に発表されている作品だとは思わなかったのです。ですから、何かあっても、証拠はないと……。もしかしたら、私ははめられたんですかね」

青井は男をじっと見据えた。

「はめられた？　どういう意味です？」

「その女とあなたはグルなんじゃないですか？　だとしたら、彼女はいったい……」

木村は「まさか」と言って、青井の言葉を遮《さえぎ》った。

「そこまで手の込んだことはしませんよ。あなたの言っていることが事実だとしたら、その女が私の作品を盗んで、あたかも自分が書いたように吹聴《ふいちょう》したのですよ」

「しかし、なんのために……」

「著名作家のあなたに気に入られたかったからでしょう。自分もこんな作品が書けるのだ、と自慢したかったのですよ」

「そんなに、自慢しているようにも見えませんでしたけれど」

「あなたの気を惹《ひ》きたかったことは事実でしょう」

「では、そういうことにしておきましょう。とにかく、『カメリア』という雑誌のことは、私は初めて知りました。自分が盗作しただなんて、つゆほども思っていませんでしたよ。あの作品は譲ってもらったものとして使ったのです。それより、このサークルは、その後どうなったのですか？」

「だから、知らないと言っているじゃないですか」

「あなたは、この望川貴という人物の遠戚にあたるとさきほど。だったら……」

「彼とは大喧嘩の末、絶交してしまったのです。それ以降音信不通です。今頃、どこで何をしているのかも知りません」

「どんな喧嘩ですか？」

「それは言えません。あまりにも不愉快で、思い出したくもありませんから。さあ、もういいでしょう。私が木村晴彦であり、『沙羅を愛した僧侶』の作者であるという証拠は充分そろっています。ここに一筆書いたものを用意していますから、そちらも、こっちの望むものをよこしてください。私たちはこれっきり、ということにしましょう」

青井は木村が差し出した文面を確認する。日付は、二年前になっていた。

「領収書もいただけますか。著作権譲渡料を受け取ったという」

「随分用心深いのですね」

「後からもめたくありませんから」

「その女の時は、そうはしなかったのですか？」

「彼女の手書きの手紙が残っています。この作品を作中で使ってくれ、という。それだけで充分だと。未発表の作品だと思っていましたから」

「今でも、彼女とは連絡を？」

「事情を聞こうと思って電話してみましたが、今、連絡がつかない状態になっています。向こうでも私と話したくないのかもしれません」

「そうですか」

木村は、疑いの目でじっと青井を見つめていた。

青井は、自分で作った領収書の紙を木村に渡した。

「ここに金額、『但』の箇所に『沙羅を愛した僧侶』著作権譲渡料、二年前の日付、そして、住所、氏名、印をお願いします」

カバンから封筒を取り出し、中の札束を見せる。

「印鑑は三文判しかありません」

「では、拇印《ぼいん》でお願いします」

青井は、朱肉を木村に差し出した。

木村は言われた通りに書き込むと、親指を朱肉に押しつけて、拇印をおした。おしぼりで指をふいてから、札束の入った封筒を手に取った。封筒に入った状態のまま、枚数をざっと数えていたが、確かに五百万円入っていると納得した時点で、それを自分のスーツケースに収めると、立ち上がった。

店にはいつの間にか一人の男性客が来ていた。木村が店を出て行くと、男はすぐに彼を追って店を出た。恐らく、木村晴彦を尾行してもらうために青井がやとった私立探偵だろう。青井は探偵の顔を知らないし、探偵も、青井が誰なのかを知らない。ネットで依頼して、前金三十パーセント、成功報酬として全額を指定の口座に振り込むことになっていた。

取引は、闇で買った携帯電話で行っているので、証拠が残ることはない。明日の今頃には、木村晴彦の居所を突き止めることができるだろう。

時計を見ると六時を回っていた。香里《かおり》との約束の時間が迫っている。帰宅する時間がないので、約束のホテルへこのまま向かうことにした。

二

中水《なかみず》香里は、先にホテルの部屋で青井を待っていた。しらふで会う気にならないので、冷蔵庫からビールを取り出して、備え付けのコップに注いで飲んだ。

香里が青井から結婚を前提につきあいたいと申し込まれたのは二年前のことだった。

青井との出会いは、駅の段差で転んで右手中指を骨折した彼が、香里の勤める外科医院へ通院し始めたのがきっかけだった。リハビリなどで頻繁《ひんぱん》に会っているうちに、お互い好意を寄せるようになった。

年末のある日、病院の近所の居酒屋で看護師仲間と忘年会をしている時、そこで、彼が編集者と打ち合わせしているのに出くわした。香里は、その時初めて、彼が作家の青井のぼるだということを知って驚いた。診察の時は、本名なので、まさか彼がそんな著名人だとは思わなかったのだ。その時、青井のテーブルに誘われて一緒に酒を飲んだ。

「先生には早く指のけが治してもらわないと。最近原稿が遅れて、まいってるんですよ。

よろしくお願いしますね」

編集者が、香里にそう言った。

「まったく、編集者ってのは人使いが荒いんだから。指を骨折したと言ったら『原稿のほうは？』なんて真っ先にそのことで大あわてだ。同情の言葉なんて、原稿が間に合うと確認してから一言だけ。僕なんかただ書く機械みたいな扱いなんですよ。指さえ骨折しなければそれでいいんだ、彼は。足だったら、なにも心配していないさ」

青井は、香里に向かって親しみを込めてそう言った。

「いえいえ先生、そんなことないですよ。脳だったらもっとまいってますよ」

「そりゃ、脳がやられたら、もう絶対に書けないからね」

「金の卵を産む脳ですから、先生の脳は」

「まあ、金の卵ですか。すごい脳なんですね」

香里は心底感心して言った。

「こういう言葉に騙《だま》されたらダメなんだよ。おだてているように見せかけて、実はこき使う、というのが編集者の常套《じょうとう》テクニックだからね」

青井の言葉に、香里は大笑いしてしまった。

それをきっかけに、青井と二人で頻繁に会うようになったのだった。

プロポーズされた時、香里の方でももちろんそのつもりだったので、有頂天《うちょうてん》になった。ところが、近頃、二人の将来の話をさりげなく切り出すと、青井の方で話題を変えるようになった。思い返せば、香里が何を話しても、心ここにあらず、といった状態がここ半年ほど続いている。

青井はもう自分に退屈し始めているのではないか。他に好きな人ができたのではないか。そう思うと、夜も眠れないほど憂鬱《ゆううつ》になった。

今朝、思い切って、もう自分に飽《あ》きたのだったら正直にそう言ってほしい、とメールを打った。中途半端な状態でつきあっていても辛《つら》いだけだから、と。いったんそうメールしたものの、いざ、別れを告げられたらいったい自分はどうしたらいいのだろう。

今の自分にとって、心の支えは青井だけだ。香里は、看護師という職業が自分には適職だし、生き甲斐を感じていた。少なくとも青井と出会うまでは、それだけで満たされた日々を送っていたのだ。

二人が知り合ってからは、彼と一緒にいる時間と彼の作品を読んでいる時間が香里にとって掛け替えのない時間になった。彼の存在が占める比重がどんどん大きくなり、それと比例して、自分の仕事が地味で色褪《いろあ》せて感じられるようになったのだ。

コップのビールを飲み干した頃に、チャイムの音が聞こえた。香里は、一呼吸して平静を取り戻してから、ドアに向かった。

努めて笑顔を作って出迎えたのに、入ってきた彼がいつにも増して憔悴しきった顔をしているので、どう応じていいのか分からなくなった。

ここ半年ほどの間に、体重が減ってかなりスリムになっていた。ダイエットでもしているのかと思ったが、目の前の彼は、一週間前に会った時とくらべて、更にやせて、頬の肉など目に見えてこけている。職業柄、香里は、青井の健康状態を心配した。

「どうしたの？ いったい何があったの」

思わず執拗《しつよう》な聞き方になってしまった。

「遅れてすまない。編集者との打ち合わせが長引いてしまったんだ」

青井がソファに腰掛けたので、香里は冷蔵庫からビールを一本取り出してきて、コップに注いだ。

「そうじゃなくって、なんだか顔色が悪いわ。体調を崩しているみたい。近頃急にやせたじゃない。なんだか病的なくらいだわ。医者に診てもらった方がいいわよ」

青井は黙ってビールを飲み干した。何かにひどく苦悩しているようだが、何も答えなかった。また、心ここにあらずといった感じだ。

香里はしばらく窓の外を見つめていた。こんなふうに何も相談してくれないまま、時間が過ぎていくことがこのところ多くなり、それが香里には苦痛でたまらなかった。

「メール……」

「ああ、君からのメール、受け取ったよ。君に飽きたとかそういうことじゃないんだ。話してどうにかなる問題でもないいんだ……」

「私に対する気持ちは？」

「変わらないよ。知り合った時からずっと。ただ、僕の状況が変わってしまった」

「でも、仕事だって順調そうじゃない。作品を書くのに行き詰まっているようには見えないわ」

「君が言うように健康上の問題なんだ」

やっぱりそうなのか、と香里は思った。もっと早くに気づくべきだったのかもしれない。

「健康上ってまさか……」

「そのまさかだ」

「つまり、重病ってこと？」

香里は怖々聞いた。

「癌《がん》を宣告されてしまったんだ、半年前に。あちこちに転移していて、もう手遅れなんだ」

「手遅れ……そんな、どうして私に相談してくれなかったの」

香里は泣きそうになった。他に好きな人ができて飽きられた、と言われたら立ち直れないほど傷ついただろう。しかし、彼の命がこの先、長くないというのは、それ以上に耐え難い衝撃だった。

「君を苦しめたくなかったんだ。せめて二人でいる間は、楽しく過ごしたかったからね。それに医者に入院を勧《すす》められそうになった。それだけはどうしても避けたかったんだ。だから秘密にしておきたかった」

「どうして？」

「入院したら最後、死ぬまで病院から帰ってこられなくなるから」

「病気を治してもらって……」

「治らない。もう手遅れなんだよ」

「そんな、人生まだこれからなのに……」

「もう充分生きたよ。いろんな人に迷惑もかけた。これ以上生きる必要もないさ」

「迷惑をかけただなんて、どうしてそんなふうに思うの？　今度映画化される『ホワイトローズの奇跡』、あれ、私大好きよ。あなたはエンターテイナーなの。人に喜びを与えるすばらしい職業じゃないの。これからもいい小説を書いて読者を楽しませるのがあなたの人生なのよ。癌だって治るわよ。今はいい治療薬だってあるのだし……」

「ダメだ。脳にも転移してしまっているんだ。手術したら廃人になるような場所さ。看護師の君だったら分かるだろう？　それがどういうことなのか。抗癌剤治療を受けるつもりはない。助かりもしないのに苦しいだけだからね」

目の前が真っ暗になった。香里は金の卵を産む脳、と言った編集者の言葉を思い出した。そこに癌が転移するなんて、なんと非情な運命なのだ。

本当に辛いのは、青井の方だ、だからここで自分は我慢しなければいけない。そう思い歯を食いしばったが、香里は我慢できずに泣き出してしまった。

「君のそんな顔が見たくないから今まで言わなかったんだ。幸い母は、もう僕が誰なのかも分からない」

青井は、五年前に離婚してから、ずっと母親と暮らしていた。彼の母親の認知症は青井が気づかないうちにかなり進行していた。

ある日、料理の最中に鍋をかけっぱなしにしたまま出かけて、小火《ぼや》を出した。幸い、命に別状はなかったが、本人を説得して、施設に入所してもらうことになった。彼には兄弟がいないので、天涯孤独といってもいい身分だった。香里は彼の寂しさを埋めてあげられるのは自分だけだという自信があった。だから誠心誠意、彼との時間を大切にしてきたのだ。

「残酷だわ、せっかく、二人で楽しい家庭を築こうと思っていたのに」

「まだ、死ぬまでには時間がある。それまで精一杯生きるよ。思い残すことのないように」

その夜、二人はベッドの中で互いをいたわるように愛撫《あいぶ》し、愛し合った。香里は彼の全身を両腕に包み込み、この肉体が決して滅びませんように、と何度も祈った。

翌朝、目を覚ましてみると、風呂場でシャワーを浴びる音がきこえてきた。

香里は起きあがって、シーツを体に巻き付けて時間を確かめた。午前七時半だ。トイレへ行こうと立ち上がった時、ベッドサイドに置いてある彼のカバンに腕が当たった。軽い衝撃とともにカバンが床に落ち、その拍子に中に入っていた書類が散らばった。香里は、慌てて、バラバラになった書類を拾い集めた。

「沙羅を愛した僧侶」著作権譲渡料五百万円という領収書を見つけて、眉をひそめた。受取人は木村晴彦となっている。いったいこれはどういう意味なのだろう。それと一緒に、この作品を自由に使ってもいいという木村晴彦の署名の入った手書きの文章まであった。

つまり、青井は、誰かから文章を買ったということなのだろうか？

彼のカバンの中のものを調べているうちに「カメリア」という雑誌が見つかった。真ん中あたりのページに付箋がしてあるのを見つけた。

そこに「沙羅を愛した僧侶」という題名の小説があった。著者はやはり木村晴彦となっている。

ページをめくって、最初の一行を読んで、香里は愕然となった。それは香里が記憶するかぎり、青井の最新作『ホワイトローズの奇跡』の作中作の「一日花、永遠の魂」と一字一句同じ文章なのだ。

雑誌の発行年を確認してみると、今から十年前だ。

青井がバスローブを着て風呂場から出てきた。「カメリア」を読んでいた香里ははっとして顔を上げ、青井と視線がぶつかった。

「驚いた？」

青井は苦笑した。なにか投げやりな言い方だった。

「これは、いったいどういうことなの？」

「その通りさ。例の新作の作中作なんだけど、どうやらその『沙羅を愛した僧侶』の盗作らしい」

「らしいって……あなたが盗作したってことなの？」

「いや、僕はそのつもりはなかった。それをある女性に見せられて、褒めたら、作品の中で使って欲しいと頼まれたんだ」

「でも、どうして、こんなものを……」

青井の最新作は好きだが、あの作中作「一日花、永遠の魂」の文章はあまりにも執拗で、描写が細かくて、香里の肌には合わなかった。

「なかなかよくできた作品だろう？」

「これくらいのものだったら、あなただって書けるでしょう。何も人の書いたものを丸写ししなくても……」

「素人臭いところがいいと思ったんだ。案外僕らみたいにプロになってしまうと、わざと下手に書くのが難しいんだ。それに、このアイデア、気に入ったから。描写もきれいだしね」

確かに、沙羅の妖精に魅せられる僧侶の心理描写はよく描けているし、話の内容も異様さが漂《ただよ》うものの神秘的だ。

「その人とあなたは……」

「君と出会うよりずっと前に別れた」

香里はそれ以上聞く気になれなかった。青井の前の妻の話もほとんど聞いたことがなかった。

よけいなことを知っても、いいことはない。二人の関係さえ充実していれば過去はいっさい詮索すまいと決めているのだ。

「でも、作者は女性じゃないわ。木村晴彦って……」

「その女性が書いたものじゃなかったんだ」

「書いたのはこの木村って人なの？」

「そういうことだ」

話が複雑でよく飲み込めなかった。

「どうして、そういうことになるの？」

「僕にもよく分からない。その女性が木村の作品を盗作した、ということになる」

「で、それをあなたが使ってしまった、そういうことなの？　その女性は？」

「音信不通なんだ」

「もしかしたら、その女性とこの木村って男がグルであなたを陥れた、とか？」

「彼女は、そんなひどいことをするような人間じゃない。僕はそう信じていた、いや今でも信じている」

香里は、思わず意地悪な口調になった。

「でも、実際、その人の作品じゃなかったんでしょう。嘘をついていたんじゃないの、あなたに。そんな人信用できないわよ。木村晴彦とグルに決まっているわ」

「僕も同じようなことを疑ったさ。だが、木村はそれは否定していた。わざわざそこまで手の込んだことはしないとさ。たまたま僕の作品を読んだら、自分の書いたものだったので、盗作されたことに腹を立てた、そんな感じだったな」

どうだろうか。それで青井を脅して、五百万円もせしめたのだ。かなりのしたたか者ではないか。最も、青井にとっては、うまく示談が成立したので、下手に騒がれるよりその方が都合よかったのかもしれない。

そう思いながら、香里は、「カメリア」という雑誌にざっと目を通した。全部で十人ぐらいの詩や小説があった。読んでみると、なかなか凝ったものもあれば、素人臭いものもあった。この中だったら「沙羅を愛した僧侶」が群を抜いてよくできているな、と思った。

「でも、よかったわね。あなたの名誉が傷つくことなく済みそうで。間もなく映画化だって、されるわけだし」

「そうだな。それまで生きていれば、だが……」

香里は、青井の首に両手をからめ、自分の口で彼の口をふさいだ。それ以上聞きたくなかった。しばらく舌を絡め合ってから、彼の胸に顔を埋《うず》めた。

「これから最高の人生を生きましょう。残り少なくてもいいじゃないの。悔いのないように、ステキな思い出をいっぱい作るのよ、ね」

香里は彼の心臓に最も近いところに耳を当てた。このままずっと鼓動を聞いていたい、と思った。これが彼が生きている証なのだから、こうして耳を当てていればずっと生き続けてくれる、そう願った。

青井は黙って、香里の髪をくしでとかすように指で優しくなでた。

残り少ない日数で、彼と一緒に何が出来るのかを考えた。二人でどこか美しい風景が眺められる場所へ旅行したい。自然のきれいなところで、森林浴を思い切りするのもいいだろう。

あれもしたい、これもしたい、と止めどなく話した。青井は黙ってうなずいていた。

三

香里のところへ二人の刑事が来たのは、それから一週間後だった。

警察手帳には、渋山《しぶやま》、井口《いぐち》という名前が記されている。年配の方の渋山という刑事が聞いた。

「青井のぼるさんをご存じですか？　えーと、本名は、山田登《やまだのぼる》さんですね」

「はい、よく知っています。彼に何か？」

「彼の居所はご存じですか？」

「自宅にいるんじゃないのですか？」

「それがいないのです」

どうして警察は彼を捜しているのだろう。

「いったいどういうことですか？　ちゃんと説明してください」

香里は語気を強めた。

「実は世田谷区で、一人暮らしの男性が殺害されました。青井さんらしい人物が、現場で目撃されているのです」

「それはいったい。まさか青井が？」

犯人。だとすると、殺されたのは、あの木村晴彦という男だろうか、と咄嗟《とっさ》に思った。

「一応重要参考人としてあがっています」

「その殺された男性というのは？」

「田口光一という男です」

田口……。木村ではなく、田口という男なのか。

「どうしてまた、青井が重要参考人なのですか？」

「さきほども言いましたように目撃証言です。それに、青井さんは、どうやらその被害者に脅されていたようなのです」

青井は、被害者、田口から、自分の作品を盗作したと脅迫されていたのだと刑事は説明した。それは、田口の部屋から「カメリア」の雑誌が出てきたこと、パソコンの中に「沙羅を愛した僧侶」を青井のぼるに譲渡するという文面が出てきたことなどから判明したらしい。

「そのことは青井から聞いています。しかし、木村という人ではないのですか？　殺されたのは？」

「どうも、複雑な話でしてね。その田口光一という男が、木村晴彦になりすまして、青井さんを脅迫した、ということみたいです」

そこで、香里は田口光一という名前を思い出した。あの「カメリア」という雑誌の中でエッセイのようなものを書いていた人物だ。確か、日本酒にまつわる話だった。

「つまり、殺されたのは、『カメリア』というサークルのメンバーの一人ということですか」

「そうです。ですが、青井さんが盗作した作品の作者ではないのです。その田口という被害者は某証券会社のディーラーなんですが、この不況で歩合制になってしまった。信用取引で大ばくちを打ったところ、リーマンショックで借金をしてしまい、かなりお金に困っていたみたいです。木村晴彦さんの作品が盗作されていると知った彼は、免許証を偽造して木村晴彦さんになりすまし、青井さんを脅迫したみたいです。かなりの金額を要求したため、青井さんに殺されてしまったのではないかと、我々は仮説を立てています。死因は、脳挫傷。机の角に頭を強くぶつけた痕跡があります。部屋には争った跡があり、青井さんの指紋があちこちで見つかっています。青井さんらしき人物が男の部屋から出て行くのをアパートの住人や近隣の人間が目撃しています」

「で、青井は？」

「居所が分かりません。部屋には、身の潔白をつづった遺書のようなものがありましたが、それはゴミ箱に捨てられていました」

死のうとしたが、思いとどまった、ということだろうか。

「身の潔白を本人がつづっているのでしたら、犯人ではないということじゃないですか」

「だったら、逃げる必要はないはずです」

「でも、彼はいったいどこへ？」

「もしかしたら、自分を脅していた相手が木村ではなく田口だと知って、今頃木村を捜しているのかもしれないです」

「でも、どうして、青井は、脅した人物を殺す必要があったのでしょうか？　あの話は示談が成立していたのですよ」

「示談ねえ」

「ええ、譲渡するという文面をちゃんと受け取っていました。私、見せてもらいましたもの」

　田口のパソコンから出てきた文面だから、きっと警察も知っているはずだ。

「完全に口を封じたかったのかもしれません」

「ちゃんと作品を譲渡すると一筆書いてもらっていたのですから、そんな必要はなかったと思います。著作権譲渡料の領収書だってもらっていましたから」

「そんな領収書までちゃんと受け取っていたのですか。彼の部屋からはそんなものは出てきませんでしたが」

「確かに、もらっていました」

「じゃあ、脅迫に乗ってお金を払ったのですね？」

　それこそがまさに青井が田口に追いつめられていた証拠ではないか、といわんばかりの刑事の鋭い視線に、香里は思わぬところで墓穴を掘ったことを後悔した。

「いえ、すみません、それについては見たような気がするということです。でも、譲渡しましたという文章と署名はもらっていましたから示談は成立していたのです」

香里は咄嗟に言葉を濁《にご》した。

「それに、彼は癌で……」

余命幾ばくもないのだと言おうとして、あまりに辛い現実なので言葉を飲み込んだ。

「青井さんの部屋から医師の診断書が出てきたので、こちらでも病院の担当医に確認しました。癌がかなり進行していたようですね」

「映画化まで生きているかどうか分からない、そんなふうに言っていたのです。そんな人間が自分の名誉のために人殺しなんかすると思いますか？ 考えられません」

「亡くなる前に、名誉だけは守りたいという人もいるでしょう。世の中には、死ぬ前に葬儀用の写真を撮ったり、高級な墓を買う人がわんさといるわけですから」

「彼はそんなタイプではありません。だいたい、あの作品、彼は盗作したつもりなんて全然なかったんです」

香里は、青井から聞いた話を説明した。

「なるほど、ある女性から使ってくれと頼まれた、ですか。で、その女性というのは？」

渋山刑事は半信半疑といった面持ちだ。

「誰だかは聞いていません。でも、あれは断じて作り話などではありませんでした。彼は私にそんな嘘はつかない人でした。盗作の経緯も包み隠さずに話してくれました」

　そういいながら、香里は、あれは偶然カバンを床に落としてしまったから見つけたものだということを思い出した。彼は嘘はつかないが、隠し事の多い人だった。病気のことも、先日、話してくれたばかりだったのだ。

「しかし、脅迫した田口の住んでいるところへ行ったことは間違いありません。すでに示談が成立していたのに、青井さんはいったい何の目的で行ったのだと思いますか？」

　殺す目的だ、と刑事は決めつけているようだ。

「さあ、それは、分かりません。それにしても、青井はいまごろいったいどこにいるのでしょう？」

　病気で衰弱しているのに姿をくらましてしまうなんて。香里は青井の体のことが心配だった。

「それは分かりません。今のところ足取りがつかめないのです。我々は木村晴彦を捜しているのですが、そちらも、なかなか進展しなくてね」

「居所が分からないのですか？」

「数年前にフランスへ行ったきりみたいです。今、向こうの大使館に問い合わせています。入国管理局に問い合わせたところ、日本に帰ってきた形跡はありません」

田口は恐らく、そのことを知っていて、木村の名前を騙《かた》って青井を脅迫したのではないだろうか。木村が海外にいるとしたら、盗作の事実は本人の耳に入っていない可能性が高い。

「他の『カメリア』のメンバーは？」

「そちらの方は、今、捜査陣が事情を聞いて回っている最中です」

木村晴彦以外の「カメリア」の関係者からは警察はすでに情報を得ているということか。

刑事たちは、青井から何らかの連絡があったら、すぐに自分たちに知らせて欲しい、と言い残して、帰っていった。

香里は、しばらく机に向かって考え込んだ。どうにも、頭の整理がつかなかった。

彼の携帯に電話してみたが、電源が入っていない。居所を突き止められないように、携帯は持ち歩いていないのだろう。

もしかしたら、青井は木村を追いかけて海外へ行ったのかもしれない。いや、彼は警察に重要参考人として追われているのだ。そんなことをすれば空港で捕まってしまうだろう。

とりあえず、香里は彼からの連絡を待ち続けた。彼のことを考えると、夜も眠れない状態が続いた。仕事へ行く気にもならなくなり、しばらく休職することにした。

彼は無実だ。そのことだけは言える。人を殺すような、そんな残忍な人間であるはずがない。それを証明するために、今、自分は何をしたらいいのだろう。

青井が原稿を受け取った、というその女性が誰なのかを突き止めることは可能だろうか。

まず、あの「カメリア」という雑誌を発行した例のサークルのメンバーに当時の話を聞いてみてはどうだろう。そこから青井の足取りがつかめるかもしれない。

そんなことはもちろん警察でもやっているだろう。だが、刑事たちに聞いても何も教えてくれないのだから、自分で確かめるしかない。青井の無実を証明するためにも。

香里は、まず、S大学のサークルをネットで調べてみた。残念ながら「カメリア」という名の創作サークルは見つからなかった。インターネットで谷田諭吉を調べてみた。現在、彼は京都の別の大学、R芸術大学文芸部のライティングコースで准教授をしていた。

早速、R芸術大学に問い合わせて、文芸部ライティングコースにつないでもらった。谷田諭吉は午後三時半から授業があるので、三時頃から来ているということだった。

香里は、午後にもう一度大学に電話し、谷田と話した。彼はすでに警察から事情聴取を受けた後らしく、「カメリア」と聞いただけですぐに反応した。情報を提供してくれたらそれなりのお礼をするからと言ったら、二日後に会ってくれることになった。

四

香里は谷田諭吉と、京都のR芸術大学前の喫茶店で待ち合わせした。

「カメリア」の雑誌の一番最後のページに載っていた写真の記憶とあまり違《たが》わない、小柄で丸顔の男が入って来た。あの写真よりだいぶ髪が薄くなり、白髪も増えている。香里が立ち上がって会釈すると、彼は向かい側の椅子に腰掛け「カメリア」の雑誌を二部カバンから取り出し、一部を香里に渡した。電話で一部欲しいとお願いしておいたのだ。

「いやあ、警察の方から聞いてびっくりしました。あの『ホワイトローズの奇跡』の作中作が、木村晴彦君の作品の盗作だと知ったときは。青井のぼるはいろいろな同人誌から文章を盗んで、あれだけのベストセラー作家になったわけですかね」

谷田の毒のある言葉に、香里は自分のプライドが傷つけられたような気がした。彼の口調には著名作家に対するあからさまな嫉妬がにじみ出ている。何かアンフェアーなことをしなければ作家になどなれない、というのは、作家くずれの人にありがちな台詞《せりふ》だ。

実際には、作家というのは自分のアイデアで書いているという自負がある。他人の作品を自分の作品の中に丸々コピーするなどということはまず考えられない。

香里自身、なぜそうまでして、青井があれを作中作に取り入れたのか理解できなかった。どうやら、作品を譲り受けたという、その謎の女の正体が事件の鍵なのではないか。

香里があんまり顔色を悪くしたので、谷田は焦《あせ》ったように付け足した。

「あ、いや。盗作の件は警察でもまだオフレコみたいですね。口外しないで欲しいと言われています。相手は著名作家。下手をすると名誉毀損《きそん》ということにもなりかねないですからね」

映画化まで決まっている作品なのだ。没になったらえらい騒ぎになるだろう。

「そうですね。気をつけた方がいいと思いますよ」

香里は釘を刺すようにきつい口調で言ってから続けた。

「青井は、あれはある女性から使って欲しいと頼まれた原稿だと言っていました。ですから、自分が木村晴彦さんの作品を盗作したとは思っていなかったのです。そういった女性について何か心当たりはないですか？　あの原稿にまつわる人物のこととか」

「さあ、どうでしょうね」

谷田は首をかしげるが口元には薄笑いを浮かべている。香里の話をいっこうに信用していないようだ。

谷田の話だと、当時、親しくしていたのは七人。木村晴彦のほかに、万里枝・プティというフランス人と日本人のハーフ、望川貴、殺された田口光一、沢口ユリ、西脇グループの御曹司、西脇忠史、そして高田ちひろだという。

「その七人」といいかけて、田口はすでに殺されているので「その六人」と修正してから香里はたずねた。

「今、どこでどうしているかご存じですか?」

「いやあ、連絡ないですからね。ただ、高田ちひろが文芸評論家になっていて、同人誌の書評を新聞に掲載しているので、たまに電話をくれますね。それによると、西脇君と沢口君は結婚したみたいです。それ以外の者がどうしているのかは知りません。望川君は確かあのままS大学の研究室に残ったと思います。田口君のことは新聞の記事で見た時は、あの田口君だとは思いもしませんでしたよ、その後刑事がたずねてきたので、あれはサークルにいた田口君だったのだと知って、盗作の話を初めて聞かされたのです」

「木村晴彦さんは?」

「知りません。フランスに行ってうまくやっているとはきいていますが……。それにしても田口君が木村君の名前を騙って、青井のぼるを強請《ゆす》るとは、事実は小説よりも奇なり、とはよくいったものですね」

谷田は驚きを隠せないといった表情をして、やや大げさな口調で言った。

「では、この万里枝・プティという人は？」

「彼女は……」

谷田は少し言いよどんでから「自殺したんです」と小声で呟いた。

「どうしてまた？」

「さあ、私にもよく分かりません。あれはちょうど十年前の冬のことでした」

万里枝・プティは十年前、この同人誌を発行した年の冬にマルセイユの近くのカランクの断崖から海へ飛び込み、入り江で死体が発見されたのだという。

「痛ましい事件でした。それ以降、木村君がサークルから去ってしまい、彼女と幼なじみだった望川君は、半分狂ったみたいになってしまうし……。せっかくの仲良しサークルだったのに、みんなバラバラになってしまったのです」

「では、『カメリア』はこの一号だけ？」

「ええ、そうです。サークル自体がその後全く発展しませんでしたから。これが発行されたこともサークルのメンバー以外は誰も知らないでしょう。半分手作りの雑誌ですから、五十部くらいしか作っていませんし、私の手元にあるのは警察に渡したものも合わせて三部だけ。ですから、青井のぼるも、盗作するのに都合よかったんじゃないですか。それにしても、結構な代償ですね。まあ、あんなベストセラー作家にとってははした金だったのかもしれませんが」

「万里枝という人の自殺の原因については何かご存じですか？」

「さあ、七人の間でなにかあったのかなあ。万里枝君は本当にいい子でした。創作に対する姿勢も真剣そのものでしたし、私が薦める本はほとんど読んで、感想文までよこしてくるんです。だからって、知性をひけらかす感じでもなく、純粋でかわいい子でした。みんなから好かれていたと思いますよ。彼女、木村君といい仲でしたよ。この作品『沙羅を愛した僧侶』の中にでてくる椿の妖精は、まるで、万里枝君のことみたいでしょう？　木村君は彼女のことをイメージして書いたのだと思います。僕には二人は幸せそうに見えましたけれどもね。一緒にいるのが楽しくて仕方がない、そんな感じでした。なんであんな明るい子が自殺してしまったんでしょうね。人生まだまだこれからだったのに、もったいない」

香里は、作中の沙羅の妖精の描写を思い出した。万里枝がハーフであり、彼女をイメージして書いたのだとしたら、なるほどうなずけた。椿の妖精は、まるで異国の女性のような彫りの深い容姿をしているのだ。

「彼女は、グレーの瞳に赤色の髪をしていたのですか？」

谷田先生は、しばらく、香里の顔を見つめていたが、「ええ、そうです」と悲しそうに呟いた。間違いない、沙羅の妖精は、万里枝という学生のことなのだ。

「木村晴彦というのはどんな人でしたか？」

「美青年で頭のいい学生でした。なんでもK大学工学部の大学院生だったみたいです。ピアノの腕もプロ並み。天は二物を与えず、とよく言いますが、彼には三物くらい与えられていたんですね」

　美青年で学歴が高くて、ピアノがプロ並みに弾ける。確かに、何もかも揃っているようだが、それだけではどんな人物なのか分からない。

「人柄は？」

「さあ、そこまでは知りません。彼がサークルに来たのは、途中からでしたし、実際には半年足らずしか在籍していなかったですから。しかし、この小説を読む限り、繊細で、美的センスのいい人間ですね。いい文章じゃないですか。当時、私はこれを絶賛しましたよ。彼は恋愛にもひたむきで誠実な印象です。そう思いませんか？」

　確かに、これが好きな女性をイメージして書いたものだとしたら、その女性のことを一途に愛している感じは胸に迫ってくる。

　香里は、万里枝・プティの作品に改めて目を通してみた。原稿用紙にして四、五枚程度だ。マルセイユの町とパスティスというお酒のことが書かれたエッセイだった。地中海の港の美しさが目に浮かぶようだった。この町に対する思い入れが相当強いことがその文章からうかがえた。

「彼女の母親はマルセイユの出身だったんです。それでそういったエッセイを書いたんでしょうね」

「そこが彼女にとっての故郷みたいなものだったのでしょうか」

故郷で死にたかった、ということなのか。

「もしかして、木村晴彦さんがフランスへ行ったのは、この万里枝という人の魂を追いかけてだったのでは？」

「さあ、どうでしょう。何でも、向こうの楽団でピアノの演奏をしているという話ですけれどもね」

「それは、何という名前の楽団ですか？」

「そこまでは知りません。かなりがんばっているみたいですよ。向こうのどこかの新聞にも取り上げられて、ピアノを弾いている男前の写真が掲載されてますから」

「そうなんですか。その新聞というのは？」

谷田先生は香里の質問に一瞬考え込んでいるようすだったが、付け足した。

「いえね、警察から聞いた話なので、詳しいことは知りません。彼がフランスのどこにいるのかは知りません。まあ、どこの楽団なのかくらいは、今頃、警察では突き止めているでしょう」

もしかしたらマルセイユの楽団にいる、ということはないだろうか。亡くなった恋人の影を追いかけて、そこで演奏しながら生活しているというようなことは。

「万里枝さんの幼なじみの望川貴という人は？」

香里は、彼の作品に改めて目を通した。

原稿用紙五枚程度のファンタジー小説だった。互いに欠点のある生き物同士がそれを補うために合体し、両方の利点だけを得た理想的な生き物に生まれ変わるという、なんとも気味の悪い、シュールな物語だ。

「彼は理学部の人間にありがちな地味なタイプでしたね。ですから、あまり記憶に残っていないのですよ。万里枝君とは幼なじみだったそうですけど、大学ではそんなに親しそうにしていませんでしたね」

「沢口ユリさんは？」

「彼女と万里枝君は仲良しでしたよ。いつも二人で並んで座っていました」

「で、この沢口さんは、西脇さんと結婚したんですね」

「みたいですね。彼は西脇財閥のご子息ですからね。すごい玉の輿《こし》でしょう。まあ、沢口君の家もお父さんが某有名会社の役員、そこそこ裕福ですから、釣り合いの取れたカップルだったのかもしれません」

「高田ちひろさんは？」

「先ほども申し上げましたように、高田君は文芸評論家になっています」

「連絡先とか分かりますか？」

谷田は高田ちひろから今年来た年賀状を香里の前に差し出した。本人には了解を取ってあるという。

香里は、住所と電話番号をメモった。

谷田に取材料として、二万円の入った封筒を渡してから店を出て、そこで別れた。それから、ネットカフェに直行して、S大学の理学部の教員名簿をネットで調べた。そこに助教として望川貴の名前があるのを見つけて大学に問い合わせてみたが、残念ながら、彼は、今、学会で北海道へ行っているという。

仕方がないので、東京へ帰り、次は高田ちひろに会ってみることにした。

第3章

一

目を覚ますと、いつものように、私は窓際にいる万里枝《まりえ》の方へ行った。彼女を両手で抱《かか》えると、食卓テーブルの上に置いた。

「おはよう、万里枝」

私の言葉に反応して、全身の枝と葉が一緒にふるふると震《ふる》えた。今朝の万里枝は上機嫌だ。

十年前に彼女がカランクから足を滑らせて人間の肉体を失ってから、私は毎年毎年、妖精に姿を変えた万里枝と会えるのを楽しみにしていた。万里枝は、今年の夏も六月頃から白いつぼみをつけ始め、七月に華麗な花を咲かせたばかりだった。その時、私は妖精に姿を変えた彼女と一日だけ再会し、この家で一緒に過ごした。

彼女の美しさには年々磨《みが》きがかかり、今年は見違えるほど大人びた容姿になっていたのに、私は目を見張った。

コーヒーミルで豆をひいてコーヒーを淹《い》れて、トーストとハムエッグ、前日に作っておいたポテトサラダで朝食を済ませた。

私はいつになくそわそわした気分になっていたので、彼女に告白した。

「もしかしたら、今日、君の細胞のコロニーが観察できるかもしれへん」

——やっと？

彼女は私の心にそう問いかけた。ちかごろでは珍しいことだった。植物と化した彼女は、ひどく寡黙《かもく》になっていたからだ。

「ああ、やっと。一歩前進や。そやから、近頃研究室へ行くのが楽しみなんや」

——だから、近頃帰ってくるのが遅いんや。

彼女の枝が、さきほどとは違い、今度は寂しさを表し、しなだれて小刻みに震えた。

「君をここにひとりぼっちにしてすまないと思ってる。でも、僕の研究が順調に行けば、君の肉体の一部が作れる。いずれ完璧な肉体だって作ることができるんや。それまでの辛《しん》抱《ぼう》や」

私はコーヒーを飲み干すと、にっこり彼女に笑いかけた。

ミルクが机の上にぽんと乗ると、万里枝のつけている葉に鼻を近づけてくんくん匂いを嗅いでいたが、そのうちにぺろぺろなめ始めた。彼女がすねているのに気づくと、こうやって必ず機嫌を取ってくれるのだ。それからくるりとお尻を向けさらっと彼女の葉をなでた。

彼女が人間の姿で現われるのにまた一年近く待たなくてはいけない。私はその期間、研究に打ち込むことで、寂しさを紛《まぎ》らわすことにしていた。彼女の肉体さえ作ることができたら、妖精の彼女を待つ必要もなくなるのだ。

ベランダのガラスドアを開けると、デッキテラスの一番日当たりのいい場所に万里枝を置いた。葉に光があたると、葉緑素をたっぷり作る気分になったらしく、気持ちよさそうに枝葉を広げている。ミルクが後に続いて、万里枝の隣にごろんと寝そべった。

「じゃあ、行ってくるしな。一日、日なたぼっこして待っててな」

私は万里枝のつるりとした木肌を手でさすった。

いつものように流しにコーヒーカップと皿を置くと、スポンジに洗剤を含ませて、丁寧に洗い、乾燥機に入れてダイヤルをセットしてから、家を出た。

研究室へ行くと、研究生に指示しながら、シャーレの中の細胞の状態を位相差顕微鏡で観察した。これは、パッケージング細胞にプラスミドを導入して、きっちり四十八時間たったものだった。

「パッケージング細胞というのは？」

顕微鏡を覗《のぞ》いていた研究生が聞いてきた。

「レトロウィルスベクター、つまり遺伝子を細胞内に運ぶために用いられる運び屋ウィルスを産生するための細胞です」

ウィルスは、自分のDNAをホストである細胞内に導入することで、自分の複製を大量に作り出す特性を持っている。その特性を利用して、細胞内に特定の遺伝子を人工的に組み込むことができるのだ。

パッケージング細胞の中には、すでに、ウィルスを作るのに必要なウィルス遺伝子が組み込まれている。そこに、プラスミドというDNA分子を試薬を使って導入する。このプラスミドにはプロモーターがついていて、細胞内に入ることでウィルス遺伝子と組み換わるように細工されている。その過程をふんで、まず、レトロウィルスを生産するのだ。

「これで、その例の細胞を？」

「これはiPS細胞を作るための工程の一段階目です」

「先生、彼は、その細胞の意味がまだよく分かっていないようですが。普通の細胞が分化万能になるという理屈そのものが」

「君から説明を」

もう一人の研究生が、入ってきたばかりの研究生に説明しているのを聞きながら、私は画像に取り込んだ細胞の状態を画面で確認した。

「ｉＰＳ細胞というのは、あらゆる種類の細胞に分化可能な細胞のことをいいます。これは京都大学の山中伸弥《やまなかしんや》教授らのグループによって二〇〇六年に世界で初めて、マウスの線維芽《せんいが》細胞から作られたものです」

「つまり、ＥＳ細胞みたいなものですか？」

「ええ、そうです。これまでは、分化万能性は、ＥＳ細胞にのみ見られる特殊能力でした。しかし、ＥＳ細胞の場合、受精卵からしか作ることができません。その点、ｉＰＳ細胞は、どの体細胞からでも作れるという大きなメリットがあるのです」

「どういう原理ですか？」

「OCT3/4、SOX2、KLF4、c-MYCという四つの遺伝子を核に組み込むことで、分化した細胞を初期化して、万能性を獲得することができるのです。個々の遺伝子の働きに関しては、その原理はまだ詳しくは分かっていません」

「分からないのに、どうして発見できたのですか？」

「かなりの力業だったようですね」

「つまり、闇雲に数を試したということですか？」

「闇雲というわけではありませんが、ＥＳ細胞に発現していて、普通の体細胞では発現していない遺伝子を見つけて試したのです」

「どれくらいの数ですか？」

「分化万能性に関わるといわれている二十四種類の遺伝子をすべて組み込んでいった結果、この四つの遺伝子に絞り込むことに成功したのです」

ｉＰＳ細胞は、今、再生医療において、最も注目を浴びている研究だった。この研究が進めば、心臓移植の必要な患者から細胞を採取し、ｉＰＳ細胞を作り、それを心筋細胞へと分化させていくことによって、自分の細胞で新たな心臓を作ることが可能になる。心臓だけではない、あらゆる臓器のスペアーを自分の細胞から作り出すことができるのだ。

本人の細胞からできた臓器であれば、臓器移植で最も大きな弊害とされる拒絶反応の心配がない。型の合うドナーを探す必要も、免疫抑制剤の副作用に苦しむこともなくなるのだ。

これは、世界を揺るがす画期的な発見だった。科学研究費助成金が取りやすいこともあり、今、多くの大学の研究室でこの分野の研究が進められている。実際、慶應義塾大学の研究チームがiPS細胞を使って、脊髄損傷で首から下が麻痺した猿を飛び跳ねられるまでに回復させることに成功したという報告がある。

私が、この研究に打ち込むことになったのは二年前からだった。これを踏み台にして、私はもっと大きな目的に到達するつもりだった。

神が、万里枝を復活させるために、私にチャンスを与えてくれたのだから。

二

十年前、万里枝は、精神的に憔悴《しょうすい》した状態でカランクの崖を歩いていて、地中海に落ちて死んでしまった。彼女をそこまで追いつめたのは他ならない、この私だった。万里枝の死を知った時、私は自分を呪い、世界を呪い、運命を呪った。

生きる意味を失った私は、彼女の後を追って死ぬつもりでフランスへ発《た》った。

私は一日中、万里枝の影を求めて、マルセイユの町をさまよい歩いた。彼女の育った町の空気をたっぷり吸収しながら、彼女との思い出に耽《ふけ》り、カランクの入り江が織りなすカシスの町まで、地図を片手に歩いていった。

万里枝が写っていた写真そっくりの形の断崖を見つけてそこに立った時、死を恐れることはなかった。ああ、これで楽になれる、そう思った。

万里枝のいない現世に、私はなんの未練もなかった。彼女の魂《たましい》を追って死の世界をさまよい、なにがなんでも彼女を見つけ出してみせる。むしろ早く死んで、向こうの世界で彼女と再会することを望んでいた。

ところが、私はそこで、生きたまま、万里枝の魂と出会うことになった。それが死へのダイブから私を引き留め、こうして現世で生き続けている理由だった。

最初見たとき、それは握り拳くらいの大きさの石に過ぎなかった。その石が、彼女のグレーの瞳そっくりの色をしていたので、私の注意を引いた。手のひらに載せてじっくり観察していると、石が私の心に話しかけてきた。

——タカ、タカ!

最初は、石が自分に話しかけるなどということが信じられず、あたりを見回した。だがどこにも声の主は存在しなかった。

——タカ、私、万里枝。

また、心の中に声が聞こえてきた。私は、その石が自分に話しかけていることに初めて気づいた。

「万里枝！」

私は驚いて、大きな声を発していた。

「君は万里枝なんか？」

私は両手のひらで石の下半分をしっかりと包み込み、じっと見つめながらたずねた。

――そうや、私や。

「万里枝、なんで死んでしもたんや」

私は石に向かって話しかけながら、涙した。

――運命や。

「僕のせいなんか？」

――…………。

石は沈黙した。やっぱり、私のせいなのだ。

「すまん。僕も今から君のところへ行く」

そう言って、私は石を抱きしめたまま、崖の先端の方へ歩いていった。その時、また、石が私に話しかけてきた。

――私、帰りたい。

「え？」

──私、日本へ帰りたい。

「日本へ……」

──そう、日本へ。ここにずっとこうしているのいやや。

私は石に姿を変えた彼女を見つめながら、確かに、こんな場所で彼女が石のままでいるのは不憫《ふびん》だと思った。生まれ変わるのなら、もっと美しい生き物が彼女には相応《ふさわ》しい。

「なんで、君は、こんな姿になってしもたんや？」

──死んだ瞬間、魂がこの石に吸い込まれてしもたの。

「昇天しいひんかったんか？」

──できひんかったの。

きっと、現世に未練があったからだ。まだ、やり残していることがこの世にいっぱいあるのに、こんな冷たい海に落ちたりしたのがいけないのだ。

「一緒に日本へ帰ろうか？」

──日本が懐かしい。

「日本へ帰って、こんな姿やのうて、元に戻るんや。僕が戻してやる」

──ほんまか？　ほんなら早う日本へ連れて帰って。

私は石になった万里枝がたまらなく愛おしかったので、彼女をしばらく抱きしめていた。

その夜、私は万里枝をポケットに入れて、彼女の祖母がやっているという旧港にあるマルセイユの郷土料理の店「La Marine（ラ　マリーヌ）」へ行った。万里枝は自分のことは祖母に話さないで欲しいと頼んで、私のポケットの中に潜んでいた。

この古い港は、十九世紀まで貿易の中心地として栄えていたのだが、今では、北側の新港に主《おも》な機能を移し、観光船発着やヨットハーバーが中心となっている。

店に入ると、マダムらしい六十代後半の女性が席まで案内してくれた。彼女はシルヴィと同じ金髪に青い目をしていた。おそらく万里枝の祖母なのだろう。

私はレストランの窓際に座り、夜の港の景色を見ながら、名物料理「ブイヤベース」を注文した。運ばれてきた料理からはなんともいえないいい香りが鼻先まで上《のぼ》ってくる。これがサフランの香りなのかと思い、私はスープを指さし「サフラン？」とマダムにたずねてみた。

「イエス」

彼女は一言英語でそう答えた。サービスしている間も始終、彼女は暗い表情をしていた。まだ、孫を失った悲しさにうちひしがれているのだ。私はポケットに手を突っ込んで、そっと万里枝をさすってみた。

――ああ、ええ匂い。

万里枝がそう言うので、私はポケットから彼女を出して、スープの隣に置いた。石がまるで宝石みたいにピカッと光を放った。私は、パンを運んできた万里枝の祖母の顔をちらっとうかがったが、彼女は何も気づいていないようすだ。

スープは輝くような黄金色をしていて、それだけで私の食欲を刺激した。私は銀のスプーンでスープをすくって一口食べてみた。

万里枝が説明していた通り、濃厚な魚の味にサフランの香りが合わさって美味だった。

私はマダムにどうやって作るのか？　と、たどたどしい英語でたずねた。すると彼女は、若いボーイを呼んできて、代わりにそのボーイが英語で説明してくれた。単語だけを並べた下手な英語なので、英語が母国語のアメリカ人やイギリス人の英語より遥かに聞き取りやすかった。

ボーイの話によると、毎朝、旧港の市場で獲れたての魚を仕入れてくるのだという。材料は新鮮な魚、タマネギ、ニンニク、トマト、白ワイン、サフランだった。その日に獲《と》れた魚によって、スープの味は微妙に変化するのだという。

今朝は大ぶりのいい海老が市場に並んでいたから、だしを取るのに新鮮な海老の頭をたっぷり使ったのだと自慢げに説明した。どうりで、濃厚な海老の味噌の風味がするわけだ。私は白ワインを一口飲んでから、スプーンでスープと魚をすくって一緒に口の中に運んだ。

最後の一滴までパンにしみこませて食べ終えた。

私は万里枝をポケットに入れると、勘定を済ませてから、店を出た。ほろ酔い加減で、旧港に沿って海を見ながら歩いた。

大きな入り江にはたくさんのヨットがならんでいて、海が夜の微《かす》かな明かりに黒く輝いていた。この町へ来たときの絶望感はなかった。たとえ石に姿を変えたにしても、万里枝の魂を取り戻したのだから、私はすっかり機嫌が良くなり、鼻歌交じりにホテルの方へ向かった。

翌日、私は、万里枝をズボンのポケットへ入れたまま、日本へ帰った。

しばらく食卓テーブルの上に彼女を置いていたが、ふと思いついて、夏椿の植木を買った。万里枝を鉢の木の根本に置いておくと、いつの間にか彼女の魂は、木に乗り移っていた。

それからというもの、私は、夏椿になった万里枝と対話するようになった。Ｓ大学の研究室に残った私は、微生物学教室で助教の地位についたばかりだった。

それ以来、私はほとんど誰とも、父や母とさえ、口をきかなくなった。時々、母が私のことを心配して電話をかけてくることがあった。

母は私が自分の殻に閉じこもっていることを嘆き、私をなんとか外へ引っ張り出そうとするのだが、私は母の誘いを断り続けた。最小限の返事しかしない私に失望して、電話口で泣き出すこともあった。

万里枝が亡くなってしばらくしてから、シルヴィは愛人と別れ、マルセイユの両親の営んでいる「La Marine」を手伝うために帰郷してしまった。娘の死んだ町にもどって、母親と一緒に慰め合いながら過ごしたかったのだろう。万里枝が夏椿になって私の家にいることは、もちろんシルヴィは知らない。それは、私と万里枝だけの秘密だった。シルヴィが日本を発つ前に、私は万里枝の飼い猫のミルクを引き取った。

彼女は娘が何故、死んでしまったのかをよく知らない。憔悴してカランクの崖をさまよっていたのは、恐らく失恋したからだと推測しているようだが、相手が誰なのか私に聞くことはなかった。サークルのみんなもシルヴィにそれを伝えようとはしなかった。実際、みんな、何があったのか、よく知らなかったので、伝えようがなかったのだ。

万里枝が死んでから分かったことだが、彼女は、同人誌「カメリア」をすべて処分していたので、シルヴィがそれを目にすることはなかった。

私は私で、自分のものはすべて燃やしてしまった。私のやったことがあまりにも軽率で卑劣なことだったので、自分の記憶から、あんな小説を書いたことを消してしまいたかったのだ。できることなら、iPS細胞を樹立するみたいに、不可逆な自分の運命をリセットして、分化万能性を取り戻し、もう一度、万里枝と人生をやり直したかった。

もちろん今の状態でも、万里枝とミルクと三人で暮らす日々は平穏だった。彼女は機嫌良く椿の中に宿ってくれているし、少ないながらも気が向けば私と対話してくれることがあり、それは私にとって、何よりも貴重な時間だった。

だが、私は、それだけでは満足できなかった。私の肉体が彼女の体を切望していた。私の手元には、彼女の髪と爪が残っているが、年々匂いが薄れていくため、彼女の裸体を喚《かん》起《き》させることが難しくなっていた。シルヴィに頼んで焼き増ししてもらったカランクに立つ彼女の写真を頼りに夜な夜な彼女の肉体を連想した。決して触れることのできない肉体への憧れに、私の妄想は止めどなく膨らんでいった。

彼女に元の肉体に戻ってもらうため、私は研究に励んでいるのだ。

三

私は試験管を研究生たちの前に掲《かか》げて見せた。

「ウィルスは小さすぎて一般の顕微鏡で確認することはできませんが、ここにある液体が、OCT3/4、SOX2、KLF4、c-MYC 遺伝子をもつレトロウィルス液です。このウィルスを細胞に振りかけると感染して細胞内のゲノムに組み込まれます。組み込まれた細胞は永続的に遺伝子を産生し続けるのです。組み込まれるのはエイズウィルスと同じ原理です」

午前中の研究はそこまでだった。

午後から、免疫学の講義があったので、いつも行くS大学前の定食屋へ入った。トンカツ定食を食べながら、私は、今日の都中新聞の朝刊に目を走らせた。

社会面の記事に、田口光一の名前を発見し目を留めた。某証券会社勤務、田口光一さん三十歳が自宅で何者かによって殺された、といった内容の記事だった。まさか、あの田口ではないだろう。そういったんは否定した。

それからしばらく彼が今どうしているのかを思い出そうとした。

確か、彼は卒業して、東京にある証券会社に入社したと聞いている。つまり、この記事の人物と年齢も名前も職業も一致している。あの田口が何者かに殺されたとは……。

彼とは、大学を卒業してから、全く音信不通になった。サークル自体、万里枝が自殺してから、盛り上がらなくなり、半ば自然消滅してしまったこともあり、田口だけではなく、当時の「カメリア」のメンバーとは完全に連絡が途絶えていた。

晴彦についてもそうだった。

——おまえってヤツは最低だ。人の気持ちの分からん鈍感ヤローめ！　クズ、カス、死ね、バカ野郎！

最後に晴彦は、私を罵倒《ばとう》し、もう今後二度と私の顔を見たくないからという理由で、実家の部屋を出て行ってしまった。

「元気でやっている」といったたぐいの一行だけのハガキが時々母の元に届くらしい。

それから数年後、フランスのある小さな楽団のオーディションに合格したと連絡があった。その時だけ、自慢だったのか、十行くらいの文章を母によこしてきた。フランスに住んでいることは判明したが、合格した楽団の名前は明記していないし、ハガキに住所がないので、フランスのどこに住んでいるのか分からなかった。

あの時、魔が差し、私は確かに、晴彦を利用した。その結果として起こった悲劇は、取り返しのつかないものだった。実際、私は、死のうとしたし、今でも、あのことを思い出すと胸が引き裂かれそうになる。だが、彼のような人間に、そこまで私を罵倒する権利があるのだろうか。あんな軽薄で下劣な人間に。

向こうも私を許していないが、私の方でも、自分のことを棚に上げて私を侮辱した彼の人間性を許していなかった。

椿になった万里枝は、晴彦のことはちっとも話題にしなかった。こちらから、その名前を言っても、彼女は一ミリたりとも揺れることはなかった。無関心を装っているのか、と疑ってみたが、本当に忘れてしまっているようだった。

今後、晴彦が私の人生に関わってくることは二度とないだろう。フランス女をナンパしながら、三流バーでピアノを弾いているのが彼の人生には相応しい。

これから私が自分の人生に費やすのは、万里枝とたった二人の閉じた関係を充実させることと、彼女が自分の肉体を取り戻すための研究だった。

当時の「カメリア」のメンバーのことなどどうでもよかったのだが、こうやって新聞で田口光一が殺されたことを知ると、気にしないわけにはいかなかった。

彼はいったい、誰に、何故、殺されたのだろう。

講義が終わってから、研究室に戻った私は細胞を培養しているインキュベーターから、一番奥に隠してあるシャーレを一つ取り出した。

私は顕微鏡でシャーレの培地をのぞき込んで歓喜の声をあげそうになり、思わず自分の口に手を持っていった。これは、万里枝の髪の毛から、私が作ったiPS細胞だった。

私は、万里枝の細胞をパソコンの画像に取り込んで、画面上で観察した。

これまでは、ヒトにおいては線維芽細胞からしかiPS細胞が作れないと言われていたが、ヒトのケラチノサイト（角化細胞）を初代培養し、そこからｉＰＳ細胞を樹立すると線維芽細胞よりも早く効率よく樹立できることが分かってきた。一本の髪の毛由来のケラチノサイトからｉＰＳ細胞の樹立に成功したという論文がソーク研究所のグループにより報告された。それを読んだ私は、密《ひそ》かに収集していた万里枝の髪から頭皮を探しだした。その細胞を培養し、ｉＰＳ細胞を樹立することを思いついたのだ。

私の試みは、見事に成功した。今、このシャーレの中で、万里枝の細胞がコロニーを作っているではないか。目の前にある無数の細胞は万里枝と同じ遺伝情報を持っている。そのことだけでも興奮に胸が躍るのを抑えるのがやっとなのに、じっくり観察していると、一つ一つの細胞が美しい輝きを放ち、シャーレの外へ早く出たいと、私に訴えかけてくるから、そのあまりの可憐《かれん》な姿に目眩《めまい》を感じた。私は、彼女の細胞を何時間見ていても飽《あ》きなかった。

どれくらいの時間、そうしていただろう。背中に人の気配を感じて、パソコンの画面から目を離し、振り返った。助教の高山麻子《たかやまあさこ》が奇異な目をして突っ立っていた。彼女とは、仕事上のことでディスカッションすることはあるが、それ以外ではほとんど口をきいたことがない。彼女とだけではない。私は研究室の誰とも、仕事以外のことで話をすることはなかった。自分の私生活を人に知られたくないから、というのも理由の一つだが、雑談というものが嫌いだからだ。私は、他人と同じ感覚を共有することが苦痛だった。多分、共有するものが何もないのだろう。

私は、万里枝のことを考えるだけで精一杯で、それ以外のことに時間をさくのは人生を無駄にすることだと思っていた。だから、雑談などにエネルギーを注ぐことがどうしてもできないのだ。そんな私の気持ちを周囲の人間はなんとなく察しているのか、わざわざ向こうから話しかけてくることはなかった。

私は「なにか?」という疑問の表情を浮かべながら、高山麻子の顔を見つめた。

「あの、先生、警察の方がみえてます」

「僕に?」

「聞きたいことがあるそうです」

麻子の顔は青ざめていた。

警察と聞いて、まず、頭に浮かんだのは、田口のことだった。

私は、ラボを出て研究員のデスクが置いてある部屋へ行った。そこに二人の刑事が待っていた。

一階のロビーまで下りて、そこの応接セットで刑事と話すことになった。

刑事は、東京から来たのだと言い、渋山、井口という名前と写真の入った警察手帳を私に見せた。

ソファに腰掛けると、若い方の刑事が「これをご存じですか？」と言って、雑誌を目の前に置いた。その雑誌に目を落とした私は、すぐにそれが「カメリア」であることに気づいた。やはり田口のことで警察は来たのだ。私と彼の繋がりといえば、「カメリア」しかない。しかし、この同人誌が彼の死といったいどんな関係があるのだろう。

私は「カメリア」を手に取りながら、「ええ、知っています」とだけ答えた。

「あなたたちがやっていたこのサークルのメンバーの一人、田口光一さんが自宅で殺されました。それで、この同人誌についてお話をうかがいたくてまいりました」

「田口とはこのサークルを通じて、二年弱ほどのつきあいがありましたが、それだけです。この雑誌と彼の死に何か関係があるんですか？」

「青井のぼる、というミステリ作家をご存じですか？」

「名前だけは聞いたことがありますが、ミステリに興味がないので読んだことはありませんん」

「でしょうねえ」

そう言うと刑事は、一冊の単行本を目の前に置いた。題名は『ホワイトローズの奇跡』、作者は青井のぼるとなっている。

「そこに黄色い付箋がしてありますので、そこをちょっと読んでみてください」

私は本を手に取り、付箋のある部分を広げた。ちょうど三分の一くらいのところだった。ページのはじめに「一日花、永遠の魂」というタイトルがついている。それを数行読んで、私は衝撃を受けた。なんと、私が書いた「沙羅を愛した僧侶」そのままが、そこに印刷されているではないか。自分が書いたのだから、一字一句覚えているのだ。明らかにあれが丸写しされている。

「どうして、これがこんなところに？」

私は驚きを隠せずに刑事にたずねた。

「青井さんは、田口さんに脅迫されていたようです。自分の作品を盗作したと」

「盗作？　つまり、『カメリア』の作品をですか？」

「ええ、そうです。この文章をごらんになれば分かるでしょう」

「しかし、どうして田口が脅迫するのです。これを書いたのは……」

私、と言いかけて、口をつぐんだ。

「木村晴彦さんですね、これを書いたのは」

「ええ、そうです。晴彦なのに、なぜ田口が」

「田口さんはお金に困っていたみたいです。青井さんの作品を読んだ彼は、盗作に気づき、木村さんの名を騙《かた》って強請《ゆす》ったわけです」

「なるほど、それで、彼は殺された。つまり犯人は青井のぼるなんですか？」

「まだ断定したわけではありませんが、その可能性が高いですね」

「で、刑事さんは私から何を聞きたいのですか？」

「晴彦さんの居所をご存じかと思いまして」

「知りませんよ」

「あなたは、木村さんの遠縁にあたると谷田さんからきいていますが」

「みんなにはそう紹介しましたが、実は彼は私の異父兄弟《いふきょうだい》なんです」

「異父兄弟？」

　年配の方の刑事が眉をひそめた。異母兄弟というのはよく耳にするが、異父兄弟というのはあまり聞いたことがない年代なのだろう。

「母の前の夫の子どもなんです」

「なるほど、そういうことですか。なのに木村さんの居所はご存じない？」

「彼とは絶交してしまったので、音信不通なんです。母からフランスにいるみたいだということは聞いていますが、それ以上のことは知りません」

「では、あなたのお母さんはご存じなんですね？」

「母も知らないと思います。たまにハガキが来るみたいですけど、住所も連絡先も書いてありませんから」

「そうですか」

刑事は落胆の色を隠せないようすだ。

「青井のぼるは逮捕されたのですか？」

「いいえ、行方不明です。木村さんはこの『沙羅を愛した僧侶』が盗作されている事実は知らないのですか？」

「さあ、私には分かりません」

「知っていたら、なんらかの形であなたかあなたのお母さんに連絡があると思われますか？」

「どうでしょうね。そんなことに興味があるかどうか……。日本にいないわけですしね。青井のぼるなんて作家のことも知らないと思いますよ。向こうで、この作家の作品を目にすることはないでしょうから」

日本にいる私ですら、今、はじめて目にしたのだ。

「でしょうね」

「しかし、こんな著名な作家さんが盗作するほど価値のあるものなんですかね、これが。

サークルにいた時、私も読みましたが、さほど感動しませんでしたよ」

私は古傷をえぐられた痛みのせいで自虐的な気分になり、刑事に探りを入れてみた。自分が忘れたいと思っているものを盗作するほど、青井のぼるがこれを気に入っていた、というのはなんとも皮肉な話だ。

「こういう著名な作家の気持ちというのは私たちには分かりません。ただ、作風が全然違う。別人が書いたものに見える、と高田ちひろさんが言っていましたね。それがこの作品に高い評価を与えていることは確かだとも」

高田ちひろ。久しぶりに聞く名前だ。確か、彼女は文芸評論家になっている。雑誌で彼女のレビューを最初に見たとき、やはり彼女だけは文学の道に進んだのだなと、なんの感慨もなく思った。

「なるほど、利用価値がないわけではないのですね」

「そういうことになりますね。本人が行き詰まっていたとしたら、こんな作品も書けるのだと証明して、世間をあっと言わせたかったのかもしれません」

「それにしても、高い代償でしたね」

田口なんかに脅迫されるとは、と私は心の中で付け足した。

「このサークルのメンバーなのですが、万里枝・プティさんというのはあなたの幼なじみだそうですね」

「ええ」

私はそれには最小限にしか答えたくなかったので、短く言葉を切った。これ以上、刑事の前に座っているのは苦痛だった。

「彼女はこの同人誌に作品を発表した後、しばらくしてから自殺したと聞いていますが、その理由についてみんな首をかしげています。あなたは、何かご存じですか？」

「全く、知りません」

「この『沙羅を愛した僧侶』の妖精のモデルは彼女ではないか、という話をきいたのですが？」

「そういわれれば、そうなのですかね。私はそんなふうに解釈したことはありません」

「木村晴彦さんとこの万里枝という女性がつきあっていたという噂があるのですが、そうなのですか？」

「分かりません」

「幼なじみなのに、なんの相談も受けなかったのですか？」

「受けませんでした」

「幼稚園から大学までずっと同じ、サークルまで同じなのに、全く親しくなかったみたいな言い方ですね」

　刑事の目が鋭く光った。私の万里枝に対する反応に不自然さを感じたのだ。私は慌《あわ》てて付け足した。

「刑事さん、彼女が死んで、どれほど私がショックを受けたかお分かりですか？　あまりにも辛《つら》くて、思い出すのも苦しいのです。ですから、彼女のことはなるべく考えないようにしているのです。できれば忘れたいのです。どこかで元気にしてくれている、そう思いこもうと努力しているんです」

　実際、彼女は私の家にいるのだ。死んでしまったわけではない。どうか、私の心を乱さないで欲しい、そう願いを込めて刑事を見つめた。

「辛いお気持ちは分かりますが、自殺する前に、何か、とくに変わったこととか、ありませんでしたか？」

「そんなこと、田口が殺されたこととなんの関係もないでしょう？　早く青井のぼるを逮捕してください。それで、この件は終わり。違いますか？」

　刑事はもう少し粘りたそうだったが、「研究室へもどらないと。実験の途中だったのです」と言って私はすっくと立ち上がった。刑事たちは、仕方なく礼を言って、玄関ドアの方へ歩いていった。

私はエレベーターで三階の自分の研究室へもどると、トイレに駆け込んだ。鏡で自分の顔を見る。私は自分の表情を見て、いかに自分が取り乱しているかを知った。蛇口をひねって、水で顔を洗った。

第4章

一

香里《かおり》は、丸ビルの銀座和館椿屋茶房丸ビル店で、高田《たかだ》ちひろと待ち合わせた。

赤い薔薇《ばら》の七宝《しっぽう》焼きのブローチを目印代わりに胸につけていった。これは青井《あおい》からプレゼントされたものだ。自分のような平凡な女にこんな派手な赤い薔薇が似合うとは思わないのだが、彼が香里にぴったりだとこれを選んでくれた、その気持ちが嬉《うれ》しかった。ブローチが際だつように、白い無地のセーターを着て来た。

高田ちひろは、店内の香里にすぐに気づいてこちらの方へ歩いてきた。紺色のパンツスーツを着ていて、ぱっと見た感じは地味だが、目鼻立ちのくっきりした印象に残る顔立ちだ。

香里の向かい側に座ると、彼女は、緊張で顔を強《こわ》ばらせた。香里は電話で簡単に、自分と青井との関係を話し、どうしてもちひろに話を聞きたいとくどくならない程度に説明しておいたのだ。

所在なげに香里の顔を見つめていたが、コーヒーを注文してから、「吸ってもいいですか？」と聞いた。それに香里が応じると、テーブルの真ん中にある灰皿を隅っこの方に手で引き寄せて、遠慮がちにたばこに火を点《つ》けた。

香里は、今回の盗作について自分が不可解だと思うことを率直に彼女に話した。しばらく、こちらの話に考え込んでいるようすだったが、彼女はやっと口をひらいた。

「確かに、あなたがいわはるように、作中に他の人の作品を丸写しするというのは、不思議な話ですね。青井のぼるはなんでそんなことしたんかしら。資料やったらともかく、人の小説をまるパクりするなんて、プロの作家がすることやないですね。私、青井さんとは何度か、出版社の主催するパーティーでお目にかかったことがありますけど、エキセントリックなところの全然ない、穏和《おんわ》で感じのええ人やったですよ」

まったくその通りだった。人気作家なのに、ちっとも偉ぶったところがない、そこが、香里は好きなのだ。

コーヒーが運ばれてきたので、香里は、ちひろに砂糖とクリームを勧《すす》めながら言った。

「ある女性からあの原稿をもらったと彼は言っていました。私、それは本当のような気がするんです。その謎の女性がどこにいるのか突き止めたいのです」

香里は、盗作に関しても、殺人に関しても青井の無実を信じていた。その意気込みを察したのか、ちひろは香里の意見にやんわり同意してくれている。

「もらったにしても、アイデアやったらともかく、他人の書いた文章を自分の作品の中にいれるのなんて、作者自身だっていやでしょう。作家なんてみんな自意識の固まりみたいな人たちなんですから。それを書いた人が木村《きむら》君やと思わんと、そのおっしゃってる女性やと誤解してはったら、もしかしたら……」

そこで、ちひろはいったん言葉を切ると、香里の顔色をうかがった。

「誤解していたようなんです」

「そやとしたら、その人によっぽど思い入れがあったんとちがいますか？」

ちひろの言葉は香里の胸に一撃を与えた。青井が、原稿を渡した女性に未練があったとしたら、と考えてみたことはある。香里に遠慮して詳しく話さなかったのはそのせいではないか、と。

あの作品に何か秘密でもあるのだろうかと、何度も読み返してみたが、あれは、木村晴《はる》彦《ひこ》がいかに、万里枝《まりえ》という赤毛のハーフの少女を愛していたか、そのひたむきな描写ばかりが真に迫《せま》ってきて、他の手がかりが何も拾えないのだ。彼女の写真を一目見てみたいと思うのだが、残念ながらちひろは当時の写真を持っていないという。

「万里枝さんという人は、高田さんから見て、どんな人でしたか?」

うーん、としばらくちひろは考え込んでいた。

「純粋な人やったわ。純粋すぎて、なんか危なっかしい感じ。そこが男の人にはよかったんやろうね。でも、その純粋さが仇《あだ》になってしまったんでしょう。あの若さで死んでしまうやなんて、何も死ぬことなんかなかったのに……」

「木村晴彦さんは彼女にぞっこんだったんですね」

ちひろはしばらく考えているようすだった。

「彼のことはもう一つよく分からないんですよ。突然現われた美青年なので、すごく印象に残ってます。しかも現われてすぐに、万里枝ちゃんのこと気に入って、あんな小説書くんですもん」

「大胆な人なんですね。作品はあんなに繊細《せんさい》なのに」

「大胆さと繊細さを持ち合わせているというのは、創作上非常にいいことやと思うんですけど、でも、なんかそれとは違うんですよね。どこかがかみ合わない、いうんですか」

「かみ合わない、というのは?」

「彼の人間性とあの作品が」

「つまり彼が書いたとは思えない、というのですか？」

「あんな一途《いちず》な小説を書くような人には見えへんかったんですよ、彼」

「どんな人に見えましたか？」

木村晴彦の人間性については、香里も興味のあるところだ。

「K大学とかいうてたから、まあ、頭はいいんでしょうね。ピアノの腕も相当なもんでした」

「美青年で、頭がよくてピアノが弾けるなんて、それだけで、ステキな人という印象ですね」

「でも、私から見たら、ちっともステキな人やなかったですよ。どっか、軽いいうんですか。言葉遣いも雑でいまいちやし、なんか全体的に軽薄な感じがしたんです。インテリとはほど遠い印象の人でした。本なんか全然読んでないみたいやったし。万里枝ちゃんと楽しそうに話してたけど、あれ、なんの話してたんでしょうね。彼女、相当な文学少女やったから、文学の話ができない人とあんなに気が合うの、すごく意外でした」

「でも、あの小説を読んだら全然軽薄な感じしませんよ。文学にだって造詣《ぞうけい》が深そうに見えました」

「そやから違和感があるんです。本当は、真摯《しんし》で一途な人やったんでしょうかね」

「そういうギャップって作家の場合、よくあることなんですか？」

香里は青井のことを思い出しながら訊《たず》ねた。彼の描く世界はあくまでも虚構だが、登場人物はどうだろう。エンタテインメントなので、主人公は当然正義感の強い人間が多いが、悪人も善人も大人も子どもも、どんな人間でもそつなく描けている。いったいどれが作者なのか分からない。

本人と照らし合わせて、そんなことを考えながら読むと、いろいろなところに香里の好きな彼を見いだすことができて、おもしろさがぐっと増すのだ。

「そういうギャップはようあることですね。一見あっさりして見える人が案外執念深かったり、ねちっこそうな人が、からっとした人やったり、武勇伝ばっかり話す人が、ものすごい臆病者やったり。欠点を隠すために、正反対の人間を演じている人って、いてはるやないですか」

「木村という人は、一見、軽薄そうに見せていたけれど、実は一途に万里枝さんのことを思う純粋な人だったんですね。あっ、それとも逆ですか？」

一途さを作品では装《よそお》っているが、実は軽薄ということもありうるのだろうか。いや、あんなに情熱的で繊細な文章は、そうでない人間には書けないだろう。

ちひろは、否定も肯定もしなかった。

「あんなに一途に愛されていたのに、万里枝さんはなぜ自殺したのですか？」

「失恋したんやないですか」

「失恋……。でも、あんなに愛されていたのに？　なにか心当たりでも？」

「そんなのはありません。ただの憶測です。失恋は自殺の大きな原因になるので、そうやないかなと。それに、恋愛が充実していたら、人間、自殺しようなんて考えますか？　人生の中で最もきらびやかな時なんですよ、恋愛してる時って。そんな時に死のうとなんかせえへんと思うんです」

香里は、ちひろの言わんとすることに心の中で同意した。自分に置き換えてみても、青井との関係が充実していた時が、人生の中で最も自分が輝いている時だった。

あの頃は、自殺したいなんてつゆほども思わなかった。生きているのが楽しくて仕方なかったのだ。青井に病気を打ち明けられ、殺人容疑がかかり、居所が分からなくなってからの香里は絶望のどん底だ。何度死にたいと思ったことか。真実を知りたい、もう一度青井と会いたい、その気力だけで今日まで持ちこたえているのだ。

「万里枝さんは木村さんといて幸せそうだったですか？」

「それはもう、すごく楽しそうでしたよ」

「彼女がマルセイユに行くまでずっとそうだったのですか?」

「それは分かりません。冬休みに入ってからのこと、私よく知りませんから。その間に二人の関係が急速にさめたということはありますね」

「冬休みに入ってどれくらいで、彼女はマルセイユへ帰ったのですか?」

「クリスマス前くらいに帰ったみたいですから、一週間後くらいです」

「では、その間に何かあったんですね」

自殺するような何かが。

「多分、そういうことやったと思います。危なっかしいくらい、純粋な子やったから……」

「自殺というのは、谷田《たにだ》先生から聞いたのですが、確かなのですね?」

「私はユリちゃんから聞きました。なんでも『もう、生きる気力がなくなった』といったような二行ほどの文章がマルセイユのお祖母《ばあ》さんのところから見つかったそうです。その後、ものすごく青ざめた暗い顔で、カランクのあるカシスという町に向かっていくのを目撃してはる人がいるそうです。もちろん、それだけで自殺とは断定できひんですけど……」

自殺とは限らないが、死にたいような何かがあったことは確かだ。

「木村さんが彼女に何かひどいことをしたと思われますか？」

「さあ、それはなんともいえません」

そう言うとちひろはしばらく黙り込んでいたが、話し始めた。

「なんでも後付けの理由になってしまいますが、あんなふうに、祇園《ぎおん》のクラブでピアノなんか弾いてたら、いくらでも女性から誘惑があったんやないですかね」

「つまり、彼の浮気が原因で自殺したと？」

「ですから、理由はなんでも後付けです。真相は分からへんですから。生きてるもんは、なんとでも好き勝手に想像できるわけです。自殺の理由なんて、一つだけとは限りませんし」

「木村さんは今、フランスにいると聞きましたが？　向こうの楽団で活躍されているとか」

「そうなんですか。なんかそんなふうなこと聞いたような気もしますけど、よく知りません。特に興味ありませんから」

「殺された田口《たぐち》さんはどんな人でしたか？」

「彼はユリちゃん目当てでサークルへ入ってきた人やったんです。そやから、ちっとも真剣みがありませんでした。西脇《にしわき》君に相当嫉妬しているのが傍目《はため》にも分かりましたね。なにかという彼の悪口。ほんま見苦しかったです。まあ、お父さんがリストラされて、経済的に大変やったので、あまりにも恵まれてる西脇君に悪い感情を抱《いだ》いても仕方なかったのかもしれません。肝心のユリちゃんにも全然相手にされてへんかったし」

「彼女は西脇さんと結婚なさったと聞きましたが」

「ユリちゃんは、西脇君一筋でしたから」

「田口さんは振られたわけですね」

「彼、ちょっと卑屈な感じで、あんまり女性受けするタイプやなかったんです。でも、木村君の名前を騙《かた》って青井のぼるさんを脅迫するやなんて、そこまでひどい人やとは思っていませんでした。よっぽどお金に困っていたんでしょう。貧すれば鈍する。落ちるところまで落ちたって感じで残念です」

「西脇さんはどんな方ですか？」

「それこそ、田口君とは逆のタイプですね。元から恵まれてるから、品もええし優しいし、勉強もスポーツもなんでもそこそこできる人でした。私から見たら、可もなく不可もなくいう感じやったですけど、女の子らしいユリちゃんとはお似合いやと思います。でも彼、もしかしたら最初は万里枝ちゃんのこと好きやったんかな、と思うんです」

「まあ、そうなんですか。でも、万里枝さんは木村さんがよかったんですね？」

「彼女は誰とでも屈託《くったく》なくつきあう人やったから西脇君とも仲良うしてましたが、木村君が現われてからは、彼とばっかしいるようになりました。万里枝ちゃんのことでしたら、私よりユリちゃんの方が詳しいと思いますけれど」

ちひろはコーヒーを一口飲みながらぼんやり考えているふうだったが、はっと何かを思い出したように顔をあげた。

「そういえば、木村君がえらい怒ってて、あれはなんのことやったのかな、と今思い返してみても不思議です」

「怒ってたというのは、万里枝さんにですか？」

「いえ、それが、望川《のぞみかわ》君になんです。まるで彼のせいで万里枝ちゃんが自殺したみたいな激しい怒りようで。でも、詳しいことは言わへんのです。ただ、望川君に罵詈《ばり》雑言《ぞうごん》浴びせてるのを目撃したことがあります」

「望川さんというと、彼女の幼なじみの？」

「ええ、木村君をサークルに連れてきたのは彼なんです。親戚やと紹介してましたけど、後から聞いた話では、異父兄弟やったみたいです」

「異父、つまり父親が違う兄弟ということですか」

「ユリちゃんから聞いた話によると、木村君は望川君のお母さんの前のご主人の子やとか。

つまり彼のお兄さんになるんですね」

「そのことを隠していたんですか？」

「説明しにくかったんでしょう。家庭の事情が複雑なんがばれてしまいますから」

「それで、望川さんが、彼女の自殺の原因を作ったというのですか？」

「望川君が木村君の浮気を万里枝ちゃんに告げ口したんやないかって、ユリちゃんが言うてたことあります」

「沢口ユリさんがなぜ？　浮気というのは確かなんですか？」

「なんか目撃したようなこと言うてましたねえ。とにかく万里枝ちゃんのことは、私より彼女の方が詳しいです。木村君が望川君に腹を立てている理由を絶対に言わへんのは、自分にも非があるからやと、ユリちゃんは力説していました」

「つまり、木村さんは自分の浮気を棚に上げて、それを告げ口した望川さんに腹を立てていた、ということですか」

「まあ、通俗的な解釈をすればそういうことになります。木村君は万里枝ちゃんが自殺してから、ぷっつりS大学に来いへんようになったし、望川君は、腑抜《ふぬ》けたみたいになってしもて、私たちと全くつきあわんようになってしもたんです。ですから、どちらの口からも真相は聞けずじまいです」

確かに通俗的な解釈だが、辻褄《つじつま》の合う話だ。

「望川さんにとって、万里枝さんはどんな人だったのですか？」

木村晴彦の浮気を告げ口したり、彼女が自殺して腑抜けたようになってしまったのだ。もしかしたら、彼も万里枝のことを好きだったのではないか、と香里は推測した。

「どんな人というのは？」

ちひろが問い返した。

「彼も、万里枝さんのことが好きだったのではないでしょうか？」

「ええ、確かに好きやったと思います。でも、好きは好きでも恋愛感情とは違ったでしょう。『カメリア』に木村君を連れてきたのは彼やし、それに彼、木村君と万里枝ちゃんがつきあってるの見て、べつに嫉妬しているように見えませんでした。一度など二人のようすを見て、薄ら笑い浮かべていたことがあるんです」

「薄ら笑い？　それはいったい……」

「不思議でしょう？　彼のことはいまだに謎です。口数も少なかったし、一番、何考えてるのか分からへんタイプやったんです。しいて言えば、万里枝ちゃんとは幼なじみなので兄妹みたいな感覚やったのやろうかということくらいしか、思いあたらへんのです」

では、望川にとっては、幼なじみの自殺は身内を失った悲しみに近かったのだろうか。

香里は、ちひろに西脇夫婦の連絡先と住所を聞いて、そのまま喫茶店を出て別れた。

二

一週間後の日曜日、香里は、西脇忠史《ただふみ》、ユリの住んでいる港区南青山の家へ向かった。

煉瓦《れんが》造りの洋風の邸宅は、今時のタイルを貼っただけの安っぽい造りの家とは違い、風格があった。二百坪ほどある敷地の半分を占める庭も手入れがよく行き届いていた。

門を入ってすぐのところに、ユリの趣味なのか、パンジーなど色とりどりの季節の花でつくられた円形のきれいな花壇があった。

三十歳そこそこの夫婦が持つにはすばらしく豪華な家だ。

西脇忠史は、西脇グループを統括しているA社の専務をやっているというから、これくらいの豪邸に住めたとしても当然といえば当然だ。

玄関ポーチに立つと、香里はチャイムを鳴らした。

扉がひらいて現われたのは、小柄で丸顔、目のくりっとしたストレートヘアの女性だった。花柄のワンピースを着ているのだが、ほっそりしていて、三十歳というにはあまりにも若く見えた。先日の飾り気のないきりっとした感じのちひろとは対照的に、ふんわりとした女性的な雰囲気を漂《ただよ》わせている。

あらかじめ電話で簡単に自己紹介しておいたので、ユリは愛想良く迎えてくれた。

通された玄関横の応接間に入ると長身の男が立っていて、にこやかに挨拶《あいさつ》してくれた。

これが西脇グループの専務、西脇忠史なのか、と香里は丁寧《ていねい》に挨拶しながらじっくり観察した。

物腰の柔らかい好青年。見栄えの方も立派なものだ。

描いていた印象を裏切らないところに、可もなく不可もなくと言ったちひろの言葉が重ね合わさった。

ソファに座ると、香里は先日ちひろに説明したのと同じように、自分と青井のことを西脇に説明した。ソファの前のローテーブルにはアルバムが二冊置いてあった。電話で「カメリア」のメンバーの写真を見せて欲しいと前もって頼んでおいたので、ユリが用意してくれたのだ。ユリがアルバムを膝の上に載せて「えーと」とめくり始めた。

「これが万里枝ちゃんです」

ユリがアルバムをくるりとこちらの方へ向けて差し出した。香里はそれを受け取るとじっくり観察した。写真には、万里枝とユリが二人で写っていた。恐らく、どこかの喫茶店だ。前のテーブルに抹茶ジュースらしい緑色の飲み物とビニール袋から出されたおしぼりが置いてあった。

「銀閣寺に行った帰りに寄ったんです。喫茶店に」

これが万里枝という女の子なのか。日本人好みの美人とはいえないが、はにかんだようにこちらを見つめるグレーの瞳に、不思議な魅力があった。純粋すぎて危なっかしい、といった、ちひろの表現がいかにもぴたりとくる。

後ろでバックにまとめられた髪は確かに赤色だ。肌は隣のユリと比較してもまだ白い。

香里は、あの小説と写真の彼女を重ね合わせているうちに胸がかきむしられるような感覚に襲われた。これが木村晴彦が愛した女なのか。

あの小説を盗作したいと思うほど青井が魅《み》せられたのは、もしかしたらこの女なのではないか。あの小説を介して、青井はこの万里枝という女を見つめていたとしたらどうだろう。その容姿はまさにあの小説の通りなのだが、実物は、もっと脆《もろ》くて危なっかしい感じがした。青井は彼女に会いたかったのではないか。

香里は自分がひどく取り乱していて、それが嫉妬の念からなのだと気づき慌てた。

自殺したという予備知識があるからかもしれない。それがなければ、一風変わった、異国風の若い女性という印象しか受けないはずだ。なんといっても、死の世界へ行ってしまった人間なのだ。決して会うことができない分、崇高な魅力があるのにちがいない。

紅茶が運ばれてきたので、それを一口飲んで、気持ちを落ち着かせた。

「僕、青井のぼるの本は好きで、通勤電車の中でよく読んでいますよ。なんといっても読みやすいですからね。しかし、あの新作の中に木村君の作品が入っていたというのは、どうも不可解な話だなあ」

西脇が重い声で言った。

「木村晴彦さんという人は西脇さんにとって、どんな人でした？」

「さあ、僕はあまりよく覚えていないんですよ。まあ一言で言えば美青年でしたね。それにピアノが上手で、ちょっと浮世離れした、不思議なオーラを放っている男だったな」

「浮世離れ？　あんな人、俗物よ」

ユリが口を挟んできた。木村晴彦にはあまりいい感情を持っていないようだ。

香里は、再びアルバムに目を落とした。ユリと万里枝二人の写真、それにユリと西脇の写真はたくさんあるが他のメンバーのものは、金閣寺で撮影した数枚とメンバー全員の集合写真があるだけだった。

谷田先生とちひろの顔はアルバムの中からすぐに見つけることができた。田口光一《こういち》の顔は新聞の記事の写真で知っていたが、かなり違っていたので西脇の隣に立っているのを見過ごしそうになった。ジーパンに青いチェックのカッターシャツを着ていて中肉中背。香里の目には、ごく平凡な学生に映った。

望川貴《たか》、それに木村晴彦は、ユリに教えてもらって確認した。

遠目だが、木村晴彦の顔には目を惹かれた。くっきりとした二重まぶたでありながら切れ長の目、筋の通った鼻。どの角度から見ても欠点のない、端整な顔と光る瞳をしている。身長は百八十センチはあろうかという西脇ほどではないが、ほどほどに高い方だ。

その隣の望川貴は、頬《ほお》の肉づきがよく、全体的にやや太り気味の上に小柄な体型だ。父親が違うとはいえ兄弟でこうまで容姿が違うものなのか。だが、視線にはこちらの心を揺さぶるほど力強い情念のようなものが感じられた。

彼には、会って話したいと電話をしたのだが、忙しいという理由で断られた。

「さっき俗物っておっしゃいましたが、ユリさんは、木村さんのこと、具体的にどんなふうに思われているのですか?」

「女たらしやと思いますよ、彼」

「おいおい、証拠もないのにそんな言い方するなよ」

西脇が慌てて言った。

「私見たんです。木村君が祇園のお姉さんと仲良く歩いてはるところ」

「ただ、歩いていただけだろう。そんな三面記事みたいな話し方やめろよ」

西脇は妻の話し方が気に入らないのか、抑制をかけようとした。

「いいえ、あれは普通の関係やなかったわ。ピーンときたもん、私」

ユリの話はこうだった。十年前の秋、静岡から紅葉を見学に従姉《いとこ》が遊びに来たので、円《まる》山《やま》公園を案内したのだという。そこから高台寺《こうだいじ》へ歩いていく途中で、自分たちの前を和服姿の女性とスーツ姿の男が仲良く寄り添って歩いているのが大勢の観光客の中でも一際目立っていた。特に和服の女性の後ろ姿がしゃんとしていて、首から肩にかけての線が美しく、目を見張るほど様になっていた。一目見て素人ではないな、とユリは思ったという。

最初は誰なのか気づかなかったが、ねねの道を清水寺の方向へ歩いていって一念坂《いちねんざか》の石碑にさしかかったところで、二人が立ち止まったので、追い越した。

その時、振り返ってちらっと二人の顔を見たら男の方が木村晴彦だったので、ユリはあっと驚いたという。

和服姿の女の方は美しいことは美しいが、もう中年にさしかかる年齢に見えた。晴彦がその女性の耳元でなにやら話し込んでいて、ユリたちにいっこうに気づいている気配がなかったので、しばらく二人のようすを観察していたのだという。

「あの一緒にいたんは素人と違うわ。祇園の芸妓《げいこ》さんやと思う。耳をなめるように木村君がこそこそ話していたし、その女の人の方は、もう、めろめろいう感じで、とろけるような笑顔してはった」

「つまり木村さんには花街《かがい》の恋人がいたということですか?」

「あれ、ただの知り合いいう感じには見えませんでした。だいたい、祇園の玄人さんの知り合いなんて、普通はいないやないですか」

「親戚かなんかだったかもしれないじゃないか」

西脇が不機嫌に反論した。

「それは違うわ。雰囲気で分かるもん。だいたい親戚同士で、耳をなめるみたいに話さへんでしょう」

「だからって、恋人だというのは決めつけすぎだよ」

「お金もないのに、あんな芸妓さんとおつきあいなんかできますか。お花代なんか払えませんよ、彼には。あれは本気の恋愛やったんです。彼は、若いツバメ、いう感じやったんとちがうかしら」

「でも、木村さんは万里枝さんのことを好きだったのでは?」

「彼、二股かけてたんです。万里枝ちゃんの知らんことですけど」

「教えてあげなかったんですか?」

「忠告しようかどうしようか迷いましたけど、結局、そのことは話しませんでした」

「どうしてですか？」

「傷つけるのがいややったんです。万里枝ちゃん、実はものすごく繊細《せんさい》で傷つきやすいところがあったから」

「僕から見たら天真爛漫《てんしんらんまん》でかわいい人に見えたけどなあ」

西脇が目を細めて懐かしそうな顔をした。

ちひろの話だと西脇は最初、万里枝が好きだったらしい。今でも、西脇にとって、万里枝の思い出は印象深いようだ。すると、もしかしたら、ユリは、万里枝と木村の関係を壊したくなかったから忠告しなかったのかもしれない。

「あなたは、何にも知らへんのよ。彼女のこと」

ユリはムキになって言った。

「今から思たら、さりげなく知らせてあげたらよかったと後悔してるんです。でもね、彼女、まるっきり木村君のことを信用していたんです。一度なんか、あの人、きっと女たらしやよ、あんなに顔よかったらもてもてやから心配と違うの？　って聞いたことあるんです。そしたら、信じてるもん、なあんて万里枝ちゃん、ただのんきに笑っているだけ。まるでこっちの話なんか聞いてへんのです」

「それは信じ切っていたからですか？」

「自分と彼の関係は特別やと思いこんでいたみたいです。よくあるやないですか、プレイボーイの男とつきあっている女の心理にそういうの。二股、三股かけられてるのに、彼が本当に好きなのは実は私だけ、ってね。そう信じたい気持ちって、女やったら誰でもあると思うんです」

「じゃあ、万里枝さんは、木村さんは自分のことを特別好きなので、いくらもてても浮気の心配はないと思っていたのですね」

「そうやと思います。木村君は、あんな小説まで書いてるんです。彼が彼女にぞっこんなんは周知の事実ですし、万里枝ちゃんが彼の愛を信じても不思議はないと思います。でも、彼、とんだ食わせものですよ。私、忘れられないんです。木村君のあの女の人を見る目が」

「相当好きだったと？」

「ええ、万里枝ちゃんと話している時は、まるで子ども扱いしてるみたいな感じやのに、あの女の人を見る目は、まるで熱にうかされたみたいな、もうこっちにまでむんむんあつくるしさが伝わってくる感じで、周囲なんか全然みえてへんのんです。あんなに顔のいい木村君が着物姿の中年の女の人と歩いていたら、それだけでもただものと違う感じじゃないですか。周囲の目をすごく惹《ひ》いてました。なのにそんなんまるっきりお構いなし、完全に二人の世界に浸《ひた》りきってるんですよ。あれ見た時、男の人ってなんて卑怯《ひきょう》なんやと思て、悔《くや》しくなりました」

なんとも不可解な話だ。それが木村と万里枝の姿だったら、あの小説とイメージを重ね合わせられるのだが、彼が夢中だったのは他の女だというのか。先日のちひろの話をつなぎ合わせると、万里枝の自殺はやはり失恋したから、というありきたりのものになってしまう。

「それにね、彼、どうやら学歴詐称していたみたいなんです」

「まあそうなんですか。では、K大学工学部の大学院生というのは」

「そんなん嘘ですよ。私、K大学の数学の教授を知っているんです。木村晴彦なんて学生はいなかったっていわはるんです。K大の工学部いうたら一学年、せいぜい百八十人くらいなんです。それに、そんな美青年やったら、名前は覚えていなくても、顔やったら絶対に覚えているはずでしょう？　学生の名簿の中にもそういう名前はなかったらしいですよ。彼、嘘の学歴をいうて、『カメリア』に入ってきたみたいなんです。そんな人信用できますか？」

「でも、望川さんの紹介で入ってこられたんでしょう」

「ええ、そうです。そやからみんな信用してたんです。望川君は知らなかったのかなあ。

兄弟いうても、一緒に育ったわけやないので、ほんまに兄がK大学やと思っていたのかもしれません」

「で、その木村さんは今は？」

「この間、京都へ帰ったとき、河原町通で、望川君のおばちゃんにばったり会《お》うたんです。望川君は元気ですかって聞いたら、なんか悲しそうな顔しはるから、あんまし聞いたらまずいことなんかと思って、今度は木村君のことを聞いたんです」

「望川さんのお母さんは木村さんのことを知っているのですか？」

「ええ、木村君のお母さんでもありますから」

そこで、香里は自分の質問が迂闊《うかつ》だったことに気づいた。二人は異父兄弟なのだ。母親は同じではないか。

「二人が異父兄弟いうのんは後から知ったことですけど、聞いた時、すごく納得しました。だって、望川のおばちゃんと木村君ってそっくりなんですもの。晴彦は、フランスの楽団でピアノ弾いてるって自慢げにいうてはりました」

「なんでも新聞にまで取り上げられたとか？」

「まあ、そんなに成功してるんですか。あの彼があ？」

ユリは半信半疑という顔をした。

「君はいろいろ悪くいうけど、ピアノの才能はあったと思うよ」

西脇が木村の肩を持って言った。

「木村さんの連絡先とかは、望川さんのお母さんに聞いたら分かりますか？」

「多分、分かると思いますよ」

「その祇園の芸妓さんとは、別れたんでしょうか？」

「そんなん知りません。今頃、フランス人の女の人と同棲しているかもしれませんよ。そんな人ですよ、木村君は」

香里は、青井に「沙羅《さら》を愛した僧侶」の原稿を渡した謎の女性の話を聞いてみた。

「さあ、そんな女性のことは僕らには分かりませんねえ。むしろ、青井のぼるさんに直接たずねられた方が早いのでは？」

西脇が言った。

「さきほども言いましたように、彼、居所が分からないのです」

「ああ、そうか、聞きようがないんですね。でも、どうしてまた？」

無実だったら、正々堂々とでてきたらいいのだ。香里もそう思った。

「それは、分かりません」

「あの同人誌、万里枝ちゃんが自殺してから、実家の物置のどこかにしまったっきりなんです。なんか、思い出すのが辛《つろ》うて」

「僕も処分してしまいました。あまりいい思い出じゃないものですから」

「多分、青井は、その原稿をその同人誌が出る前にその女性から受け取っていたのではないかと思うのです。題名も知りませんでしたから」

「だとすると十年前ということですか？　でも、そうとは限らないんじゃないかなあ。あれは『カメリア』ですでに合評しているんですから。その時のメンバーの誰かからあの原稿が別の誰かに渡ったとも考えられる。そうやって巡り巡って、青井さんのところに届いたのかもしれませんし。そうなるといつ、どこで、誰が彼に渡したか、というのは特定できないでしょう？」

「まあ、確かに、そういうことになりますね」

「自分が書いたようなことをその人は言っていたのですか？」

「青井が言うにはそうなんです」

「それもへんな話だなあ。あれ、女が書いたように見えますか？」

香里はちょっと考え込んだ。

「作品だけで、男か女かを見極めるのはなかなか難しいと思います」

「なるほどねえ。僕は最初から木村君が書いたと知っていてあれを読んだから、頭から男の文章だと思い込んでいたのかな。知らなかったら、果たして……」

西脇は腕を組んで考え込んだ。

「それにしても、田口君が木村君になりすまして、青井のぼるを脅《おど》すやなんて、なんて因果な原稿なんでしょうね」

ユリがため息混じりに言った。

あの原稿は、最初に読んだ時は好きになれなかったが、読めば読むほど妖気のようなものが漂ってくるような気がしてきた。なんともいえない底知れない魔力がある。それは、作者が沙羅の妖精に対する底知れない愛を表現しているからなのだと、香里は考えていたのだが、あれにはもっと別のなにか深い秘密が隠されているのかもしれない。

間接的にとはいえ万里枝を自殺に追い込んだのも、青井に盗作させたのも、そして田口に脅しの材料として使わせたのも、すべてあの原稿だ。香里はあの原稿そのものに魂《たましい》が宿っているような妄想に陥《おちい》り、身震いした。

「田口は、お金のことではどうしようもないヤツでしたよ。彼、証券マンだったので、株を買ってくれないかって、僕のところへ商品の紹介に時々やってくることがありました。泣きつかれて百万ほど買ってやったことがあるんですよ。それくらいだったらまだいいんですけどねえ」

西脇がちょっと顔をしかめた。

「それくらいとは？」

「おかしな事業の話を持ちかけてきて、主人に出資を頼みに来たんです」

ユリが付け加えた。

「それは、どんな事業ですか？」

「新しい会社を立ち上げると言うんです。後から考えてみたら、いかにもうさんくさい話なんですよ、それが」

飲むだけで血糖値が下がるという健康食品の販売会社を立ち上げる計画を持ちかけられ、西脇は二百万円ほど田口に都合したという。それからうんともすんとも言ってこないので調べてみると、そんな会社は立ち上げられてすらいなかった。連絡して問いつめてみると、資金繰りの都合がつかなくて計画倒れしたのだという。金は返すから、と約束したまま、連絡が取れなくなっていた。

「あなたもあなたやわ。そんなうさんくさい話によく乗せられたもんやね」

ユリが皮肉な口調で言った。

「大学時代の友人だからね、彼は」

「ちっとも仲ようなかったやないの」

「でも、あんまり頼ってこられるとむげにもできないんだよ。向こうから連絡が来るのを待っていたら、殺されたって警察から聞いて、本当にびっくりしましたよ」

学生時代の田口は、西脇に嫉妬して悪口ばかり言っていたという。しかも、好きだったユリが彼と結婚してしまったのだ。若い頃は相当西脇のことを憎んでいただろう。それでも、学生時代の友達というのは、やはり、何かで困ったときは助け合うものなのだろうか。

西脇は、物事をあまり悪く取らない、根っからのお坊ちゃんなので、頼みやすかったのかもしれない。いずれにしても、お金に困っていない西脇は、今回の脅迫事件と関わりがあるようには見えない。

「高田ちひろさんとは先日お話しさせていただいたのですが、彼女のことはどんなふうに思われますか?」

「私らとは、文学に対する意気込みが全然違いました。彼女といたら、なんか自分らがお嬢さん芸やってるみたいな感覚になりましたもん。彼女の方でも、口に出してはいわへんかったけど、私らとはレベルが違うと思ってたでしょう。そんな態度でしたもん」

ユリが言った。

「確かに、勉強熱心だったよなあ、彼女。頭も切れたしね」

「文芸評論家としてばりばり活躍してはるんやもん、カッコええわ」

「男の僕からしたら、ああゆう見るからに才女というのは、ちょっと苦手。引いてしまいますけどねえ」

「あなただけと違うわよ、木村君もちひろのことは苦手やったわ」

「まあ、そうなんですか」

香里は問い質《ただ》した。

「そりゃそうでしょう。後ろめたいことばっかしてるから、木村君は。男女同権をとなえる正義感の強い彼女からしたら、木村君の女性に対する意識はあまりにもレベルが低いですもん。一番、合わへん者同士やったと思いますよ」

木村晴彦と高田ちひろは犬猿《けんえん》の仲だったということか。これは意外でもなんでもない。

なんとなく想像のつく話だ。

「望川貴さんはどんな方でしたか？」

「いいヤツでしたよ」

真っ先に西脇が言った。どうやら彼は人の悪口を言うのが嫌いらしい。

「万里枝ちゃんの幼なじみなんです。万里枝ちゃんの方でも、たまに、望川君の子どもの頃の話とかしてましたよ。幼稚園の時から一緒やったそうです」

ユリが言った。

「幼稚園から大学まで」

「ええ、ずーっと同じなんです」

「それは、珍しいですねえ。じゃあ、相当親しかったんですか？」

「そんなふうに僕らには見せていませんでしたねえ。でも、一度だけ自慢されたことあるなあ。彼女の家でフランスの郷土料理を食べたことがあるとか、マルセイユの近くにカランクっていう崖《がけ》があるとか……」

　そこまで言って、西脇は顔を曇らせた。その崖から万里枝は飛び降り自殺したのだ。

「マルセイユの話は万里枝ちゃんから聞いたことあるけど、望川君がそんなん自慢してたやなんて初めて聞いたわ」

　ユリはびっくりしたように夫の西脇の顔を見つめた。西脇はあわてて付け加えた。

「望川君、本当は彼女のこと好きだったんじゃないかなあ。その時の顔つき、異様に高揚してたもんなあ」

「望川君が万里枝ちゃんを？　それはないと思うえ。だって彼、木村君と彼女が一緒にいるの見てもなんとも思ってへん感じやったもん。万里枝ちゃんのこと見守ってる、みたいな大人目線。若いのに年寄り臭い人、と思ったの」

　二人のようすを見ながら、薄ら笑いを浮かべていた、というちひろの言葉を香里は思い出した。

「そういえば内向的で若々しい感じはしなかったなあ、彼。そうか、あれは万里枝君のことを見守っていたのかあ。まあ、幼なじみなんて恋愛に発展することがあまりないらしいですからね」

「なんでやのん？」

「兄妹みたいな感覚だからだよ。動物の場合、生まれたときから一緒にいた雄と雌はたとえ血は繋《つな》がっていなくても交尾しないってきいたことあるよ。血族関係で結ばれると子孫によくないから本能的にそうなるらしい」

「なるほど。そういえば、血はなるべく離れた者同士の方がいいと聞きますね」

香里はそう同意しながら、写真の中の万里枝をもう一度見つめた。異国風の少女が日本の庭園にとけ込んでいる姿がなんとも神秘的で微笑《ほほえ》ましい。

ハーフなど今時珍しくはないが、遠い国の血が日本に持ち込まれて、この世に生まれた人だと思うと、希少価値がある。はにかんだような笑顔が自然で心憎いほど愛らしい。すぐ耳元で笑い声が聞こえてきそうな気がした。彼女と話ができないのが残念だ。

アルバムで万里枝、田口、木村、望川の顔をじっくり観察しながら、話の内容と四人の人物について頭の中でまとめた。

一見天真爛漫だが実は繊細で、木村晴彦の愛を信じていた万里枝。お金に困っていて、詐欺まがいのことをするほどに追いつめられていた田口光一。内向的で何を考えているか分からないが、とりあえず幼なじみの万里枝のことを見守っていたようすの望川貴。女たらしで、万里枝以外にも恋人のいた色男、学歴詐称の疑いはあるが、一芸に秀でたピアニストの木村晴彦。

三

香里は、十月半ばの涼しくなりかけた頃に京都へ行くことになった。

望川貴の母、望川貴枝子《きえこ》に連絡したところ、香里の事情に真剣に耳を傾けてくれ、会って話すことを快く承諾してくれたからだ。

依然、青井の行方は分からなかった。

木村晴彦は十年前、祇園の芸妓と恋に落ちて、ねねの道を歩いていたという。ユリから聞いたこの話で思い出したのだが、香里も高台寺付近を青井と一緒に歩いたことがあった。ちょうど一昨年の秋、青井と一緒に京都へ来た時のことだ。そのときのことが、たまらなく懐かしくなった。もう一度、青井と京都の紅葉を見て歩きたいと心から思った。

貴枝子との待ち合わせは四条通にあるカフェだった。京都駅から、地下鉄で四条まで行って、そこから東に向かってゆっくりと歩いていった。

待ち合わせのカフェは南座を通り過ぎたところのビルの二階だった。

入って一番手前の席にこちらを向いて座っている女性と目が合った。それが、望川貴枝子だとすぐに分かった。貴枝子は、西脇ユリに見せてもらったアルバムの中の木村晴彦そっくりなのだ。

香里は、貴枝子に挨拶してテーブルを挟んで向かい側に座った。

電話であらかじめ簡単に説明したのだが、つい最近、彼女のところにも警察が聞き込みに来たらしく、すぐにこちらの話の内容を理解してもらえた。コーヒーを注文してから本題に入った。

貴枝子は、アップに結った髪にちらほら白髪が見えはするものの、まだまだ女として艶《つや》のある、聡明で品の良い女性だった。切れ長で二重の目が晴彦そっくりだ。若い頃はさぞかし美人だったのだろう。

「沙羅を愛した僧侶」をあらかじめファックスしておいたので、その感想についてまずたずねた。

「早速読みました。そやけど、こんなんあの子が書いてるやなんて全然知りませんでした。

警察の人も言うてはりましたけど、これが盗作されて、それが殺人事件に発展するやなんて、いったいどういうことなんでしょうか」

「私にもよく分からないのです。これの中の沙羅の妖精なんですが、どう思われます？」

「どうって、神秘的な女性なんでしょうねえ。こんなふうに描いてあるわけですから」

「赤い髪にグレーの瞳の。誰かに似てると思いませんか？」

香里がそう言うと、貴枝子はじっと香里の顔に視線を止めた。

「まさか、これのモデルが万里枝ちゃんやと？」

「すぐにそう思われませんでしたか？　サークルのメンバーはみんな気づいていたみたいですよ」

「そうですか。私は気づきませんでした」

貴枝子はあっさりそう言ってから続けた。

「あの子はピアノの才能はありましたよ。それは天賦のもんやと思います。そやけど、こんな文才があるやなんて、夢にも思っていませんでした」

「万里枝さんについての晴彦さんの思いはどうですか？」

「どうって、晴彦が万里枝ちゃんのことをどうか思っていたんですか？」

「この小説を読む限りかけがえのない愛する人ということになりま……」

貴枝子は香里の言葉を遮《さえぎ》った。

「こんなん、単なる虚構《きょこう》でしょう。万里枝ちゃんがモデルかどうかも私には分かりませんでしたよ。警察にもいろいろ詮索《せんさく》されましたけど、全部作り話やと私は思いますよ。そんなんいうたら、小説家なんて、惚《ほ》れたり、裏切ったり、憎んだり、殺したり、いろいろ書きますやん。そんなんいちいち全部本当のことと違うでしょう」

「でも、万里枝さんと晴彦さんは現実につきあっていたみたいですし」

「ただの友達ですよ。あの二人は恋人とかそんなんと違いました」

「そう思われる根拠は?」

香里は自然と問いつめるような口調になっていた。貴枝子はちょっと言葉を詰まらせた。

「根拠……ですか。晴彦は、純粋な子ですよ。本当はね。誰もあの子のこと理解してやらへんのです。口も悪いし、生活態度も、お世辞にも褒《ほ》められたもんやありません。そやけど、見かけほどええ加減な子と違うんです」

いい加減というのは、つまり万里枝とのつきあい方のことを言っているのだろうか。

「万里枝さんと遊び程度につきあったりはしないということですか?」

彼女を自殺に追い込むような、そんな不誠実なことはしていないと。香里は心の中で呟《つぶや》いた。貴枝子はしばらく黙り込んでいたが、静かにだが確信したような口調で言った。

「万里枝ちゃんにそんなことする子とは違います」

香里は、その声の強さに圧《お》されて彼女の目を見た。気丈にこちらを見据える視線には胸を射るような力があった。子を守る母親の目。自分の息子がもてあそんだから彼女が自殺したのではない。そう確信している目だ。

「あの子は本気の本気の恋に落ちてたんです」

「本気の恋とはつまり?」

貴枝子は話し始めた。晴彦が祇園のクラブでピアノの仕事を見つけたのが十年前のことだった。息子の貴を介してそれを知った貴枝子は、高校を卒業してから音信不通になっていた息子と再会できて大喜びした。貴が下宿したので、その部屋が空いているからと自分たちの家に半年ばかり晴彦を住まわせていた。晴彦は、家にいる時のほとんどをピアノの練習に費やしているストイックな青年だったという。少なくとも、貴枝子の目にはそうとしか映らなかった。ところがしばらくして、時々外泊するようになり、酔って帰ってきたときなど、自分の苦しみを貴枝子にぽろりと打ち明けるようになった。

晴彦はある女性と恋に落ちて、今度こそ真剣にその人と添《そ》い遂《と》げたいのだが、彼女はさる病院の院長の囲われの身で、金のない自分と結婚することはできないという。

「ようよう聞いてみたら、相手の人は、先斗町《ぽんとちょう》の『やまい』いうお茶屋さんの芸妓さんですのや。しかも『鴨川をどり』でも一番の花形、人気ナンバーワンの人です。彼女の方はもう四十過ぎの人ですけど、やっぱり、晴彦に一目惚れしてぞっこんみたいでした。そやけど、お金のない晴彦みたいなんは、先斗町のような花街では用なし。彼女の育ての親になる『やまい』のお母さんに知れたら忌《い》み嫌われるだけです。そんな人、好きになっても、花街のしきたりがある以上どうにもならへんから諦めなさいと説得したことがあります」

　ねねの道で晴彦と一緒にいた女性というのは、先斗町の芸妓だったのだ。だとすると、ユリの言っていたことは、正しい。

「結局、その人とは？」

「万里枝ちゃんが自殺してから、晴彦は家を飛び出してしまいました。その時、その人とも別れたんでしょう。彼女の方から一度、晴彦の居所を教えて欲しいと連絡がありましたけど、フランスにいるみたいや、とだけしか答えられませんでした。私もどこにいるのか知りませんから。どうしても私と会って話がしたいといわはるので、会うたら、目の前でおいおい泣きはるんです。あの人も晴彦のことがよっぽど好きやったんやと思います。晴彦から届いた絵はがきを見せたらコピーでいいから欲しいといわはるので、コンビニでカラーコピーして差し上げました。それから時々、晴彦の近況を聞きとうなるらしくて、電話かけてきはるから、ハガキのコピーだけを送ってあげるようになったんです」

がきを出して見せた。


「では、晴彦さんの居所はご存じないのですか？」

貴枝子は、カバンの中からＢ５サイズの茶封筒を取り出し、そこから十枚ほどの絵はがきを出して見せた。

「演奏している町の写真のハガキにほら、『今、ここで演奏してる。元気にしてる』と、送ってくるんです。こんなちょっとふざけたような文章を添えて」

見せてもらった絵はがきは、南仏の綺麗な家々の写った美しい写真ばかりだった。

Montpellier（モンペリエ）、Toulouse（トゥールーズ）、Marseille（マルセイユ）、Toulon（トゥーロン）、Limoges（リモージュ）、Pau（ポウ）等々、フランス語に多少の知識のある香里には読み方くらいだったら分かるが、見知らぬ土地だ。

若い頃、ホームステイでフランスの田舎に行きたいと真剣に思っていたことがある。特に、リモージュは、美しい陶器で有名な町なので、心引かれた。

町の写真と一行の文章が書かれている。


南仏の空気は、俺と同化しているよ。　２００5年5月某日

俺としたことが、なんと金髪女に惚れちまった。　２００5年11月某日

今日の演奏はいままでで一番だった。聞かせてやりたかったよ、お袋。２００６年４月某日

演奏の後、浮かれて、仲間とパスティスを飲み過ぎて、海に落ちてしまったよ。地中海の水に体が凍った。２００６年12月某日

昨日、アンリ４世の城の前で日本の音楽を演奏したよ。新聞記者の取材も来た。この町じゃ、俺は有名人。まあ、村って規模の小さな町だけどね。２００７年７月某日

新聞記者の取材というのに、香里は目を留めた。絵はがきの場所は、Pau となっている。では、新聞記事に写真が掲載されたというのはこの町の地方紙のことなのだろうか。

「おかしいでしょ。住所がないので、返事の書きようがありませんの」

「どうして、教えてくれないのですか？」

「こんな子なんです。また、ひょっこり帰ってくると思います。家の戸あけたら、前に立ってる夢、しょっちゅう見るんです」

「このハガキを頼りに、居所を突き止めることができるんじゃないですか？　たとえば、このPauとかいう町のアンリ四世の城の前でこの時期、えーと、二〇〇七年の七月に演奏した楽団の名前を探すとか。新聞の記事にもなったくらいですから。写真も掲載されたと聞きますし」

「写真が掲載されたんですか？　そんな記事やったら送ってくれたらいいのに。きっと、楽団の名前を知られるのが嫌で送ってこないんでしょうねえ」

「調べようと思ったら簡単ではないですか？　たとえばネットとかで探すとか」

「ネット、私できひんのですよ。フランス語もできないですし。だいたい、住所が書いてないいうことは、探してくれるなということでしょう。こちらから会いに行っても、また逃げられるだけです」

「逃げるんですか。どうして？　よく分からない心理ですね」

香里が首をかしげると、貴枝子もそれに応じた。

「やっかいな子なんですよ。純粋すぎてね。本当は傷ついているのに、表面上は悪ぶってごまかしてる、みたいな感じ、いうんですか」

「複雑過ぎて分かりませんねえ、そういうの」

「市華《いちはな》さんが同じこと言うてはりました」

そういうと、貴枝子はくすりと笑った。

「市華さんというのが、その芸妓さんの名前ですか?」

「ええ、そうです」

「もしかしたら彼女は居所を突き止めてるかもしれませんねえ、晴彦さんの」

「どうでしょうか、そこまでしてもどうせ一緒になれへんですから、あの二人は。そういえばこれ警察にも話したんですけど、殺された田口さんが、一度、晴彦の居所を聞きに電話かけてきはりました」

「まあ、そうなんですか」

田口は木村晴彦になりすまして、青井を脅したのだから、晴彦がどこでどうしているかをちゃんと突き止めておく必要があったのだろう。

「学生時代の友人やいわはるから、絵はがきのコピーを送って差し上げました」

その絵はがきを見て、晴彦が日本にいないことを知り、田口は計画を実行する決心をしたのだ。

「息子さんの望川貴さんにもお目にかかりたかったんですけど、断られてしまったんです」

「貴ですか。あの子のことは、どうか、そっとしておいてやってくださいな」

そう言うと、貴枝子の目にきらっと光るものが見えた。

「どうかされたのですか？」

「万里枝ちゃんが自殺してから、ショックでおかしくなってしまったのです。あの子にとって万里枝ちゃんは、まるで妹みたいなもの、いえそれ以上だったんです。強い絆《きずな》で結ばれていたんです、二人は。少なくとも、貴の方ではそのつもりだったと思います。小さい頃は、幼稚園では、まるで二人セットみたいにいつも一緒に遊んでいましたから。この子らまるで二人で一つやわ、って私なんか思て、微笑ましく見守ってたんです。そんなんでしたから、万里枝ちゃんが亡くなってから、あの子まで、半分あの世へ行ってしまったみたいな、現実にちぃっともいてへん状態になってしもたんです」

「まあ、それは」

貴枝子は涙ながらに息子の異変について話した。

万里枝が亡くなってから、望川貴は母親の貴枝子にも連絡をよこさなくなった。心配して時々、下宿に行ってみるが、母親の顔を見ても、心ここにあらず、ただぼんやりしているだけだという。

正月にすら実家に帰ってこなくなったので、時々電話をして元気かどうかの確認をしてみるが、「まあ、なんとかやってる」と気のない返事が返ってくるばかり。夫の方はといえば「時間がたてば、正気になるだろう、ゆっくり待ってやったらいい」とあまり深刻に考えないでいるようだ。

大学に勤めるようになってから、市内のもう少し広いマンションに引っ越したとだけ連絡があった。三十近くなってもそんな調子で、自分の殻に閉じこもっている息子が心配になり、貴の所属する教室の教授にこっそり相談してみた。すると、ちょっと変わり者で周りとうち解けていないようだが、研究者としては優秀だという。

仕事をちゃんとしているのだったらなにも心配することはない、ゆっくり見守ってやろう、と夫に諭《さと》され少し安心した。

そんなある日、貴の方から電話がかかってきた。イタリアで学会があるので、その間、猫と植木の面倒を見て欲しいというのだ。合い鍵を預かって、息子の部屋に入ってみると、整理整頓もちゃんとされていて、五十センチくらいの高さの椿の植木が部屋の中に置いてあった。緑色の綺麗な葉をたくさんつけていて、いかにも丁寧に育てられている椿という感じだった。

ソファの上には、一匹の黒猫がちょこんと座っていた。貴枝子の姿を警戒心あらわに見据えている。この黒猫はどうやら昔、万里枝が飼っていたミルクらしい。シルヴィがマルセイユへ帰る前に譲ってもらったのだろう。

シルヴィからは時々ハガキが送られてくる。彼女もまた娘を失った悲しみから立ち直れないでいる。毎晩ベッドに入ると涙が止まらないという。今、マルセイユの両親のところで店を手伝いながら、娘との思い出に浸っている。貴と一緒に是非遊びに来て欲しいという一行がハガキの最後に毎回添えられている。

貴から教えてもらったとおり、キッチンの左手にある棚から缶詰を見つけ出し、缶切りであけた。床に置かれた猫用らしきお皿の中に盛ってやると「にゃーお」と一鳴きして、こちらに近づいてきた。ミルクは、よっぽどお腹がすいていたらしく、夢中でエサを食べ始めたので、頭をそっとなでてやった。

「ミルク」と呼ぶと、「にゃん」と返事をした。

キッチンを見渡すと、食器がちゃんと揃っている。食事もちゃんと自炊しているらしく、冷蔵庫をあけてみると卵や味噌、調味料などが入っているし、冷凍庫には肉や魚の切り身がラップでくるまれたうえに密閉パックに入った状態で保存されている。

意外と健全な生活をしているのだなと思い、少しほっとした。その日は、猫のトイレの掃除をしてから帰宅した。

貴が留守にしている間に、そうやって何度かマンションへ足を運んでいるうちに、隣の部屋から出てくる中年の女性とかち合った。

「お隣さんですか?」

「はい、息子が住んでおります」

「息子さん、お一人でお住まいですよね」

「ええ。今、海外に学会で行っているので、猫の世話を頼まれて来てるんです」

「どうりで最近、静かだと思いました」

女性の口ぶりだと、貴が隣に迷惑をかけているみたいに聞こえるので、貴枝子は事情を訊ねてみた。

その女性の話によると、朝晩、ベランダから話し声が聞こえてくるのだという。最初は誰かと一緒に暮らしているのかと思ったが、相手の声がちっとも聞こえてこない。

そこでそっと隣のベランダを覗いてみると、猫と植木が一つあるだけだったので、どうやら猫に話しかけているらしい、と思った。だが、よくよく話を聞いてみると、猫の名前はミルクという。もう一人〝マリエ〟という名前の女性らしき人物に話しかけているみたいなので、ずっと奇妙に思っていた。それからも時々話の内容を聞いているうちに、葉緑素がどうのこうの、君の葉は今日は一段と美しいといったようなことが聞こえてくる。

そのマリエというのは、どうやら椿の植木らしいと知って、気の狂《ふ》れた男が住んでいるのだと思い、怖くなったというのだ。その男は、植木を毎朝ベランダに置き、もうすぐ人間の肉体が取り戻せるから、と説得しているのだという。気味が悪くなり、管理人に相談したが、普通に大学で研究をしている人なので心配することはない、と言われたという。

貴枝子自身もその隣人の話にショックを受けた。だが、内心の動揺を隠して、息子には昔万里枝という友達がいて、彼女が亡くなってから、椿を彼女に見立てて話しかけて寂しさを紛らわしているのだ、と説明した。

「でも、ほんまに生きた人間相手にしているみたいな話し方なんですよ。返事が返ってきてそれに答えているみたいなんです。よう考えたら椿が話するわけないですもんねえ」

その女性は本当に気味悪そうな顔をした。決して、他人に迷惑をかけるような子ではないので、どうか大目に見て欲しいと、貴枝子は隣人に何度も頭を下げたのだという。

「あの子、椿と対話して悲しみを紛らわしているんです」

まるで、あの短篇小説みたいだと思ったから、香里は訊ねた。

「それはもしかしたら、木村晴彦さんの小説の影響でしょうか」

「さあ、それはよう分かりません。万里枝ちゃんが死んだのんが受け入れられへんで、椿に彼女を投影してるんでしょうねえ。万里枝ちゃんの死はみんなにとって打撃でした。貴やシルヴィさんの悲しみが、天国のあの子の耳に届いて、生き返ってきてくれへんかしらと、なんぼ祈ったことか。私かて、まるで自分の娘を失ったような悲しみに、しばらく食事も喉《のど》通らんようになってしまいましたから」

貴枝子は、カバンからハンカチを取り出して、そっと目に当てた。

「晴彦さんが貴さんに怒っていた、というようなことはありますか?」

貴枝子は黙って首を横に振った。

「晴彦さんは、万里枝さんが自殺してすぐくらいに、望川さんの家を飛び出されたのですよね」

「万里枝ちゃんの自殺とは関係ないと思いますよ。晴彦は、市華さんとの関係が耐えられへんようになって、京都を去ったんです。彼女のこと忘れとうなったんでしょう、どうせ自分のものにならへん人ですから」

もしかしたら、謎の女というのは市華のことかもしれない、とふと思った。だとしたら、晴彦の書いた原稿のことを彼女は知っているはずだ。嫉妬しなかったのだろうか。

香里は、市華という芸妓に会って、胸の内を聞いてみたい気持ちになった。

「市華さんに会ってお話ししたいんですけど、連絡先、ご存じですか?」

「先斗町のお店に行かはったらどうですか?」

「私たち一般の人間が行けるようなところですか? そういうところは、一見《いちげん》さんおことわりなのでしょう? それに私なんかが払えるような金額と違うでしょうから」

「最近始めはったサロンの方やったら、七千円ほどで飲めますよ。よろしかったら私が予約入れといてあげましょうか？」

香里は、貴枝子に頼んで、先斗町のサロン「月丘」を予約してもらい、市華に会いに行くことにした。

貴枝子と別れてから、八坂《やさか》神社の方へ歩いていく途中で、携帯のベルが鳴った。

発信元は公衆電話となっている。電話に出ると、青井の声が聞こえてきたので、全身の力が抜けそうになった。

「香里、君、今どこにいる？」

「京都よ。あなたこそ、どこにいるの？」

それには答えずに青井は続けた。

「君に頼みがあるんだ」

「頼み？　それより、今どこで何をしているの？」

「君は警察にマークされているから、それには答えられない。それより、ある人物を探して欲しいんだ。今、どこのホテルだ？」

香里は京都市内のビジネスホテルの名を告げた。

「そこに君宛に郵便物を送る。中に新聞の切り抜きが入っているから、その写真の人物を探して欲しいんだ。宛名は、君のお母さんの名前ということでいいかな？」

「分かったわ。でも、説明がいるわ」

「今から、手紙を書いてホテルに送るから明日には届くはずだ。説明は、その中に入っている」

「体の具合はどうなの？　ちゃんと睡眠とって休んでいるの？」

「ああ、大丈夫だ。あと数ヶ月は、なんとか生きていられるさ」

「会いたいわ。ちょっとでいいから」

「今はダメだ。もう少し待ってくれ」

「一つだけ正直に教えてちょうだい。あなたが田口を殺したの？」

香里は思い切って聞いてみた。しばらくの沈黙の後、返事が返ってきた。

「いいや、僕は殺していない。無実だ」

そこで電話は切れた。

だったらどうして姿を消したの？　香里は切れた送話器に向かって呟いた。

第5章

一

私は、線維芽《せんいが》細胞の培地の液体をピペットで吸引除去しながら、三人の研究生の前でこの工程に関する説明をした。

「三日前にレトロウィルスベクターとパッケージング細胞で大量に増やした四種類の遺伝子を線維芽細胞に組み込む作業にとりかかります。まず、こうやって培地の液体を吸引除去し、ここに例の四つの遺伝子を含む混合ウィルス液を十ミリリットル加えるのです。これで一晩おきます」

一人の研究生がたずねた。

「これで、この細胞内に四つの遺伝子が導入されるわけですね？」

「そうです。ここで重要なのは、レトロウィルスは新鮮なものを用いることです。凍結させたウィルスは絶対に使用しないように」

「凍結によって、ウィルスが劣化するのですか？」

「ウィルス自体の力価が下がってしまいます。iPS細胞の誘導において最も重要なのは、新鮮なウィルスを使うことです」

「これですべての工程は終わりですね。まもなくiPS細胞のコロニーをこの目で観察できるわけですね」

もう一人の研究生が興奮気味の声で言った。

「iPS細胞は確かにこれで樹立されます。しかし、もう一つ重要なのは、この細胞をどうやって養うかです。iPS細胞はフィーダー細胞というマウスの細胞上で飼うのが一般的なやりかたです」

「細胞の上で細胞を飼うのですか？　そのフィーなんとかというのはいったい？」

「フィーダー細胞というのはマウスの線維芽細胞です。iPS細胞は、そこから栄養をもらうことで、未分化性を維持できるのです。ですから、七日目にはフィーダー細胞上にまき直すことで、やっと、iPS細胞のコロニーが得られるのです」

私はそこまで説明すると、線維芽細胞をインキュベーターの中にしまい、研究室を出て、自分のデスクにもどった。ある雑誌に投稿する論文を一時間ほどかけて書き終えた。時計を見る。午後七時だった。今日は比較的早く終わったので、帰りに錦市場に寄ることにした。新鮮な魚がみつかれば、買って帰るつもりだ。

錦市場は、四条通を北に百メートルほど行った東西を走っている錦小路通にある商店街だった。新京極《しんきょうごく》通から始まって高倉通まで続く、主に乾物、漬け物、煮魚、おばんざいなどの加工品を扱う老舗が立ち並んでいる。

京都は海から遠いので新鮮な魚がなかなか手に入りにくいのだが、この市場では鮮魚や京野菜も売っている。

ふらっとこっちの方まで足を運ぶのは、昔、この近くにシルヴィと万里枝《まりえ》が住んでいたアパートがあるからだ。

私はこの商店街をぶらぶら歩きながら、小さなアパートで万里枝母娘が暮らしていた時の回想に耽《ふけ》るのが好きだった。

万里枝はよくシルヴィに、ブイヤベースを作ってくれないとふくれっ面をしていた。あの顔を思い出すと、ついつい笑みがこぼれ落ちてしまうのだ。私は、万里枝の望みをかなえるためにブイヤベースの材料に使う魚介類をこの市場でいつも物色することにしていた。

マルセイユの「La Marine」で食べてから、私もあの味の虜《とりこ》になり、週に二、三回はブイヤベースを食べるようになった。スープに必要な小魚や有頭海老、それに具となる金目鯛など魚の切り身をいつもの店で買い、それから乾物屋で乾燥貝柱、八百屋に寄ってトマト、ニンニク、セロリ、タマネギを買った。

しばらく歩いているとタラバガニのポーションの安売りをしていたので、それも購入した。これだけ買えば、二、三回分のブイヤベースができる。私は、これを毎日食べても飽《あ》きなかった。入れる魚の種類、トマトなどの野菜、それにハーブやサフラン、白ワインの分量によって、微妙に味の違いを出せるので、それだけでも楽しめるから、万里枝との会話の弾む楽しい夕ご飯になるのだ。ミルクも最初は匂いを嗅《か》ぐだけで口にしようとしなかったが、サフランの香りに慣れた今では大好物だった。

南北を走る柳《やなぎの》馬場《ばんば》通に行き着いたところで、左に曲がって商店街を出た。四条通の方角へ向かって歩いていく途中で、右手にある小さな店の屋根に書かれた「MIDI」というアルファベットの文字が目に入ってきたので立ち止まった。

「MIDI」はフランス語で南仏という意味なのだ。その四つの文字が私の注意を引いた。

そこは二十坪ほどの敷地で、雑貨や服、アクセサリーを売っていた。普段だったら、そんな店に入ることはないのだが、名前に惹《ひ》かれてふらっと中に入ってみる気になった。

お店から小柄な中年の女性が出てきた。どうやらここの女主人らしい。

「いらっしゃいませ」

しばらく店内を見回した。入って右側の壁には、輸入品らしい色彩鮮やかな女性ものの服が沢山ぶら下がっていて、それを見た瞬間、なんともいえない居心地の悪さを感じ、私は、自分が場違いなところに足を踏み入れてしまったことを後悔した。

「あの……彼女にあげるプレゼントを探したいんですけれど」

私はしどろもどろになりながらそう言った。自分からそう口にしてみると、万里枝に何かプレゼントをしてやるのはいいアイデアだと思った。

私は店内のいくつかに分けて置いてあるアクセサリーの棚に目を向けた。青いビーズの入った十字架のネックレスを手に取ってみる。

「これは韓国から仕入れたものです。あっちはフランス製です」

女主人は真ん中の棚を指さした。

「いろいろな国から仕入れてこられるんですね」

私は、フランス製の銀細工に黒い玉のぶら下がったイヤリングを手のひらに載せながらたずねた。

「月に一回は香港に行ってくるんです。先月はパリへも行きましたよ」

「パリはどうでしたか?」

「不景気で、あんまりええもんなかったんですよ。円高なんで、こっちにとってはレート的によかったですけどね」

「パリ、香港ですか」

「あとはタイ、韓国とかにも行きますね」

そういいながら、タイ製の雑貨を指し示した。

「フランスに行った時、南仏には行かれるのですか?」

「そこまでの時間はありませんでしたね。パリに三日間滞在しただけでした。香港と合わせて行ってきましたから。仕入れに行っただけのあわただしい日程でした」

「そうですか。お店の名前が『MIDI』っていうから南仏に縁の深い店かと思いました」

「ようご存じですね、この名前の由来を」

「やはり、南仏から由来しているんですか」

「昔、友人にフランス人がいたんです。私のフランス語の先生やったんですけど、その人がマルセイユの出身でした。南仏なまりのことをaccent du MIDI（アクサン・デュ・ミディ）というと教えてくれたんです。すごくおしゃれな人で、アクセサリーでもオリジナリティーのあるええのつけてはって、そやから、その人のイメージからつけた名前なんです」

一瞬、シルヴィのことが頭をよぎった。

「その人は何ていう人ですか？」

「カトリーヌさんいう人です。名字は、デュラソワール。カトリーヌ・デュラソワールさん。ご存じですか？」

「いいえ。私が知っているのはシルヴィ・プティという人でした」

「シルヴィ・プティさん。記憶にある名前ですねえ。もしかしたら、カトリーヌさんの知り合いやったかもしれません。ワインやアペリティフを飲む会とか、日仏の集まりで何度か会《お》うてると思います、その人に。京都のフランス人の世界も狭いですから。あ、思い出した。金髪の人？」

私はそう指摘されてちょっとドキリとした。こんなところでまさかシルヴィを知っている人に会うとは思わなかったのだ。

「そうです。今はマルセイユに帰ってしまったんですけどね」

「南仏の人やのに、金髪って珍しいなあ、と思ったのでよう覚えてます。日本語が上手で、通訳とかしてはりましたねえ。よくご存じやったんですか？」

「その人の娘さんと幼なじみだったんです」

「まあ、そうですか。娘さんがいはったんですか。独身の人やと思ってました。娘さんは今どうしてはるんですか？」

「母親と一緒にマルセイユへ帰りました」

「そういえばマルセイユでお母さんがお料理屋さんやってはるって聞きましたね」

もう一度店内を見渡した。彼女に似合うものは、と考えているうちに、万里枝が、貴金属性のアクセサリーを全くつけなかったことを思い出した。

「そういえば、彼女、肌が弱くて金属アレルギーだったんでした。アクセサリーはプレゼントとしてはちょっと……」

「ほんならええのがありますよ。これアフリカ製のブレスレットなんです」

彼女は左端にある棚の縞《しま》模様の細い輪っかを取って私に示して見せた。

「これ、おもしろい素材でしょう」

幾通りもの色があり、さわってみると柔らかくて軽い。

「これが、ブレスレットなんですか？」

「ええ、セネガル製です。あっちの人は、こういう細い輪っかをいくつも手首につけてはるでしょう。金属アレルギーの人やったらいっぺんにかぶれてしまうけど、これやったら、軽くて柔らかいから、ほら、いくらつけても負担がないんです」

「素材はなんですか？」

「リサイクルのプラスティックやと思います」

手に取った感触が気に入って、青、茶、黄色、水色を選んで自分ではめてみた。確かに軽い。そのブレスレット四色と、タイ製の硝子《ガラス》のコップを三つ買って、店を出た。

私は久々にシルヴィの話を聞いて、少し動揺した。いままで乱さないように細心の注意を払っていた心の池にぽんと石が一つ投げ込まれて波紋を呼んだみたいだった。二度とこの店には寄るまいと自分に言い聞かせた。

帰宅すると、ベランダにいる万里枝を部屋にもって入った。葉が小刻みに震えている。

「寒かったか？　すまんかったな、寒いのに長いこと外に出してて。そろそろ日中でも室内の方がええな。窓際やったら、日が差し込むから」

彼女の鉢が自分の体温と同じになるまで、私は、万里枝を腕に抱えたまま椅子に座っていた。葉の震えが止まったところで、彼女にささやきかけた。

「今日、シルヴィを知っている人に会った」

――どんな人？

「雑貨とかアクセサリーのお店をやってる人。そこで、お土産《みやげ》買ってきた」

私は、いったん万里枝を机の上に置くと床のカバンのふたをあけて、中から「MIDI」

で買ったブレスレットとタイ製の硝子のコップを引っ張り出した。ブレスレットを万里枝の前に掲《かか》げて見せた。

「ほら、こんなブレスレット。これやったら君でもはめられるで。その人が勧《すす》めてくれたんや。マルセイユよりもっと南の国のもん」

私は四つの輪っかを、クリスマスツリーに飾り付けするみたいに、万里枝の枝にかけてやった。

——こんなんはめたことないわ。似合う？

万里枝の声がいつになく弾んでいるので、私は嬉しくなった。あのお店に寄ったのは正解だった。また行ってもいいな、と思った。

「そこ、『MIDI』いうお店なんや。なあ、君もアクサン・デュ・ミディいう南仏なまりがあったんか？」

——なんでそんなん知ってるん？

そういうと、万里枝は「うふふ」と笑い出した。

万里枝が時々シルヴィと話していたフランス語には南仏なまりがあったのだ。

「そうか。そうやったんか。アクサン・デュ・ミディってどんなんや？」

——日本語でいうたら、関西弁みたいなもんや。

「そんなに癖があるんか」

――パリの人と話したらすぐに、南仏の人？　っていわれるの。

彼女のフランス語にそんな特徴があるとは知らなかった。私は万里枝について新しい発見をしたことに心が躍った。

「フランス語で話してみてくれや」

――長いことこうして椿でいるさかいに、もう忘れてしもた。

まるで人間が肩をすくめるみたいに枝を下げた。

「錦市場で、ブイヤベースの材料買ってきた。海老と蟹《かに》のよさげなんがあったし、今から作るわな」

万里枝にかけてやったブレスレットが愛らしく揺れたのを見て取って、私はすぐにキッチンへ向かった。

まな板を乾燥機から取り出し、まず、タマネギの皮をむいて薄切りするところから始めた。早くエサが欲しいといわんばかりに、ミルクが鳴き声をあげながら、私の足に鼻をこすりつけてくる。

私はふと晴彦《はるひこ》のことを思い出した。あれは、十年前のこんなふうに少し寒くなりかけた秋のことだった。

台所でカレーライスを作ろうと、タマネギを刻んでいたら、晴彦が突然私の下宿にやってきた。

二

彼はどかりと座卓の前にあぐらをかいて言った。

「なんてこった、本当に好きな女ができてしまったよ」

彼がそう打ち明けたとき、タマネギと豚肉の薄切りをバターで炒めていた私は、「そら、よかったな」と気のない返事をした。

「寝ても覚めても彼女のことしか考えられないんだ。もしかしたら、これは俺の初恋かもしれない」

「年に何回初恋するんや、兄さんは」

私はにんじんとジャガイモの皮をむきながら言った。

「なんだよ、おまえ本気にしてないな。こんな思いを抱《いだ》いたのは生まれて初めてなんだよ。いままで、好きな女とつきあっている時でも、他の女につい目移りしてしまうのが俺だったんだ。知ってるだろう、俺の癖を。けどそうじゃなくなったんだ。完全に彼女のことしか頭にないんだ。もう他の女なんか俺には女としてなんの魅力もなくなってしまったんだよ。信じられるか？」

そういうと晴彦は、しばらく黙り込み、苦悩に顔をゆがめている。

「信じられへんな、そんな話」

私は辛辣《しんらつ》にそう言うと、ジャガイモとにんじんを角切りにしてフライパンに放り込み、豚肉と一緒に炒めた。

晴彦は座卓にコンビニの袋を置いて、ビールのプルトップをあけた。私は、炒めた野菜と肉の入ったフライパンに直接水をカップ二杯入れて、ふたを閉じて弱火にした。

「もしかしたら、母親と一緒に暮らしたのがよかったのかなあ、おまえが言っていたとおり。そうだよ、きっと、そうに違いない」

一人でうなずきながら晴彦は言った。

「そんなにすぐに効き目があるもんかなあ」

私は、ガスコンロから離れると、半信半疑で彼の顔を見た。

「おまえが言ったんじゃないか。お袋とのボタンのかけ違いを元に戻したら、運命の人に出会えるって。効果てきめんだったわけだよ」

晴彦があんまり真剣な顔で言うので、私は急に不安になり、たずねた。

「まさか、その相手ゆうのは……」

私はまじまじと晴彦の顔を見つめた。

「まさかって、おまえの、まさかは、もしかして……」

「その、もしかしてや」

晴彦は顔をしかめて言った。

「おまえの純粋娘じゃないよ、安心しろ」

そういうとぐいぐいとビールを飲み始めた。

「万里枝のこと、そんなへんな呼び方せんといてくれ。誰なんや、兄さんのその初恋の相手いうのは？」

私は初恋という言葉をわざと強調して皮肉っぽくたずねた。

晴彦が恋に落ちたのは、二十近くも年上の市華《いちはな》という先斗町《ぽんとちょう》の芸妓だった。市華のことを語る晴彦の口調は、彼が普段女の話をする時のような浅はかな響きがなかった。

晴彦は、市華の芸に対する志《こころざし》の高さと花街という狭い世界で十五歳から生き抜いてきた生き様に心を打たれたのだという。芸をきわめた女の迫力を熱に浮かされたように語る彼の表情は真剣そのものだ。

「いいか、花街の女ってのは男を溺《おぼ》れさせても、自分が溺れたらだめなんだ」

市華が恋に溺れることなく生き抜いてこられたのは、芸に対する彼女の情熱だったのだという。私は、それを語る晴彦の口調に少し気圧《けお》された。

「それ、ほんまもんのプロやないか」

「ああ、そうや。だからどうにもならないんだ」

「どうにもならへんって？」

「思い通りにはできないんだ」

「そりゃ、芸に対する志が高すぎて男に溺れない女やったら、どうにもならんやろうな」

晴彦でも手に負えない女がこの世に存在するのかと思うと、ちょっと小気味がよくなった。

「あんな女の手のひらの上でいいようにもてあそばれたいよ、まったく。それでぼろぼろになって死んでしまえたら、本望だ」

「つまりそれは兄さんと互角に恋愛する女いうことか。そんなしたたかな女がおったんや、この世の中にも」

「したたか？　それが違うんだ。悪女だったら、まだ救われるんだ。ところがそうじゃない。向こうも俺にぞっこんなんだよ。しかも性格もいいんだよ。おまえの純粋娘みたいに、世間知らずで性格がいいのと違うんだ。世の酸《す》いも甘いも知った上で、それでも濁《にご》らない水なんだよ、彼女は」

そんな女が本当にいるのだろうか。花街なんかに生きる女は、所詮、お金で買われる女ではないか。疑いの目で晴彦の表情をうかがった。

「でも男に溺れることないんやったら、ええようにあしらわれてるだけとちがうのか？」

「彼女は俺のピアノを聞きにきて、いつも涙を流していたんだ。それで声をかけたら、俺の腕はほんものだって、言うんだ。こんなところでピアノを弾いている人ではないってね。自分も芸を志す人間だから、本物かどうか分かるというんだ」

「ふーん、兄さんの腕をかあ」

なかなか説得力のある話だと思い、私は、晴彦のこの恋愛話を少し評価した。

「だったら、ええやないか。誰に遠慮することなく二人の世界に浸《ひた》ったら」

「そうはいかないんだ。旦那がいるんだ」

「人妻なんか？」

花街の女が人妻というのはあまり聞いたことがない。

「そうじゃない。スポンサーがいるんだよ、金を出してくれる。今住んでいるマンションも着物も全部その旦那に買ってもらったものなんだ。彼女は、花街の育ての親に対する義理と彼女に投資してくれる旦那衆にがんじがらめなんだよ。全く自由のない身だ。人妻との恋なんかより遥《はる》かに難しいんだよ」

「難しい恋ほど燃える、いうやないか。ええこっちゃ」

私が他人事《ひとごと》のように言うと、晴彦は顔を硬直させた。

「何だ、人が苦しんでいるというのに、その言いぐさは。そんな言い方するんだったら、そっちの恋の手助け、してやらないぞ。あんな純粋娘といつまでもつきあってるの、面倒なんだよ。なにかっていうと小難しい本の話なんかしてさ、俺はそういうのに全く興味がないっていうのによう。共通の話題が乏《とぼ》しくて苦労してるんだよ」

「そのわりに楽しそうにしてるやないか」

二人が、楽しそうに話しながら歩いている姿を、私は何度も大学で目撃している。その度に妬《や》けるのだが、つかの間の辛抱だと分かっているから、西脇と万里枝が一緒にいる時ほどの苦しみはなかった。

案の定、晴彦にはもう他に好きな女ができたという。万里枝には気の毒だが、これは、私にとって予想通りの顛末《てんまつ》だった。すべては計画通りに運んでいるのだ。

「女を喜ばせることについては、俺の右に出るもんはいないからね」

なんとも鼻につく台詞《せりふ》だが、万里枝との関係をいやいやでも続けてもらうのは願ってもないことなので、少しおだてておくことにした。

「さすが兄さんやな」

「だろう？　こっちの恋も応援してくれ」

「分かった、なんでも手助けするよ」

「じゃあ、早速、おまえにお願いがあるんだ。実はな……」

そこまで聞いて、晴彦が何を言いたいのか私はすぐに理解した。それこそ、私が待ちわびていた頼み事だったのだ。思い描いていた通りのことがこんなに順調に運んで、自分ででも信じられなかった。

三

あの時、確かに私は思った。自分は人間の心を操る天才なのではないか、と。思い描いていた通りに駒が動いていくことに興奮し、自分を過信したのだ。

万里枝が死んでしまうこと以外はすべて想定どおりだった。それだけが、予想外の、そして最悪の結末だった。他の何もかもを捨てても、それだけは絶対に握っておかなくてはいけなかったものを、私は手放してしまったのだ。いや、手放すつもりだったわけではない。私の手からすり抜けてしまったのだ。

突然、目に涙があふれてきた。タマネギとニンニク、セロリを炒めて、そこにだしをとる小魚と貝、海老の頭、それにトマトを入れてしばらく炒めてから白ワインとミネラルウォーターを注いで、サフランとハーブを加えて弱火にする。これはマルセイユの旧港にある万里枝の祖母の店で教えてもらった手順だった。

居間に行くと、万里枝が待ち遠しそうにブレスレットで飾られた葉を広げていた。

「さあ、今日のブイヤベースは材料が特別や」

——どんな材料？

万里枝の声は弾んでいる。ブイヤベースを作ると彼女はいつでも機嫌良く私の話に応じてくれるのだ。

スープは少し寒くなってきたので、濃厚なものにすることにした。

濃厚スープは、最初に取っただしから魚だけ取り出し、炒めた野菜と一緒にミキサーにかけてなめらかにするのだ。ポタージュスープのようなとろみのあるスープになる。そこに海老、蟹、金目鯛などを入れて、中に火が通るまでさっと煮る。

あっさりスープの場合、ミキサーにかけずに、魚でとっただしを漉《こ》し器で漉す。すると黄色い透明のスープができあがるのだ。

今日を境に来年の春頃まで、濃厚スープにすることにした。

「あっ、しもた、アイオリソースを切らしてた」

私はキッチンにもどると、冷蔵庫から卵を一個取り出した。

卵白を取り除いて、卵黄だけをボウルに入れる。

アイオリソースは、卵黄に、マヨネーズを作る要領でオリーヴ油を注いでいき、それに塩、胡椒、ニンニク、レモン汁を加えたものだった。私は自分の好みでこれに、カイエンペッパーを加えて、辛みのあるソースにした。このソースをブイヤベースに入れて食べると、一段と味に深みが増すのだ。パンに塗って食べても美味《おい》しい。

「MIDI」で買ったタイ製のグラスのうち一つにミネラルウォーターを注いだ。机の上に飛び乗ってきたミルクが早速一つのグラスから、水を飲み始めた。

私は自分のグラスにブイヤベースを作るのに使った白ワインを入れた。

次に自分の皿とミルクの皿にブイヤベースを盛りつける。ミルク用の小さな皿には、金目鯛の切り身とだしをとるのに使った小魚だけを入れた。

私はいつか万里枝と一緒にブイヤベースを食べることを夢想しながら、黄金色のスープをスプーンですくって口に運んだ。

――どう？　味は。

「今日のは、君のお祖母《ばあ》さんのお店で食べたのにすごく近い味にできた。君も早う食べられるようにならんとな」

彼女の肉体を取り戻すのに、今の私の研究では限界があった。iPS細胞の研究では、万里枝の肉体の個々の部品を作ることはできても、全体を作ることはできないのだ。

本当はクローンの方がてっとり早い。

クローン人間について、倫理的に私はどうこう思っているわけではない。実際、それで万里枝を復活させようと考えたこともある。人間の受精卵に万里枝の核を移植すればいいだけのことだ。そして誰かの子宮の中で万里枝を育ててもらうのだ。こんなご時勢なのだから、お金さえ払えば、万里枝のクローンを産んでくれる女くらいいくらでも見つかるはずだ。

クローン人間は、すでに存在している。私は、そう確信していた。

技術的にはもちろん可能だし、動物での成功例はいくつもある。自分をまた復活させたいと思っているどこかの金持ちが、自分の遺伝子を死ぬ前に保存しておいて、自分のクローンを作らせるというのはもはやＳＦでもなんでもない。きわめて現実的な話なのだ。

技術的に問題がなければ、万里枝のクローン人間をすぐにでも作りたい。だが、ほぼすべての動物のクローン体には欠陥があるといわれている。クローン動物は、細胞分裂の際に遺伝子を保護する役割を持つテロメアという染色体の末端部分の構造が普通より短いのだ。この欠陥を持つクローン動物は、通常の動物より寿命が短いとされる。そんな危なっかしい方法で万里枝の肉体を再現させるわけにはいかなかった。完璧な彼女の肉体を復活させたいのだ。

私は、彼女の心臓やその他の臓器をインビトロで作ることからはじめることに決めた。彼女のiPS細胞をまず心筋細胞に分化させていき、心臓を作り出すことが第一歩だった。万里枝の心臓の伸縮を顕微鏡で確認できるだけでも、彼女の人間としての生を細胞レベルで実感できる。それだけで、どれほど私は癒されることだろう。

私は半分ほどスープを食べてから、アイオリソースを加えることにしていた。残り半分はニンニク風味の辛みのあるスープになる。こうすることで、二種類の味を堪能できるのだ。

バゲットをスープに浸して最後の一滴まで食べたところで電話が鳴った。

受話器をとる。

「貴……元気にしてる？」

母の声だった。

「ああ、まあ」

曖昧《あいまい》に答えた。母の声を聞くとそれだけで息苦しくなるのだ。

「中水香里《なかみずかおり》さんいう人が京都に来はって、会いたい言わはるから、話したの。あんたにも連絡したって言うてはったけど……」

　中水香里、記憶にない名前だった。

「中水……それ、いったい誰？」

「青井《あおい》のぼるいう作家さんの婚約者や言うてはった」

　それで思い出した。そういう名前の女性から、「カメリア」に掲載された短篇のことで、聞きたいことがあると電話があったことを。警察ならともかく、私はこれ以上、あの原稿のことや晴彦のことを他人に蒸し返されたくなかったので、会うことを断ったのだ。彼女は母のところへまで聞きに行ったのか。なんという、しつこい女なのだ。

「あんた、なんか晴彦のことで新しいこと聞いてるか？」

「いいや、何も」

「あの子、新聞に出るほど向こうでは有名人なんやって。地方紙みたいやけど」

「それ、だいぶ前の話やろう」

　晴彦から来た絵はがきのコピーを母から渡されたことがあった。私は受け取って、内容だけ読んで、すぐに捨ててしまった。

「ポウいう南仏のお城の前で演奏した時に、取材を受けたらしいから、それのことかもしれへんけど……。三年くらい前のことやなあ」

「兄さんらしいやないか。自由奔放に生きて、それで認められてんのやから結構なもんや」

「お母さん、もう一度、あの子の演奏聞いてみたいわ。あんたが祇園《ぎおん》のバーへ連れて行ってくれた時のこと、忘れられへん。あの子のピアノの音色にはほんま涙が出たわ。あの子の才能はほんまもんやったんや」

私は、ふと、市華のことを思い出した。彼女も晴彦の才能を見抜いていたということか。

「お母さんに会いとうなったら、また京都へ帰ってくるやろう」

「あの子、うちを出る前にあんたにえらい怒ってるみたいやったけど……あれはいったい」

思わず受話器をフックに置いてしまいたい衝動に駆られた。

「僕は関係ない。あいつが勝手に市華さんを……」

そこまで言って言葉を飲み込んだ。

「やっぱり、市華さんが関係してるんか？　市華さんとの恋愛に苦しんで、あの子、日本を去ってしもたん？　それとあんたに腹を立てたんとなんか関係あるんか？　それに、それに……万里枝ちゃんの自殺は……」

受話器をフックにたたきつけた。

心臓から爆音が聞こえてくる。グラスに白ワインをなみなみと注ぐと一気に飲み干した。

第6章

一

香里《かおり》は、翌日、ホテルのフロントから手紙が届いていると連絡を受けたので、すぐにエレベーターで一階に下りた。

フロントマンに水色の封筒を渡される。差出人が母親の名前になっているが、これは青《あお》井《い》からの手紙だ。

香里は急いで部屋にもどると、ベッドに座って、封を開けた。

前略

昨日、久しぶりに君の声を聞いて、無性に会いたくなったよ。だが、そう贅沢《ぜいたく》は言ってられないから、声だけでも聞けてよかったと思っている。

君にすべてを話さなかったこと、そして、突然、姿を消してしまったこと、この二つをまず君に謝りたい。心配ばかりかけて本当にすまない。

実は、木村《きむら》と名乗る男から脅迫《きょうはく》を受けたとき、お金を渡してから、彼の居所を私立探偵に調べさせた。なぜかというと、あの作者に話したいことがあったからだ。

調べた結果（君も知っていると思うが）その男は木村晴彦《はるひこ》ではなく田口光一《たぐちこういち》だということが分かった。示談《じだん》でうまく済んだと思っていたのに、別人であると知った私は、お金のことはともかく、二重に脅迫されるのはゴメンなので本物の木村晴彦に会う必要があると考えた。そこで、もめることは覚悟の上で、田口の住んでいるマンションへ行ってみた。

部屋の明かりがついていたし、テレビかラジオの音が漏れ聞こえてくるのに、チャイムを鳴らしても出ない。居留守を使われているのかと思い、ふと、ドアのノブに手をかけてみると、開いていたので中に入ってみた。

部屋の中に入って、すぐに目にしたのが、田口の仰向《あおむ》けに倒れている姿だった。彼の体に触れてみたが、微動《びどう》だにしない上に、両目が見開かれた状態だった。部屋のテレビがつけっぱなしだったので、外に漏れ聞こえていた音の主がテレビだということが分かった。

私が到着した時、彼はすでに殺されていたのだ。なぜ、彼が殺されたのか分からないが、私はしばらく彼の部屋を見回して、机の上に海外の新聞の切り抜きらしきものがあるのに気づいた。そこに写っている男の顔に見覚えがあるような気がしたので、近づいていって記事に視線を留めた。それはピアノを弾いている男の顔だった。よく見てみると、田口が私に見せてくれた「カメリア」の集合写真の中にいた人物だ。記事の内容は分からないが、Haruhiko Kimuraと書かれているところに赤線がひいてあった。おそらく田口が引いたものなのだろう。これが木村晴彦なのか、と私はしばらく、その写真に見入った。そして、あの作品の本当の作者であることに至極《しごく》納得した。木村晴彦の顔は、作中の美形の僧侶に容姿がよく似ていて、私が映像的に描いていたイメージとぴったり当てはまるのだ。

私はその新聞をカバンに入れると、田口の部屋を出た。

家に帰って、新聞の内容を確かめた。新聞はどうやらフランス語らしいのだが、辞書で引いて単語だけ拾ってみると、南フランスにある、Rive Neuveリヴ・ヌーヴ、という楽団のピアニストが日本の音楽をアレンジして作った曲をパリ十九区にあるシテ・ドゥ・ラ・ミュージックというコンサートホールで演奏して、専門家に評価されたというニュースらしいのだ。新聞は芸術、音楽関係の専門紙のようなものだ。田口自身、私を脅迫する以上、木村晴彦の居所を把握《はあく》しておく必要があったから調べたのだろう。

それから、私は自分の取った行動がいかに迂闊《うかつ》だったかに気づいた。

よく考えてみると、田口が私を脅した証拠があの部屋には残っているはずだ。田口の死体が発見されれば、たちまち私が犯人であることを警察は疑うだろう。私は、自分の軽率な行動を後悔した。木村晴彦に会おうにも、彼は海外にいるのだ。今から私がフランスに行こうとしてもすでに警察にマークされているから、空港で逮捕される恐れがある。

私は、自分の身の潔白《けっぱく》を遺書に書いて、自殺しようといったんは決心した。だが、自殺を思いとどまったのは、君にもう一度会って話したいと思ったからだ。そして、木村にもやはり会って、あの原稿のことについて話し合いたいことがあったのだ。

私は、もうこれ以上、誰の名誉も傷つけることなく、穏便《おんびん》にすませたい。そのためにも彼と示談を成立させたいのだ。

今、警察に捕まって拘束《こうそく》されれば、生きて出てこられるとは限らない。だから、遺書をゴミ箱に捨てて、姿を消した。

君に頼みというのは、このリヴ・ヌーヴという楽団がどこにあるのか、この木村晴彦とどうやったら連絡がつくのかを調べてもらいたいのだ。

私が下手に動くと、警察に突き止められる可能性があるので、君にお願いしたい。それに確か、君は大学の第二外国語でフランス語をとっていたことがあると言っていたから僕より簡単に彼を探し出せるはずだ。

心配ばかりかけて本当にすまない。生きているうちに君にもう一度だけ会えることを願っている。その前に木村晴彦の連絡先を突き止めて、彼の作品を私の小説の中に使ったことを承諾《しょうだく》してもらいたいのだ。そのために話がしたいと、君から伝えて欲しい。

十日後にまた連絡する。

青井のぼる

香里は、生きているうちに君にもう一度だけ、という最後のところで涙が止まらなくなった。何度も何度も手紙を読み返した。

青井が香里との接触を避けているのは、自分も警察にマークされているからだ。そう思って、改めて考えると、自分は誰かに尾行《びこう》されているかもしれないと思えてきた。この手紙を受け取ったことも警察に知れているのではないか。

ホテルのフロントにすでに問い合わせがいっている可能性だってある。

香里は、あと二日ほどこのホテルに滞在する予定だったが、荷物をまとめて、フロントへ行き、料金を払ってチェックアウトした。

携帯電話の電源を切り、最寄のネットカフェで他のホテルを検索し、いくつか場所をメモってから、烏丸《からすま》通をしばらく歩いていくと、目の前の停留所で乗客を降ろしている最中の市バスと出くわしたので、急ぎ足で歩いていき、それに飛び乗った。香里が乗るとすぐ後ろで扉が閉まりバスが出発した。

三つ目のバス停で、またいきなり降りて、タクシーに乗り、ネットで調べたホテルの名前を告げた。

仮に警察に尾行されていたとしても、悪いことをしているわけではないのだから、彼らをまく必要はないのだが、青井の頼み事を警察に知られずにやりたい、そんな気分だった。彼の身の潔白もなんとか自分が証明したい。真犯人さえ捕まれば、彼は堂々と自分の前に現われることができるのだ。

それにしても不思議だ。青井の手紙には真犯人が誰なのか、という疑問が何一つ書かれていない。彼に原稿を渡した女性のことも明かされていない。彼は犯人が誰なのかを知っているのではないか。その原稿を渡した女が犯人だとしたらどうだろう。そして、その女性を庇《かば》っているのだとしたら。木村と示談を成立させて穏便にすませたいというのはそういう意味なのではないか。これ以上、あの盗作事件について傷口を広げたくないから。

ホテルは、今朝まで香里が泊まっていた烏丸御池《おいけ》のすぐ近くだった。結局バスに乗って、同じ所にもどってきたことになる。まず本屋へ行って、仏語辞典を購入した。

青井が書いていた通り、香里は大学の第二外国語でフランス語を学んだ経験があるのだ。フランス語の文法の基礎知識はあるので、辞書でひけばなんとか記事の内容は理解できるだろう。

ホテルの部屋へ行くと、早速、新聞の記事を読んでみた。

晴彦のピアノに関する箇所では、まっすぐで妥協《だきょう》がなく希《まれ》な力強さと繊細《せんさい》さを併せ持っている。そして日本文化と欧米文化の奇跡的な融合の美しさ、といった言葉で褒《ほ》められていた。

演奏した場所は、シテ・ドゥ・ラ・ミュージック、ジャン・ジョレス通り二二一番地、パリとなっている。

新聞の日付を見る。

今年の九月二十日、となっていた。田口が殺されたと刑事から聞いたのが、確か、九月の終わり頃なので、それより十日くらい前の記事ということになる。つまりこれはつい最近の記事なのだ。

望川貴枝子《のぞみかわきえこ》が、絵はがきでみせてくれた、あのポウで取材を受けた時のとは、別の記事ということになる。この新聞の知名度はよく分からないが、木村はパリのコンサートホールで演奏して、向こうの専門家に評価されるほど、ピアノの才能があるのだ。

彼の演奏は繊細で一途なものだと評されている。果たしてユリやちひろが言うような、ただ軽薄なだけの人間なのだろうか。

香里は午前中をかけてずっと、新聞記事の単語を何回も拾い読みした。木村晴彦の顔もじっくり観察した。年齢的には三十過ぎくらいだろうか。ただ端整なだけではない。十年の時を経て、表情に青臭さがなくなり、神秘的な翳《かげ》りのようなものが見うけられた。魅惑する、というより、むしろこちらの心に浸透《しんとう》してきそうな、入り込まれてしまいそうな、親しみのある顔だ。

親しみ？　それはちょっと違うか。写真の木村晴彦のピアノを弾く表情は真剣そのものだ。なぜ、親しみ、などという言葉が浮かんできたのだろう。

それから、香里は、彼に親しみを感じるのは、顔からではなく、あの絵はがきの文面を前もって見せられていたからだと気づいた。

二

夕方から貴枝子にあらかじめ予約してもらっておいた、先斗町《ぽんとちょう》のサロン「月丘」へ市華《いちはな》に会いに行くことになっていた。

香里は、六時過ぎにホテルを出て、河原町通へ向かって歩いていった。地図で確かめたところ先斗町は、三条通より一筋南から四条通までの鴨川と木屋町《きやまち》通の間を南北に走る通りだった。この通りの東側の店は鴨川に面しているため、夏場などは、川床《ゆか》を売りにした飲食店が並んでいる。

大国町《おおくにちょう》から東へ歩いていき、先斗町へ足を踏み入れると、そこは花街特有の石畳の細い路地だった。入ってすぐに先斗町歌舞練《かぶれんじょう》場が見えた。これは、北の端にあり、鴨川に大きな姿を映しているのを川の向こう岸から見たことがある。歌舞練場を過ぎたあたりから、ところどころに普通の民家を思わせる小さな表札だけの家があるのだが、こんなふうに間近で見るのは初めてだった。

それがお茶屋さんであることは表札や門構えの雰囲気から、関東人の香里でも分かった。いかにも一見《いちげん》さんお断りという感じだ。つつましい雰囲気ながらも、京都らしい伝統を一身に背負った独特の重みとプライドを感じさせる。

「月丘」は先斗町のちょうど真ん中あたりにあった。格子戸をがらがらと開けて、中に入ると、五、六人が腰掛けられるカウンターと四人がけのゆったりしたソファが二つあった。

四人がけのソファには、すでに三人の男性客が座っていたが、カウンターにはまだ誰もいなかった。平日の早い時間だからだろう。

「おいでやす」

あでやかな着物姿の芸妓がでむかえてくれた。香里がカウンター席に座ると、年配の紫色の着物を着た女性、おそらくこの店のママからおしぼりを渡された。差し出された名刺には、市絹《いちきぬ》という名前が入っていて、このサロンと「やまい」というお茶屋の名前が裏表に印刷されている。

水割りを注文してから、市華のことを訊《たず》ねた。

市絹が声をかけると、ソファでお客の相手をしていた一人の芸妓がしばらくしてから、香里の目の前に現われた。

白地に銀色の柄が肩のあたりにだけすっと入った粋《いき》な着物に、ススキの刺繍《ししゅう》の帯をしめている。

「おいでやす。望川さんのお母さんにはお世話になってます」

市華は、優雅な手つきで、グラスに氷を入れて水割りを作り始めた。

水割りを渡されると、一口飲んでから、香里はカバンに入れてきた木村晴彦の写っている新聞を出して、市華に見せた。

彼女はしばらく新聞を手にとって、じっと見つめていた。新聞をにぎりしめる手に力がこもっている。あんまり長いこと新聞をにぎりしめているので、香里はしばらく彼女の顔を観察した。年齢は五十過ぎくらいだろうか。しかし、それよりはずっと若く見えるし、一つ一つの動作が美しく、凛《りん》とした強さが、年齢を凌駕《りょうが》するだけの魅力と迫力を備えている。

「なんと書いてあるんどすか？　うち、横文字はさっぱりどすのや」

「木村晴彦さんをご存じですね。彼の記事です。フランスの新聞にとりあげられたので
す」

「へえ、知ってます。どないしてはるのかと思たら、向こうでこないに成功してはるやな
んて……。私のとこへはうんともすんとも言うてきてくれはらしまへん」

「彼とは悲恋だったと、望川さんからきいていますが？」

香里は静かな声でそう言ってみた。すると、市華は、しばらく香里のことを見つめてい
たが、目にうっすらと涙がにじみ出てきたので、おもわずこちらが視線をそらした。

「駆け落ちしようか、思たくらいどす」

「そんなに好きだったのですか」

「お互いに、抜き差しならへんとこまでいきました。そやけど、あの時……」

「あの時？」

「いえ、なんでもあらしまへん。彼の方が私にそれを思いとどまらせはったんどす。芸を

捨ててまで、自分についてきてほしいない、言いはったんです。そんなんしたら、後から後悔する。花街を捨てたら絶対にあかん、いうて。それに私ら二十歳も年が離れてますやん。そやから、私の方でもそんな勇気あらしまへんどした」

「つまり、木村さんの方が別れを決心されたのですか」

「突然、京都から去ってしまいはりました。それが答えどす。あの人にしてみたら、私が、芸妓をやめるのは、自分がピアノを捨てるのと同じことやって。そんなんしたら俺は死んだも同然だから、おまえも芸を捨てて生きていくことなんか絶対にできない、いいはったんです」

「お互いに苦しい別れだったのですね」

「身い切る思いどした。もう、あんな恋は二度としとうない、思いました。おかげで、あれから十年、芸一筋どす」

それから新聞にもう一度目を落とすと、口元をほころばせた。

「あの人も、ピアノ一筋どしたんやなあ。フランスで、こんなんに載せてもろて評価されるやなんて、すごいことどすのやろう?」

「ええ、多分。これがどういう影響力のある新聞かは分かりませんが」

「いつのんどす?」

「今年の九月二十日です」

「ついこの間どすやん。ちっとも変わってはらへん。相変わらずの男前はんどすなあ」

そこへ、オーナーの市絹が口をはさんできた。

「それ、誰どすのん。なんや横文字ですやんか」

「お母さんの知らん人どす。内緒でつきおうてましたから」

市華は、少女みたいに顔をほころばせて市絹に新聞を見せた。

「そんなん初めてきいたわ。どれどれ」

そういうと市絹は新聞をとりあげて写真の顔に見入った。

「若い男はんどすやん」

「男前ですやろう？」

市華が言うと、市絹が顔をしかめた。

「なんぼ、顔がようたって、こないに若いピアノ弾きなんかあきまへん」

「フランスで評価されてますのや」

「あほらし。それがなんぼのもんどすのや」

市絹がぷいとそっぽを向いた時、六十くらいの男性客が入ってきた。

「まあ、先生！」

市絹は、とっとと、その先生と呼ばれる男の方へ行ってしまった。話の端々から、どこかの大学病院の教授かなにかだということが察せられた。

花街で相手にされるのは、信用のおける金持ちだという。いくらお金を持っていても、成金ではいけない。そこそこ教養と社会的地位のある年配のこういう客が一番いいのだ。金のない若い男など、もってのほかなのだ。

「江口《えぐち》先生が先日、きてはりましたんえ」

市絹の話に客は興味深く耳を傾けている。こういうところはそれ相応な人物同士が出会う情報交換の場にもなっているのだろう。

香里は、市華に、「カメリア」を差し出した。

「これはご存じですか？」

市華は、雑誌を手に取り、首を横に振った。香里は、木村晴彦の名前を示してから、彼の作品のページを広げて、彼女に見せた。

「これ、晴彦さんが書かはったんどすか？」

「ええ、そうなんです。十年くらい前、まだ京都にいた時に書かれたみたいです。それについて何か聞かれていないかと思いまして」

「こんなもん書いてはるやなんて、ちいとも知りまへんどした」

何行か読んで、市華は顔をあげた。

「あの人、こんな文章力おましたんかあ？」

その表情から彼女がこの雑誌のことを本当に知らないのだと、香里は判断した。つまり警察は彼女のところへまで、聞き込みに来ていないのだ。望川貴枝子が市華の名前を警察に言わなかったからだろう。つまりユリもちひろも木村に恋人がいたことは知っていても、それが市華だとは知らないということだ。谷田先生にしてもそうだ。知っていたら、彼女の名前が警察に上がっているから、聞き込みに来ているはずだ。

「それにでてくる沙羅《さら》の妖精なんですけれど、ほら、この描写、ちょっと読んでみてください」

香里は、沙羅の妖精の容姿を描写した部分を市華に人差し指で差し示した。読んでいるうちに、彼女の表情がみるみる強《こわ》ばっていった。

「その女性のことご存じですか？」

「女性って、この人、実在してはるんですか。もしかして……あの時の……」

声が震えている。

「あの時とは？」

市華はそれには答えなかった。

どうやら、市華にとって、あの時、というのは記憶に残っているが思い出したくない出来事のようだ。それにはきっと万里枝《まりえ》も関与しているのだ。

「万里枝・プティという人の名前は？」

「知りまへん」

きっぱりとした返事が返ってきた。

「これ、読ましてもろてよろしおすか？」

「どうぞ」

市華が木村の短篇を読んでいる間、さきほど店に入ったときに出迎えてくれた若い芸妓が話し相手になってくれた。渡された花名刺には市百合《いちゆり》と書いてあった。

「ここは開店してどれくらいですか？」

「まだ新しいんどす。二年くらいどすか。前は二階のお茶屋さんだけどしたんやけど、おかあはんがこの建物全部買い取りはったんどす」

「すごいやり手ママさんですね」

「そら、先斗町一どす。こわおすけど……」

市百合は、ちらっと市絹の方を見た。

「こわいんですか」

「そらこわおすえ。うちらおかげで鍛えられてますよってに、ええ勉強させてもらってます。市華姐《ねえ》さんなんか、それはそれは我慢強う仕えてはります」

「休日はどうされてるんですか？」

「滅多にとらしまへんけど、たまーに、休みの時、これ内緒の話どすけど」

市百合は香里の耳元でささやいた。

「コンビニへ行くんどす」

「コンビニ？」

香里は意表をつかれて聞きかえした。

「普段、こんな格好してますやろう。そやからコンビニみたいなところへは行けしまへんのどす。休日に普通の格好してる時に行くんどす。わあ、これがコンビニどすかあ、いうて売ってるもん一人でものめずらしそうに見てますのや。そしたら、お店の人に変な目でみられるんどす」

そういいながら、市百合は、目を輝かせた。

香里は花街の芸妓にそこまで自由がないことに驚いた。確かに、コンビニに頻繁《ひんぱん》に芸妓が出入りしたのでは、風情《ふぜい》もなにもないだろう。せっかく築き上げた伝統がだいなしだ。

伝統の重みが損なわれれば、花街に生きる女が持っている独特のオーラを失ってしまうことになる。

特別である、というのはなんと不自由なことだろう。

市華が、短篇を読み終わって、香里に「カメリア」を返した。

「どうですか?」

果たして、どんな感想が返ってくるだろうか。

「どう、いわれましても、なんともよう分からしまへん。晴彦さんにこんなもん書く才能がありおしたやなんて、夢にも思うてしまへんどした」

「一途に女性を愛する話ですね」

「これいわゆるファンタジーどっしゃろう? ほんまもんの恋愛と違います、こんな夢物語。あの人が何を考えてこんなもん書いたのか、分からしまへんけど」

市華の感想はそれだけだった。

「青井のぼるというミステリ作家をご存じですか?」

「聞いたことあるような気もしますけど……。読んだことはあらしまへん。うち、ミステリいうのん苦手どす。人が殺されたりしますやろう。読んでたら背筋がぞぞっとしてきますのや」

当然のことだが、市華は、盗作についても何も知らないようだ。彼女は、他の客の方へ行ってしまった。

　これ以上、この小説について何かを聞き出すのは難しそうだ。彼には他に好きな女がいた、とは意地でも認めたくないだろう。あの時のことも今急いで問うても話してくれそうにはない。晴彦にとって、市華と万里枝、どっちが本物の恋だったのだろうか。人間の心など本当に分からないものだと改めて思った。

　そろそろ引き上げる頃になって、市華が話しかけてきた。

「その記事のコピー、いただけまへんやろか」

「もう少し、詳しいお話が聞きたいところです。あの時、のこととか」

　市華は露骨に顔を曇らせた。香里は、新聞の記事をカバンにしまってから言った。

「コピーは、いずれまたお送りします」

　香里は手帳を出すと、自分の住所と電話番号をメモして市華に渡した。

　店を出ると、市華が先斗町の路地まで見送ってくれた。

「おおきに。ほんなら、また気い向いたら、お手紙差し上げます」

　彼女は、香里の背中に向かってそう言った。

　河原町通にあるネットカフェへ入った。

　そこでフランスのヤフーにアクセスすると、シテ・ドゥ・ラ・ミュージックというコンサートホールについて検索してみた。電話番号をメモ帳にひかえる。それから、リヴ・ヌーヴという楽団を調べるのに Rive Neuve Concert de Piano で検索してみた。リヴ・ヌーヴというのは、マルセイユの旧港にある海岸沿いの道の名前だということが分かった。いろいろなサイトをひらいているうちに、リヴ・ヌーヴという楽団が次回コンサートをやる場所に行き当たった。日時は、十一月十三日午後六時、ホール名はカピトール劇場、場所はトゥールーズのカピトール広場だった。電話番号もあったので、とりあえず全部メモした。

Théâtre Capitole
Place du Capitole, Capitole, Toulouse 31000
05 61 63 ×××

この番号に電話したら、果たして、リヴ・ヌーヴの連絡先を教えてくれるだろうか。香里自身、そこまでフランス語で応対する自信はない。リヴ・ヌーヴの木村晴彦宛にこの劇場へ手紙を送ってみてはどうか。

それだけでは確かではないので、通訳をやっている会社を探して、電話してもらうことを考えた。

明日には、とにかく東京へ帰ることにした。十日後に青井から電話がある。それまでに、木村晴彦と連絡を取りたい。

三

十日後、一日中携帯電話とにらめっこしていたが、青井から連絡はなかった。

今日までに、香里はかなりのことを調べていた。まず、シテ・ドゥ・ラ・ミュージックというコンサートホールとカピトール劇場に日本でのコンサートを企画しているので、リヴ・ヌーヴの連絡先を教えて欲しいとメールしてみた。すると、カピトール劇場の方から、リヴ・ヌーヴのメールアドレスを教えくれるメールが届いた。世界はなんと近いのか。

香里は、木村晴彦と話がしたいので、彼の電話番号を教えて欲しいとメールで頼んだが、それは教えてもらえず、リヴ・ヌーヴのマルセイユにあるオフィスの住所と電話番号を教えてもらった。

香里は、そのオフィスに、木村晴彦に宛てて、日本語で長い手紙を書いた。

青井のぼるという日本のベストセラー作家が、ある女性から自分の作品だと偽《いつわ》って短篇を譲ってもらった。それが実は、木村が「カメリア」に掲載した「沙羅を愛した僧侶」であること、そうとは知らずに新刊の中にその作品を入れてしまったこと、田口光一が木村になりすまして青井を脅迫したこと、田口が何者かに殺されたこと、そして、青井が木村の作品を使ってしまったことの示談を求めていること等を正直に綴《つづ》った。最後に、青井が重病であることも説明し、どうか、返事が欲しいと頼んだ。

今、香里は木村からの返事待ちだった。

青井から電話がかかってきたら、今まで自分が調べたすべてのことを青井に伝えるつもりだった。それだけではない。もう一つ、心にひっかかることを青井に問いつめたかった。

この十日間香里は、ずっと考え続けてきた。彼に原稿を渡したのはいったい誰なのかを。彼はその女性のことを自分の胸の中にしまっておこうとしている。もう誰の名誉も傷つけたくない、というのはそういう意味なのだ。だが、それが分かれば真犯人が分かり、青井と香里は誰に気兼ねすることもなく会えるのではないか。

その女性を守ることで現在も彼に容疑がかかったままなのだ。彼はいったい、どっちを取ろうとしているのだ。真相を隠し通すことで自分と会えないでいることなのか、それともその女性のことを明らかにして真犯人を突き止め、自分と一緒に最後の日々を生きることをなのか。もし、彼が本当に香里を愛しているのなら、後者を選ぶべきではないのか。

夜の十一時過ぎになっても、青井から電話はかかってこなかった。香里はすっかり落胆し、一階の郵便受けを見に行った。

暗証番号をダイヤルして、蓋をあけてみると、中に和紙でできた封筒が入っていた。

差出人を確かめると、先斗町の市華からだった。

香里は急いで部屋にもどると、ソファに腰掛けて、封を開けた。

拝啓　秋気いよいよ深まってまいりましたが、いかがお過ごしでしょうか。

先日は、思いがけず晴彦さんの記事を拝見して年甲斐《としがい》もなく動揺してしまいました。

中水《なかみず》さん、あの人のことよう知らせに訪ねてくれはりました。中水さんとお別れしてから、ずっと彼との思い出に浸《ひた》っておりました。ええ年してお恥ずかしい話ですけど、あの人のことを思い出すと、今でも、まるで少女みたいに胸がきゅっと締め付けられてしまうんどす。

あの人と最後に過ごした日のことはいまだに私の記憶にくっきりと残っています。忘れよう思ても忘れられへんのどす。

あの時のこと、あれが直接の別れの原因になったとは思わしませんけど、なんとも不可解で、どう解釈したらいいのか分からしまへん。いっさい振り返らんとこうと決めてまいりましたが、先日、中水さんに会うてから、なんとのう、知らんままでいるのも寂しい気がしてきました。中水さん、どうかこの謎を解いてください。

私と晴彦さんが知り合《お》うたのは、旦那さんにつれられて行った祇園《ぎおん》のバーです。

私はあの人のピアノを初めて聞いて一目惚れしてしまいました。

私は彼の才能に涙してしまったんどす。あんなに美しい音色がこんなところで奏でられているのがもったいのうて、あの人の才能に半分感動、それが認められないことに半分哀れみの涙どした。

それから、時々、あの人のピアノを聞きに行くようになりました。向こうでも私に気づいてはったようで、ある日、涙を流している私に話しかけてきはったんどす。そこで私が自分の本心を打ち明けました。あなたのような腕のある人がこんなところでピアノ弾いてるのがもったいない、いうたんです。あの人は心底嬉しそうな顔をしてはりました。

あの人は、こんなところでもええ、私のために弾くから、言うてくれはったんどす。

それからというもの、旦那さんを連れてそこのバーへ頻繁に行くようになりました。そんな時、彼が私のためだけにピアノを弾いてくれているのが伝わってくるもんですから、行くたんびに、全身に電流が走ったみたいな刺激を受けたんどす。

自分も芸をきわめる人間として、彼に私の芸を披露しとうなって、あの人に「鴨川をどり」のチケットを差し上げました。あなたのためだけに演じます、言うときました。「雪女御扇面姿絵《ゆきにょうごおうぎのすがたえ》」で茜《あかね》の役を演じた私の姿を見て、やはりあの人も私が彼一人のために演じていることを感じ取らはりました。私の芸に対する志《こころざし》の高さに感動した、いうて涙流してくれはりました。

それから、私たちはデートを重ねるようになりました。デートいうても、あの人はお金のない人。私は金持ちの旦那さんにやったらいくらでも高級料理を奢《おご》ってもらいますし、高価な着物や帯も平気で買うてもらいます。そやけど、ない人に高いもん奢らすことなんてできません。そやからいうて、若い男にお金のある私が奢ってやるのもいやでした。あの人は、そういうことに慣れているみたいでしたが、それは私は許しませんでした。自分の若さと容姿にあぐらをかいた姿勢をただしなさい、と教えてあげました。なんでかというたら、そういうおごり高ぶりと女に寄生する卑屈な精神が、なんとのうあの人の美貌に陰りを与えているように感じられたからです。それは必ずあの人のピアノの演奏に返ってくるものや、いうてあげたんどす。

結局、私たちは、彼の生活レベルに合わせたデートをするようになりました。私がおにぎりを握って行って、京都の町を散歩してから、公園で二人で食べることもあったし、おうどんとかおそばをあの人に奢ってもらうこともありました。

夜は私のマンションで、彼の買ってきてくれはったビールで、ちょっとしたつまみを食べてから、後はベッドの中で、欲望のままに愛し合いました。セックスだけやったら、年配の旦那さんのほうがなんぼもがんばらはりますから。

私たちはやっぱり精神的に愛し合うてたんやと思います。あの人は私から何かを吸収していたんです。私は、彼のピアニストとしての才能に自分が何かを与えてあげられることに満足していました。私は私であの人から自分の知らん神秘的なもんを得ることができました。それは私の芸の肥やしになりましたし、女としての私に磨きをかけてくれました。自分を愛することの手助けを好きな人を介してするのんがほんまもんの愛やと私は思うてます。

あの人は私を愛することでますます自分が好きになったし、私もあの人を愛することで、自分いうもんがたまらなく好きになっていったんどす。

こういうのを精神的に愛し合ういうのんと違いますか？　利己的やという人もいやはるかもしれませんが、私は一方的に尽くす愛、いうのんは信じていません。

そんなぐあいで、デートを重ねるごとに私たちの愛は深まっていきました。しかし、愛が深まるいうのがまた怖いことや、いうのんを身をもって体験しました。

お互いが刺激しおうているうちに、それが麻薬みたいになってしもて、歯止めがかからんようになってしもたんです。特に若いあの人は、私を自分だけのものにしたい思わはるようになりました。私にしても、寝ても覚めてもあの人のことばっかし考えるようになって、旦那さんのことをないがしろにしてしまうわ、芸に精を出せへんようになるわで、浮き足だった状態になってしまいました。あの人にしてもそうやったと思います。このまま続けていったら破滅してしまう、そんな悪い予感かてしてました。

ある日、あの人は、私のマンションに来るのが我慢ならへん、いいださはったんです。私のところには、高価な家具やら絵やら置いてあって、それは全部旦那さんに買うてもろたもんです。そんなところで、愛し合うことなんかできひんっていいはるんです。そういうことにあまり関心のない人やと思うてましたさかいに、あの人の普通の男はんみたいな嫉妬が私にはたまらのう愛《いと》おしく感じられました。

そやけど、ホテルに行くようなお金、あの人はもってはらへんし、先にもいいましたように私がホテル代を出すのはいやでした。

しばらく二人でお散歩するだけのデートが続きました。でも、お互いに体の中から湧いてくる欲望がどうにも抑えられしまへん。特に寒い季節に入ってきたら、二人とも厚着になりますよってに、互いが肌と肌をふれあう場所がだんだん減ってきて、手え握ってるだけではしんぼうできひんようになってきたんです。

クリスマスも間近になったある日のことです。あの人は、うまいこと二人で一夜をすごせる場所が見つかったいいはるんです。それで、中京区《なかぎょう》にあるマンションへ連れて行ってもらいました。そこは、なんでも外国人さんが住んでるマンションで、今、故郷の国に帰ってはるから、留守中にそこの植物の面倒を見る代わりに自由に使ってもいい、いう話になっているんやそうです。あの人はそこの部屋の合い鍵を持ってはって、一晩二人で過ごすことになりました。入ってみると、2LDKのそこそこ立派なマンションでした。間接照明になっていて、大理石のカウンターがあるし、ソファも家具もイタリア製のおしゃれなもんが揃っていて、恋人同士が過ごすのに最適な部屋でした。独身のフランス人が住んでいるいう話でしたが、ベッドもダブルの広いのんがありましたから、多分その人は、金持ちの愛人かなんかやとピーンときました。

異国の人の部屋の飾り方いうのがもの珍しくて、それだけでも刺激的でしたから、ええ場所見つけてくれたわあ、いうてはしゃいだ気分になりました。

久しぶりにあの人と体を合わせせられて、お互い熱にうかされたみたいに愛撫しあい、二人の世界にのめり込んでいきました。

翌朝になって、シャワー浴びて、着物を着始めたら、あの人が着させてくれはらしまへんのどす。また、裸になってあられもない格好で二人で戯《たわむ》れてましたら、突然、寝室のドアがひらいたんです。

私ら二人でアホみたいにひらいたドアの方を見ました。そこには、若い女の人が立ってはりました。私らのこと呆然《ぼうぜん》と見つめてはったかと思うと、顔真っ青になって唇が震えてるんです。

私はあわてて前をかくして、肌襦袢《はだじゅばん》を着込みました。晴彦さんは、それほどあわてたようすもなく問いかけるような顔でその女性のことを見つめてはるんです。その様子から、多分、晴彦さんはその女の人のことを知ってはるんやろうな、と思いました。

「植物の……世話を……」

彼女はか細い声でそういいました。肌着を着込んでから、まじまじとその女性の顔を見ると、どうやら日本人には見えませんでした。彫りの深い顔、赤い髪、目の色も薄いんです。この部屋の持ち主かと咄嗟《とっさ》に私は思いましたが、持ち主は自分の国に一時的に帰ってはるいう話でしたから日本にいはるはずないし、と私は内心首をひねっておりました。

「タカはどうしたんだ？」

あの人はいいました。

「タカ……タカは今日は来られへんから私に頼むって……でもなんでそんなことを……」

そう言ってから、その女の子の顔はますます青ざめていきました。

「あいつが仕組みやがった！」

あの人は吐き捨てるようにそういいました。

その女の人は突っ立ったまましばらく考え込んでいるようでした。なんのことか分からしまへんから、私はぽかんと口を開けたまま二人の顔を交互に見てました。植物の世話をしにきたということは、その人は、ここのマンションの住人と違うことになります。

確か、あの人には貴《たか》いう弟がいると聞いたことはありますが、詳しいことは知りませんし、その弟が仕組んだことって、いくら考えても、なんのことか分からしまへん。

その女の人は完全に生気《せいき》を失っていて、今にも壊れそうな痛々しい顔をしてはりました。

あの人は、同情とも怒りともつかへん表情でその女の人のことを見据えてはったんです。

その女の人はそれきり何にも言わんと、肩を落としてふらふらとした足取りで、出て行きはりました。

その後のあの人の荒れよういうたら、もう大変なものでした。どうやら、貴いう弟に腹を立ててはったみたいでしたが、あの人からはなんの説明も聞けませんでした。

中水さんが先日見せてくれはった、あの人が書いた小説いうのんを読んで、ますます謎が深まりました。あの人があの女の人にそないな思い入れがあるようには到底《とうてい》おもえへんのです。誤解せんといてください。負け惜しみでこんなん書いてるんと違います。

あの女の人は確かに、あの部屋へ来て、私たちのあられもない姿を見て傷つかはりました。でも、誓っていいますが、あれは、恋人の浮気の現場を目撃して、ショックを受けた人の表情とはまるきり違いました。晴彦さんの方でも、ばつの悪いようすなんかまったくあらしまへんでした。あれには、なんか、もっと別の深い意味があったんやと思います。

それからしばらくしてからのことです。あの人から電話があって、京都を出ることにした、いいはるんです。

「彼女が死んだ」

突然のことやったので、私は、理由が知りたいいいました。

一言そういいはりました。それから重い沈黙がありました。

「彼女ってどなたはんどす？」

私は聞きました。恐らく、この間、私たちの寝室に来た女の人のことやと思いながら。

そうしたらそれには答えずにいいはりました。

「僕は、信じていたものに裏切られたんだ。もう京都にいる気がすっかり失《う》せてしまったよ」

ただ、それだけのことで私たちがなんで別れなあかんのどす、ちゃんと本当の理由を言うてください、いうて問いつめたんです。

そうしたら、このまま二人の関係を続けていても、お互いのためにならへん、いうのが答えでした。年甲斐もなくだだっこみたいに電話口で泣きました。そやけど、心の底では分かってたんです。私も、このまま続けてたら自分があかんようになることくらい。最後にもう一度だけ会って欲しいと頼みましたけど、よけい辛《つろ》うなるだけやからいうて、その電話が最後になりました。

死ぬほど辛い日が続きましたが、芸に精出すことでなんとか立ち直ることができたんです。中水さん、あの日の状況にはいったいどんな意味があったんどっしゃろか？　もしご存じやったら教えてください。

あの人の新聞のコピーを送ってくれはるって約束しましたね。その時にどうか答えをください。

敬具

市華

香里は何度も、手紙を読み返した。

万里枝は、木村晴彦と市華が愛し合う現場を目撃した。しかも、それを仕組んだのは、望川貴だった。それにショックを受けた万里枝は自殺した。いままでの経緯から誰でもそう推測できるだろう。

しかし、幼なじみに、晴彦の浮気をただ単に告げ口するのではなく、その現場に居合わせるように仕掛けるというのは、かなり悪趣味なやり方だ。

香里は望川貴という人物の中にどす黒い感情を見たような気がした。それは兄、晴彦に向けた悪意なのだろうか。それとも、万里枝に向けた悪意なのか。

晴彦が信じていたものとはいったい何だったのだろう。

四

一週間後、警察から知らせを受け、香里は新宿区にある大学病院へ駆けつけた。

都内のホテルに偽名で宿泊していた青井が、激しい頭痛を訴え、救急車で病院へ運ばれたのだ。

香里が病室に入ってみると、青井は人工呼吸器をつけた状態で眠っていた。

担当医師の説明によると、肺から脳に転移した癌《がん》が脳神経を圧迫して、激しい痛みが生《しょう》じているため、睡眠薬で眠らせているのだという。現在、脳圧を下げるリンデロンの点滴をしているが、これが切れると、もしかしたら手足に麻痺《まひ》がでる可能性があるという。

担当医の案内で別室に通され、そこでMRIで撮影した青井の脳に転移した癌の写真を見せられた。癌は小さいものがたくさんあり、レントゲン写真から思わず目を背《そむ》けたくなった。

医師によると、こうした小さい複数の転移には、ガンマナイフというガンマ線を使った放射線治療が有効だという。その治療についての細かい説明を医師から聞かされた。職業柄、香里はその治療のことはよく知っていた。体外から細かな領域に放射線をかけて、癌細胞を死滅させる方法なのだが、頭にメスを入れず、複数に散らばった癌をナイフで切るように精密な治療ができるのが大きな利点だった。

香里はどんな治療でもいいから、とにかく、少しでも彼が生きながらえ、自分と会話できるように最善を尽くして欲しいと医師に頼んだ。

病室にもどると、香里は、青井の傍《かたわ》らに腰掛け、手を握った。

こんな状態でも、会えて良かった。ちゃんと治療すればきっと治る。医師も絶望的な状態じゃないと言っているのだから。香里は、彼の手を口元に持っていくとキスして、しばらく自分の頬にあてていた。

病室に、井口《いぐち》と渋山《しぶやま》刑事が入ってきた。

「少しお時間いただけますか？」

香里は了解し、病室を出て、喫煙ルームのソファに刑事と一緒に腰掛けた。

「青井さんの意識は？」

「医師の話ですと、意識はもどりそうです」

「では、青井さんには、それから、お話はうかがうことにするとして……」

「捜査の方はどのように進展しているのですか？　犯人は？」

「とりあえず、青井さんのお話を聞く必要があります」

「しかし、彼は犯人ではありません」

「もちろん、我々もまだ犯人と断定したわけではありません。関係者をすべて洗っている最中です」

「彼は自分は無実だと言っていました。本人がそう言っているのですから、間違いないでしょう」

「彼はあなたと連絡を取っていたのですか？」

「はい、半月ほど前、京都に行っていたのです。その時、連絡を受けました」

香里は用心深く、話した。青井を犯人と思っている以上、この刑事たちも信用できない。

「どんな内容でしたか？」

「自分は無実だといったようなことです」

「だったらなぜ、姿をくらましたのですか？」

「警察に重要参考人として呼ばれて、犯人に仕立て上げられることを恐れていたのだと思います。状況証拠から見て、彼が犯人だと警察でも思っているようですから。そうですよね、刑事さん」

刑事たちはそれには返事をしなかった。

香里は、青井から来た手紙のことを刑事には伝えなかった。

「木村晴彦さんの居所は分かりましたか？」

ふと香里は聞いてみた。

「だいたい把握はできていますが、まだ連絡は取れていません。それよりもまず青井さんとお話ししたいのです」

どうやら、警察では、木村晴彦は事件の本筋と関係ないと思っているようだ。

香里は木村のことを自分で調べたこと、彼に手紙を書いたこと、そして、つい昨日彼から返事がきたことを、とりあえず警察には伏せておいた。

木村晴彦からの返事の内容は、香里にとって衝撃的なものだった。その内容を充分に検討し、これから自分一人でどう行動するかを考えることにしたのだ。

だが、それよりもなによりも、香里が一番に祈っているのは青井が元気になることだった。

午後から、編集者、友人の作家など大勢の見舞客が訪れた。眠っている青井を見て、早く元気になって欲しい、これからも活躍を期待している、といったような言葉を代わる代わる述べて帰っていった。

『ホワイトローズの奇跡』の試写会にはなんとか出席してもらいたい、という映画関係者らしい人物も訪れた。中には香里の知っている編集者もいたが、青井の仕事関係のつきあいのことを香里はほとんど知らされていなかったので、なんと挨拶《あいさつ》していいのか分からず、ただ、簡単に頭を下げるだけにとどめた。

渋山と井口刑事は、病室の外のソファで青井が目覚めるのをしばらく待っていたが、当分無理だと看護師に言われたので諦《あきら》めたらしい。話ができるようになったら教えて欲しいと医師に頼んでから、引き上げていった。

面会時間が終わり、二人だけになった時、香里は、カバンの中から、木村晴彦から届いた手紙をそっと出して読み返した。

「木村晴彦と連絡がついたわ。あの作品は示談にする必要ないんですって」

香里は眠っている青井の耳元でささやいた。

「あなたが庇っている人のこともおおよその見当はついたのよ。多分、その人が田口光一を殺した犯人だと思うの。わざわざあなたが罪をかぶる必要はないわ。そんなことより病気を治して、私と二人で過ごす時間を少しでも多く持ちましょう」

木村晴彦からの手紙は簡潔で短いものだった。しかし、それを読んで、香里は唖然《あぜん》としたのだ。

香里は、眠っている青井の前で、木村からの手紙をもう一度読み返した。

中水香里様

あなたの手紙を見て、正直驚きました。あの作品が著名な作家の作中に使われたとは。しかも田口が僕の名前を騙《かた》ってその作家を脅して殺されたというのですか。日本はまだまだ安全な国かと思ったら、物騒になったものですね。

示談なんて不要です。あれだったら、自由に使ってください。なんといっても、僕が書いたものではないですから、あれは。弟の貴が書いたんです。貴だって、きっとなにもいいませんよ。そのことは、二人だけの秘密ですから。しかし、それを見破っている人間が一人だけいましたね、「カメリア」のメンバーの中に。あまり思い出したくないので、誰かはあえていいませんが。

あの短篇がこんな形で世に出るとはなんとも皮肉な結末です。まだ何か知りたいことがあったら、僕の携帯に電話してください。

読んだ直後に、香里は何度か木村の携帯に電話したがつながらなかった。よく考えてみると時差があるため、香里がかけていたのは真夜中だったのだ。

あの短篇を書いたのが望川貴であるというのは驚きだった。そして、「カメリア」の中にそれを見抜いている人間がいたという。そのことが特に香里の関心をひいた。

それにしても、望川貴は、なぜ自分の作品を兄が書いたことにしたのだろう。

香里は市華の手紙の内容を回想した。

万里枝は、あるマンションの寝室で晴彦と市華を見つけたとき、恋人の浮気の現場を目撃して、当然ショックを受けたはずだ。

だが、それはそういった人間の表情とは違っていた。あれにはもっと別の深い意味があったのだというのが市華の解釈だった。晴彦の手紙を読むまで、それは市華の思い過ごしだと香里は思っていた。

だが、晴彦のこの手紙を読んでみると、あながち、市華の解釈が非現実的なものとはいえない。万里枝と貴と晴彦の関係はいったいなんだったのか。いままで調べて得た情報から作り上げた風景が根底《こんてい》から変わってしまったような気がした。

もし市華の女の勘が正しいとしたら、万里枝の表情からいったい何が読みとれるのか。

その深い意味とはいったいなんだったのか。

市華と晴彦が愛し合う姿を目撃し、傷ついた万里枝の心の中を覗いてみたら、香里など思いもよらない感情が渦巻《うずま》いているのかもしれない。あと一歩で、その謎に行き着けそうだ。

それと直接関係はないが、誰がいったい田口を殺したのかも解けそうな気がした。

それについては、木村のこの手紙を受け取って一晩考えた末、香里はある仮説に行き着いたのだった。

「カメリア」の中に、あの短篇を書いたのが木村晴彦でないことを知っていた人間がいたと木村はいう。おそらくその人物が青井に原稿を渡したのだ。そして、田口を殺したのもその人物に違いない。

――あなたが私に真相を打ち明けてくれなかったのは残念だけど、それを私に話したくなかった気持ちは分かるわ。そして、私はあなたのことを許してあげる。ただ、犯人には捕まってもらう必要があるわ。

香里は、青井の顔をのぞき込み、心の中でそうささやいた。

五

香里は、渋谷にあるホテル・ル・モンドの表玄関の自動ドアを通り抜けて、左手にあるラウンジバーへ入った。待ち合わせの人物の顔を探したが見あたらない。時計を確認する。予定の時間を五分過ぎていた。香里は入り口を見わたせるソファに腰掛けてから、トマトジュースを注文した。

あれから木村晴彦と電話で話すことができた。

最初はあまり気乗りのしない口調だったが、市華から来た手紙の内容を簡単に話すと、彼女と最後に過ごした日のことを打ち明けてくれた。

晴彦と市華が最後に過ごしたマンションは、シルヴィの部屋だった。彼女がマルセイユに行っている間、植物の世話をすることを貴が頼まれていたのだという。娘の万里枝が愛人との生活の匂いのする母親のマンションに行くのを嫌がったので、その役目は貴がまかされることになったのだ。ちょうど、市華と過ごす場所を探していた晴彦は貴からシルヴィの部屋の合い鍵を借りて、そこで市華と一夜を過ごすことになった。

その翌朝、万里枝がそのマンションに来た。そう仕向けたのは貴だった。自分は急用ができたので、どうしても植物の世話ができなくなったからと偽って、万里枝に行かせて、市華と晴彦がいるところを目撃させたのだ。

——どうして、望川貴さんは、そんなことを？

——さあね。そんなことは、あいつに聞いてください。

——彼は教えてくれないと思います。

——僕から話す気にもなりませんね。じゃあ。

晴彦は電話を切ろうとした。

——ちょっと待ってください、市華さんが、向こうの新聞に出ているあなたの写真を見て、感動して涙ぐんでおられました。彼女はあれからずっと芸一筋、いまでもあなたのことを好きだと言っておられました。

しばらく返事が返ってこなかったが、晴彦は低いため息を漏らしてから応じた。

——僕だって、今でも彼女が好きです。心の底にあるのはいつも彼女のことだけです。彼女があなたに宛てたその手紙、僕にもらえませんか。代わりに、万里枝が死ぬ前に僕に宛てて送った手紙をお送りします。その手紙を受け取った時、すでに彼女はこの世にいませんでした。

——それが市華さんと別れるきっかけになったのですか？

——直接の理由ではありません。ただ、その手紙によって、僕の中にあった幻想が壊れてしまったんです。そして、なにもかもが無性に虚《むな》しくなって、自分が生きている世界を全部消してしまいたい気分になったんです。

——それであなたは京都を去った。

——ええ。でも、市華だけは、僕の心から消えることはなかった。彼女は今でも、僕の中に生き続けていますよ。

香里は、ここへ来る前に市華の手紙を晴彦のマルセイユの住所に宛てて投函してきたばかりだった。

待ち合わせの人物がラウンジに入ってきて、香里の前に座った。香里は単刀直入に切り出した。

「『沙羅を愛した僧侶』は木村晴彦が書いたのではないのですね」

「どうしてそれを？」

「あなたは、そのことを知っていましたね？」

「何を根拠にそう思わはるんですか？」

高田《たかだ》ちひろは、香里の顔をまっすぐに見据えて言った。表面的には落ち着いてみえるが、強ばった表情から内心の動揺が伝わってくる。

「晴彦さんと電話で話しました。あなたは多分見破っていただろう、と彼は言っていました」

「なるほど、木村君と連絡がついたんですか。ええ、見破ってました。あれを読んだとき、こんなんあの人に書けるわけがないと思いました。谷田先生があんまり絶賛しはるんで、悔《くや》しくなって、カマをかけてみたんです。作品の細部に触れて、木村君が作者の心情を理解しているかどうかを」

「彼は理解していなかった」

「ええ、そうなんです。ちゃんと読んでいなかったみたいですよ。自分の作品やのに。おかしいでしょ？　木村君に、自分の作品やのに、内容よう理解してへんのやね、っていやみいうたんです。その時の彼の慌てぶりいうたら、ほんまにアホみたいでした」

そう言うと、ちひろはバカにしたように「ふふん」と鼻で笑った。

「誰が書いたのかご存じですか？」

「多分、望川君とちがいますか？」

「よく分かりましたね」

「木村君を連れてきたんは、彼ですし、なんか二人でつるんでいるような気がしました。

何をこそこそ企んでいたんかは知りませんけど。万里枝ちゃんがらみかな、くらいの想像はついていましたけれどもね」

「つまり、あなたは、あの作品が木村君の書いたものでないことは確信していた」

香里は繰り返し確認した。

「ええ、知っていました」

ちひろは素直に認めた。

「青井にあの原稿を渡したのもあなたですね」

ちひろの顔がさっと青ざめた。

「なんで、そうなるんですか？　彼があなたに何か言うたんですか？」

咄嗟に、ちひろはそう口を滑《すべ》らせてから、慌てて口をつぐんだ。

「いいえ、彼からは何も聞いていません。でも、あなたですよね、あれを渡したのは。彼とあなたは恋人同士だったことがある。その頃、あなたは、あの原稿をあたかも自分が書いたように吹聴《ふいちょう》して、彼に使って欲しいと頼んだ」

「そんなこと、彼はいうてないでしょう？」

ちひろの声は震えていた。

「あなた以外に考えられないんです、高田さん。あの『カメリア』のメンバーの中で、あれの作者が木村さんでないことを知っていたのはあなただけです。あれが仮に無断で使われたとしても、木村さんが訴えないことをあなたは知っていた。自分の作品でもないのに訴えるはずがないと。また、書いた本人の望川さんも、自分が書いたことを秘密にしているくらいですから、訴えることはしないと分かっていた。それで、あなたは、自分が書いたことにしたんです」

「それだけで、なんで私やといいはるんですか？　彼のファンだったという他の女性だったかもしれないやないですか」

「それだけではありません。青井が私に宛てた手紙にこう書いてありました。『私は、もうこれ以上、誰の名誉も傷つけることなく、穏便にすませたい』と。この名誉、というのは文芸評論家としてのあなたの名誉です。これが、たとえば無名のファンだったら、名前が表にでることもないでしょうから、その人の名誉など気にする必要はなかったのです。ですが、高田ちひろというそこそこ名の通った文芸評論家が、他人の作品をあたかも自分が書いたように偽って青井に渡したとなれば、業界ではちょっとした噂になるでしょう。狭い世界ですから。それは、青井自身の名もですが、同時にあなたの評論家としての信用も揺るがすことになる。彼があなたの名前を明かさなかったのはそういう理由からです」

ちひろはしばらく言葉も出ないようすで香里の方をじっと見ていたが、観念したように

私です」

白状した。

「中水さん、確かに、あなたのいうてはるとおりです。あの原稿を青井さんに渡したのは私です」

高田ちひろは、文芸評論家としてまだ駆け出しだった頃、パーティーで出会った青井に親切に声をかけてもらい、舞い上がり、恋に落ちたのだという。

元々純文学を志していたちひろは、エンタテインメント作品をほとんど評価したことはなかったが、青井のぼるの初期の頃の作品は評価していた。彼は元々純文学の賞でデビューし、その作品で芥川賞を取っている。ミステリ作家としては異例の経歴といえた。

ちひろが青井を意識するようになったのは、谷田諭吉《たにだゆきち》の影響もあった。青井が芥川賞の候補に上がった同時期に谷田先生も候補になり、賞を逃《のが》しているのだ。青井が有名になるたびに、谷田先生から、本当だったら自分の方が才能があったのに、あいつのせいで自分は日陰の人生だ、あいつは自分が邪魔なのだ、といった愚痴《ぐち》を聞かされるようになった。当時の谷田先生の候補作品を読んでみると、確かに、谷田先生と青井のぼるの作品では甲乙つけがたいものがあるとちひろの目にも映った。しかも、運の悪いことに、作風が似ているのだ。ちひろが推測するに、谷田先生は、それからも別名でいろいろな賞に応募していた可能性がある。いいところまで行ったことはあるが、すべて落選した。

谷田先生は、自分の芽が出ないのは、青井と作風が似ているからだ、という被害妄想《もうそう》に陥《おちい》っているふしがあった。

そんな経緯があったので、青井という人物に、会う前からちひろは興味があったのだ。

青井はまだ名もないちひろに紳士的で、親切だった。それから、ちひろもミステリの贈呈式にちょくちょく顔を出すようになり、たまに、青井の作品の紹介を新聞に掲載した。

谷田先生の愚痴は、あながち、被害妄想ともいえないことをちひろは知った。青井は、エンタメの賞の選考委員を数多くやっているので、どこかで、谷田先生の作品を酷評《こくひょう》している可能性があるのだ。実際、青井と親しく話すようになってから、彼の口からこんな台詞《せりふ》をきいたことがあった。

昔同人誌に発表したアイデアをそのままミステリ仕立てにして応募してきた芸のないヤツがいる。そいつはかつて芥川賞の候補にもなったヤツだが、昔から全然進歩してないから、名前を変えてもバレバレだ。そう言うと、青井は、その人物をバカにしたようにせせら笑ったのだ。それはもしかしたら谷田先生だったのかもしれないと、ちひろは内心思った。そして、その時、一見穏和《いっけんおんわ》そうに見える青井の辛辣《しんらつ》で冷淡な一面を知ることになった。

青井と親しくなったある日、「確か君、京都人だったよね。小説は書かないの？　京都のお寺なんかを舞台にしたらいいものが書けそうじゃないか」と彼から言われた。

その時、ちひろが漠然と感じたのは、彼は、創作者の話し相手が欲しいのではないか、ということだった。ちひろ自身、作家を目指していた時期もあるが、どうも自分には向いていないと早い段階で気づいた。そして、京都のお寺で思い出したのが、木村晴彦の作品だった。当時は、こんなものくらい自分でも書ける、と悔し紛れに思ったのだが、谷田先生が絶賛しているだけのことはあり、後から読み返してみると、あの作品には読む者の心をつかむ魔力のようなものがあることを、ちひろ自身認めざるをえなかった。

青井の感想を聞きたくなったちひろは、当時サークルで配られた原稿のコピーを青井に渡した。

「中水さん、誤解せんといてください。最初から、私が書いたと偽るつもりはなかったんです。ただ、青井のぼるさんにあの原稿を渡して、感想がききたかっただけなんです。曰《いわ》く付きの原稿ですから。『こんな原稿があるんですけど、どう思われます？』と私は青井さんに聞いたんです。渡すとき、本当にそれだけしか言うてないんです」

「それを彼は褒めたんですね」

「私が書いたものだと思いこんで、君にこんな才能があるとは知らなかった、是非とも小説を書いてみるといい、と言われたんです。こんなエキゾチックで妖艶《ようえん》な京都を読むのは初めてだってね。その時の彼の目がすごく私を注目してくれてる感じやったんで、自分が書いたもんやない、と正直にいえなくなってしもたんです。恥ずかしい話ですけど、私は彼に恋してたし、好かれたい一心やったんです。それで、私は小説家を目指してませんから、先生、そんなに気に入ってはるんやったらその作品、好きに使ってくださっても結構ですよ、っていうてしもたんです。そしたらすごく喜ばれました」

「それから、青井とあなたの関係は……」

香里はあまり知りたくない事実にあえて踏み込んでみた。

「ええ、それから、男と女のつきあいはありました。でも、ほんの短い期間です。私が知り合った頃の彼は、奥さんがいたので、私の方で耐えられなくなったんです」

やはりそうだったのか。他人の文章をなぜ青井が自分の作品に入れたのか、という疑問に、ちひろが答えた言葉を香里は思い出した。

——そやとしたら、その人によっぽど思い入れがあったんとちがいますか？

あの時のちひろの勝ち誇ったような表情がよけいに香里を傷つけたのだ。香里の気持ちを察《さっ》したのか、ちひろはあわてて付け足した。

「中水さん、心配せんといてください。彼、私のために離婚はしてくれへんかったんです。そんなに愛されてなかったってことですよね」

「それはなんとも……私が知り合った時、彼、すでに離婚してましたから……」

前の奥さんとの離婚の経緯について詳しくは知らない。ただ、彼があまりにも創作重視のため、妻に気を遣《つか》わなかったので、愛想を尽かされたのだといったことを彼から聞いたことがある。

「彼の方では、私に罪滅ぼしがしたかったのか、折に触れて仕事を回してくれるよう計らってくれました。それからは、仕事の上でお互いに助け合うだけの関係になったんです」

「それで『ホワイトローズの奇跡』に、青井はあの作品を入れることになってしまったのですね？」

「次作の中にあれを入れてもいいかって打診がありました。私の名前を入れるから、と言ってくれたんです。その時、正直に言えばよかったんです。でも、軽蔑《けいべつ》されるのが怖くて……それで、いいですよ、って答えてしまったんです」

「でも、あなたの名前は入っていなかったですよ、あの作品に」

「入れないでください、って青井さんにお願いしたんです。だって、あれは……」

「木村晴彦さん、いえ本当の作者は望川さんですか。とにかく、名前を入れられたら困ったわけですね。あなたは本当の作者でないから」

「そうなんです、青井さんに、君はそれで本当にいいのか、と何度も念を押されました。その時も本当のことは言えなくて、いいですよ、と答えてしまったんです」

「聡明でしっかり者のあなたがどうしてまたそんな軽率なことを？」
「愚かな女やと笑いはるでしょう？　実は、私全然しっかり者やないんです。すごい臆病者なんです。知的なんてレッテルはられてても、苦しいだけでした。周りの期待を裏切らんようにせんといけませんからびくびくしてました。人につっこまれるのが怖いから理論武装して、なんでも知ってるふうな態度して。ついつい人に対して上から目線になってしもてたんです。どっかで羽目《はめ》外したい衝動が私の中に潜《ひそ》んでたんやと思います。恋して、彼に好かれるためにやったら嘘でも何でもいうアホな女になってしもてみると、実のところ、妙な解放感がありました。そんなふうになれた自分が自分でも意外で、なんかこう、へんな話ですけど、気分がすーっと楽になったんです。まさか、田口君が彼を脅迫するとは思ってませんでしたから。青井さんに迷惑かけたこと、本当に申し訳ないと思ってます」

香里はちひろの言葉に黙ってうなずいた。だが、ここからが本題だった。まだ、彼女を追いつめ足りていないのだ。

「田口さんを殺したのは、ちひろさん、あなたですね？」

青井を脅迫しているのが田口だと知ったちひろは、青井より前に彼のところへ行った。そして二人はもめて、ちひろが彼を殺してしまった、というのが、香里の推理だった。

だが、それにはちひろは否定した。

「いいえ。それは違います。私は殺していません」

「でも、青井を脅したのが田口だと知っている人はあなたしかいないのです」

「どうして、そう思わはるんですか?」

「まず、脅迫状が届いた時に青井が真っ先にしたことは簡単に想像がつきます。あの原稿を渡してくれた人、つまりあなたに電話したでしょう」

筋道を立てて考えた末に香里が出した結論はこうだった。

木村晴彦から脅迫状が来たとき、あの短篇を高田ちひろが書いたものだと思いこんでいた青井は、驚き、すぐにちひろに連絡した。ちひろは自分で書いたものでないことは素直に認めたものの、あれは木村が書いたものではない上に彼は海外へ行ったままなので、盗作の事実を知りうるはずがないと青井に告げた。そこで、青井は私立探偵をやとって木村の身辺を調べさせてみた。すると、木村と称する男は田口光一だった。そのことを知りうる人間がいるとしたら、ちひろしかいないのだ。

「脅迫者は田口光一だったと、青井はあなたに告げた」

「私は警察から教えてもらうまで、そんなこと、何も知りませんでした」

「嘘です。青井があなたに連絡したはずです。あなたがあの原稿を彼に渡した張本人なんですから」

「確かに、青井さんは私に連絡を取ろうとしていました。でも、彼は私と話せなかったのです」

「どういうことですか？」

「中水さん、これだけは言えます。田口の殺人に関して、私は全く関係ありません。警察でも私のアリバイは調べているはずです。その頃、私は日本にいなかったんです」

「そんなバカな……」

「十日間ほど、友人と一緒にバンコクへ行ってたんです。ずっとその友人と一緒だったので、彼女が私のアリバイを証明してくれました」

「じゃあ、いったい……」

「日本に帰国してから、私の携帯の留守電に、すぐに連絡が欲しい、という青井さんのメッセージがあるのに気づいて、こちらから電話してみました。でも、繋《つな》がらなかったんです。そうこうしているうちに警察が訪ねてきて……」

「じゃあ、田口を殺したのは？」

「私は青井さんやと思ってました」

「彼はやってないと言っています。きっとあなたが殺したと彼は思っているでしょう」

しばらく睨《にら》みあいが続いた。ちひろが先に口をひらいた。

「犯人は他にいる、いうことです。もしかしたら今回の盗作事件とは全く関係のないところに。田口君はお金に困っていたので、他にも何かとトラブルを抱《かか》えていたんとちゃいますか」

「それだけでは、青井の無実は証明できません」

香里は悔しさをかみしめながら言った。

「彼は今、入院中と聞きましたが、容態は？　癌が脳にも転移しているって聞いてますが……」

「今は、話せる状態ではありません。脳に放射線をあてる治療をして、うまくいけば意識は回復します。そうしたら、話してくれると思います」

「希望はあるんですか？」

「あると信じています」

香里はきっぱりと言った。肺の方の癌は手術で除去できるものだし、脳への転移だって、ガンマナイフで全部取り除けるかもしれないのだ。最後まで希望は捨てないでいたい。

「いまさらですけど、私、彼の映画の上映が無事に行われるためならなんでもしますよ。盗作の件も私がやったことやと警察にちゃんと白状します」

「ちひろさん、これは、私からの提案です。あの原稿ですが、あなたが木村さんから譲ってもらったことにしてもらえません？」

「でも、そんなん彼……」

「木村さんには、私から了解を得るようにします。彼、あの原稿に対して、なんの執着《しゅうちゃく》もないので、あっさり了解してくれると思うのです」

「確かに、そうですが……。今回の件で、あなたにこんな形で尻ぬぐいしてもらうの申し訳ないですし……」

「私は、青井のためにやってるだけですから、気にしないでください。警察には、木村晴彦さんから譲ってもらったのだと証言してください。お願いします。そうすれば、誰にとってもうまくいくのです。そう思われませんか？」

ちひろは黙ってうなずいてから、香里の顔を見つめながら言った。

「中水さん。実際のところ、あなたに初めてお会いした時、これが彼の婚約者なのかと、意外な気がしました」

「私みたいな平凡な女が、と？」

「ええ、そうです。なんでこんな人を、ってね。そんなふうに思う私って、傲慢《ごうまん》ですよね」

「そうは思いませんが、一つだけ私の自慢を聞いてください。私は、彼が著名な作家だから好きになったわけではないんです。最初に病院で出会ったとき、一人の人間として、男性として、彼を好きになったんです」

「彼があなたのことを選んだん、今やったら、なんか分かるような気がします。へんな見栄をはって、他人の原稿を自分が書いたみたいに言うような人とちがいますもん、あなたは。青井さんは私みたいな女に本気で惚れたりしない人やったんです」

　ちひろは、自嘲するように鼻で笑った。

「でも、あなたに思い入れがあったから、彼はあの短篇を自分の作品の中に入れたのですよ、ちひろさん」

「それやったら嬉しいです。でも、それは、違うと思います。彼はただ、あの短篇に魅せられたんです。彼の新作『ホワイトローズの奇跡』を何度も読んで気が付いたんですけど、あの作品は、あの短篇『沙羅を愛した僧侶』からインスパイアされて書いたものなんです。そやから、あれを作中に入れる必要があったんです。あくまでも自分の作品の質を上げるためにです。なんといっても青井さんは、前の奥さんにも見放されるほどの創作至上主義者なのですから」

　そう言われてみて、そういうふうにも取れるのだろうか、と一瞬香里は首をひねった。

ちひろの顔を見ると、真摯《しんし》ですがすがしい目をしている。プロの文芸評論家の率直な解釈なのだから信じてもよさそうだ。

六

その夜、香里は、市華に手紙を書いた。手紙には、木村晴彦と連絡がついたこと、あの短篇を書いたのは晴彦ではなく望川貴であったこと。そして、市華が万里枝とかち合うことになったシルヴィの部屋での出来事について、自分なりの推理を書きつづっていたが、それにはどうにも分からないことがあり、行き詰まってしまい筆を置いた。

なぜ、望川貴は、あの短篇を木村晴彦の名前で書いたのか。そんなことをしておきながら、晴彦と市華の情事の現場になぜ万里枝を向かわせたのか。人の心をもてあそんで楽しんでいた、としか考えられない。だが、今の彼は万里枝が死んで、失意のどん底から、椿を彼女に投影して孤独に過ごしているという。

立ち上がって、伸びをすると、コーヒーを淹《い》れるためにお湯を沸かした。

引き出しからファイルを取り出し、晴彦の写真の載っている新聞を抜き取ると、もう一度それに目を通した。二枚コピーを取ったので、原本は市華に譲るつもりだった。彼女は後生大切にこの記事を持ち続けることだろう。

田口光一を殺した犯人は、いったい誰なのか。いくら考えても分からなかった。香里は、これ以上自分には何もできないと悟り、一人で追及するのを諦めることにした。

警察では青井が犯人だといまでも思っているだろう。彼の無実の証拠が得られないのが残念だが、こうなれば、すべてを警察にゆだねるしかない。

警察はまだ木村晴彦の居所を突き止めていない。この記事のコピーを警察に渡し、いままで香里が調査した事実をすべて話してしまおうと、香里は決心した。

香里は、時計を確認した。午後九時過ぎだった。八時間の時差があるので、現在、フランス時間で午後一時過ぎだ。

自宅の電話から晴彦に電話した。

「アロー」という聞き覚えのある声がしたので、「木村さんですね」と香里は確認した。

向こうでも、電話の主が香里だとすぐに気づいて「ああ」と応じた。

「高田ちひろさんにお会いしました。彼女が青井にあの原稿を渡したそうです」

「どうしてまた？」

「彼女、青井に恋していて、気に入られたくて、自分が書いたと嘘をついたんです」

「高田が男に恋して嘘を？　あの煮ても焼いても食えない女が？　あいつにそんな可愛《かわい》い

ところがあったとは、こりゃ傑作だ」

木村は、アハハと軽く笑った。

「木村さん、もう一つお願いがあるのです」

「なんですか？」

「あの原稿のことですが、ちひろさんがあなたの許可を得て、青井に渡した、ということにしてもらえませんか？」

「高田を庇うのですか？　あなたは青井さんの婚約者だ。だったら、高田とは三角関係ってことになるんじゃないですか？」

「いいえ、私が青井と知り合った時、彼、すでに高田さんとは別れていたんです。それに、私、高田ちひろさんを庇っているわけではありません。そうではなくて、私は青井の名誉が傷つけられるのが嫌なのです。あなたが高田さんに原稿を譲ったことにして、それを高田さんが青井に渡したのだったら、誰の名誉も傷つけませんから。警察に、あなたがそう証言してくれさえしたら」

「いいですよ。そんなことなら。あのインテリ女に恩を売れるなんて、実に愉快《ゆかい》ですよ」

木村はちゃかしたようにそう言ってから今度は大笑いした。

「冗談ではなく、ちひろさんに自由に使うように許可したことにしてくださいね。お願いします。あなたの電話番号を警察に教えてもいいですね？」

香里は念を押すように言った。

「いいですよ。警察にはそう話しておきます」

「それから、もう一つ。あなたは今年の九月に顔写真入りで、芸術関係の新聞に載りましたね？」

「ええ、それが？」

「そのことを日本人の誰かに告げましたか？」

「いいえ。パリに住んでいる日本人で知っている人はいるかもしれませんけれど」

「あれ以外で、新聞に写真が掲載されたことはありますか？」

「いいえ、ありません。載ったと言ってもマイナーな新聞ですよ。あの記事のおかげで、コンサートの依頼が増えたのはよかったですけれどもね」

「ポウのアンリ四世のお城で演奏した時に取材を受けたときききましたが？」

「それは記事だけです。ほんの二十行ばかりの。たいしたことは書いてませんでしたね。日本人なので珍しがられただけです。それがなにか？」

「ちょっと確認したかっただけです。それと……」

「なんですか？」

「望川貴さんは、どうしてあなたの名前であの短篇『沙羅を愛した僧侶』を書いたのですか？」

「それは彼に聞いてください」

「教えてくれないのです。あなたも、望川さんの性格を知っているでしょう？　彼は外の世界から心を閉ざした状態なんです」

しばらくの間があった。

「あいつは、万里枝を好きだったからです」

「でも、だったらなぜ自分の名前で……」

「そこがあいつのダメなところなんですよ。弱いヤツなんです」

「ちゃんと説明してもらえますか？」

「そんなこと知って、何になるんです？」

「市華さんも、知りたがっていました」

受話器の向こうが、一瞬静かになった。

「それはやっぱり本人の口から聞き出すのが筋でしょう」

「できると思いますか？」

「まだ生きているのだから、口はきけるでしょう」

「でも、彼は他人に心を閉ざした……」

木村は香里の言葉を遮《さえぎ》って言った。

「そんなのは甘えだ。俺に言わせれば、あいつは逃げてるだけです。そうやって死ぬまで逃げ続けてりゃいいんだ。いかにもあいつの人生に相応《ふさわ》しいじゃないですか」

「あなたは、望川貴さんに、何をそんなに怒っているんですか？　市華さんとの恋愛の現場に踏み込まれたからですか？」

木村はそれには答えなかった。

「じゃあ、こちらでなんとかしてみます」

香里が電話を切ろうとすると、木村が急《せ》いた声で付け足した。

「万里枝から最後に受け取った手紙、今週中に送ります。彼女が死ぬ前日に書いたものです。あいつに真相は絶対に教えてやらないと心に誓ってたんですけど、いいかげん俺が持ちつづけているのも嫌になってきました。中水さん、あなたにすべての判断をゆだねます。真相を葬《ほうむ》り去るのもいいし、あいつに教えてやるのもいい。好きにしてください」

電話は切れた。

香里は、渋山刑事に電話してみた。あいにく署にいないということなので、至急伝えたいことがあると電話口に出た刑事に告げた。

それから一時間後だった。渋山と井口刑事が香里の家を訪れたのは。

香里は、部屋の中に入ってもらい二人にお茶を出した。

それから、木村晴彦の記事を刑事の前に差し出した。しばらく刑事は記事の写真を見ていたが、香里に問いただすように聞いた。

「木村晴彦ですか?」

「そうです。今年の九月二十日の記事です」

「つい最近のものですね。これをどうしてあなたが持っているのですか?」

「この記事は、田口光一が殺された現場にありました」

「それをどうしてあなたが?」

刑事の声に怒気が含まれているのが感じ取れた。

「青井が現場から持ち去ったのです」

井口刑事が何かを言おうとするのを香里は制して言った。

「刑事さん、誤解しないでください。青井が現場に行った時、田口光一はすでに殺されていたのです」

刑事はしばらく腕を組んで考え込んでいる。

「青井があの原稿をある女性から譲ってもらったというのも、裏が取れました。それが誰かも分かったのです」

「それはいったい？」

「高田ちひろさんです」

「なんですって？　しかし、彼女はそんなことは一言も」

「彼女に聞いてもらえば分かります。高田さんは木村晴彦さんにあれを自由に使っていいと了解を得ていたそうです。高田さんに電話して確認してもらえば分かることです。青井は何も嘘は言っていなかったのです。木村さんに電話して確認してもらえば分かることです。青井は何も嘘は言っていなかったのです。彼は田口を殺した犯人でもありません」

「では、なぜ、田口の脅迫に乗ったのですか？　高田さんからもらったのだったら、脅迫に応じることはなかったでしょう」

「脅迫された時、高田さんに確認を取ろうと電話したのですけど、彼女、その頃タイに行っていて連絡がとれなかったのです。それで行き違いがあったのです」

「なるほどねえ」

「とりあえず、高田さんと、木村さんに確認を取ってみてください」

香里は刑事に、リヴ・ヌーヴとのメールのやりとりのコピーを渡した。

「こんなふうに、木村さんの連絡先を突き止めて、彼と電話で話しました。この番号に電話して、彼に聞いてもらえば分かることです」

香里は刑事たちに木村の携帯番号をメモしたものも渡しておいた。

「なるほど、これだけのことを一人で調べておられたのですか。この記事のコピーにしても、もっと早くこちらに渡してもらいたかったですね。事件現場の重要な証拠品なんですから。もっと警察を信用してもらわないと」

井口刑事の咎《とが》めるような調子の声を聞いているうちに、ある人物の言葉がふと香里の脳裏に蘇《よみがえ》ってきた。

その人物は警察も知らない重要な証拠品であるこの記事のことを知っていた。そんなことがあるだろうか。他から入手した、ということか。だが、この記事はつい最近、掲載されたものだ。田口が殺されるちょうど一週間くらい前に。田口がこの記事のことをいち早く知り、この媒体の発行主にエアーメールで送ってもらったとしても、最低でも四、五日はかかる。

それよりも、その人物が次に言った言葉を香里は思い出し、はっとなった。

「刑事さん、この記事のことは本当にご存じないのですか?」

「ええ、もちろん知りません、現場にはなかったのですから」

「しかし、そんなことって……」

「青井さんが持ち去ったのでしょう? 当然、我々の押収《おうしゅう》した証拠品の中にはなかったです。私たちは今、初めてこれを見ました」

「でも、この記事を知っている人間がいます。その人物が犯人です。犯人は青井より先に田口を訪ねて、彼を殺して逃げたのです。その時、この記事を見たのです」

「それは誰だと思われるのですか？」

あまり真剣味のない聞き方だった。

「谷田諭吉先生です」

井口刑事は眉間《みけん》にしわを寄せた。

「そう思われる根拠は？」

「谷田先生はうっかり私に口を滑らせてしまったのです。向こうの新聞に木村晴彦の男前の写真が掲載された、と」

「でも、それだけでは……」

「ええ、それだけだったら他から知った可能性もあります。しかし、谷田先生は、それを刑事さんから聞いたと言っていました。でも、この記事のことを刑事さんたちはご存じないですよね」

「知りません。我々が知り得るはずのない情報を谷田先生が我々から聞いたと言ったということですか？」

「ええ、谷田先生が刑事さんから聞いた、というのは嘘ですよね。なぜ、そんな嘘をついたのか？　答えは一つです。青井より早くに谷田先生は田口の家を訪ねた。なんらかの口論の末に、田口光一を殺した谷田先生は、現場でこの記事を見たのです。そして、警察は、当然証拠品として記事を押収したに違いないと思い込んだ。私に記事のことをうっかり話してしまった谷田先生は、焦《あせ》って、刑事から聞いたと偽ったのです。まさか、青井がこの記事を現場から持ち去っていたとは思わなかったのでしょう。思わぬ墓穴を掘ってしまったのです」

二人の刑事は深刻な顔で考え込んでいる。

「それに、もう一つ思い出したことがあります。谷田先生はこうも言っていました。『それにしても、結構な代償ですね。まあ、あんなベストセラー作家にとってははした金だったのかもしれませんが』と。青井が払った金額を知っていなければ、はした金などという言葉はでてこないと思うのです。その金額は青井と、田口、それに領収書を見た私以外は誰も知らないはずなのです。刑事さん、谷田先生をもう一度調べてください。きっと彼が犯人だという証拠が見つかるはずです」

田口と谷田の繋がりについてはよく分からないが、香里の想像ではおそらくこうだろう。ちひろの話によると、谷田諭吉は、青井のぼるのことを恨んでいた。芥川賞の候補になった時、彼が取り、自分が落ちた頃からずっと。しかも、その後、自分の方はいっこうに芽が出ないのに、青井はどんどん有名になっていくことで、憎しみの念を募《つの》らせるようになった。そして、自分が世に出られないのは、青井と作風が似ているから邪魔されている、と思い込むようになった。

谷田は、病的なまでの妄想に悩まされ、憎しみのあまり無視することのできなくなった青井の新作を本屋で見つけて手に取った。その中に「沙羅を愛した僧侶」を発見した時、鬼の首を取ったように喜んだことだろう。殺してやりたいほど憎んでいた男が盗作の汚名を着ることになるのだから、谷田にとって、これほど面白いことはなかったはずだ。

木村晴彦の消息を調べてみると、どうやらフランスにいるらしい。そこで田口と共謀して、青井のぼるを脅迫する計画を立てた。なんらかの理由でもめた二人は、口論となり、谷田は激怒して田口を殺してしまったのだ。

七

香里は、眠っている青井の傍らで編み物をしているうちに、自分もうとうとと居眠りしてしまった。

看護師が入ってくる音で目を覚ますと、青井が自分の方を見ているのに気づいた。

「目を覚ましたの」

「ああ……僕はいったいどうしたのかな？」

「気がついたのね、よかったわ」

青井はしばらく天井を見つめて考え込んでいるようすだ。意識はもどったが、まだ、記憶はあやふやのようだった。

看護師は点滴を交換するとにっこり微笑《ほほえ》んだ。

「意識がもどられたみたいですね。先生に知らせてきます」

そう言うと、病室から出て行った。

「私のこと、分かる？」

「香里……」

「よかった。やっとあなたに会えたわ。意識のもどったあなたに」

香里は布団の中から青井の手を探してしっかりと握りしめた。

「ホテルで突然、頭に激しい痛みを感じて……。あの時、もう僕は終わりだと思ったよ」

「終わってなんかいるもんですか。治療も順調に進んでいるのよ。何もかもが順調よ。あなたの無実も証明されたし。真犯人が逮捕されたのよ」

「真犯人？」

「ええ、田口を殺した犯人よ。私、あなたが無実だということ、ずっと信じていたの。その思いが叶《かな》って、本当の犯人が捕まったのよ」

香里が青井に微笑みかけると、それに答えるように、彼は微《かす》かに唇をほころばせた。

あれから谷田諭吉が逮捕された。彼はやはり、青井に対する積年の恨みをはらそうと田口を利用し、彼を脅迫したのだった。

田口と喧嘩《けんか》になったのは、もっとじわじわと青井を苦しめたかったのに、田口が目先の金に目がくらんで、そのもくろみが頓挫《とんざ》したからだった。

谷田は、せっかく青井の弱みをつかんだのだから、彼の名誉が地に堕《お》ちるまで追いつめたかったのだ。自分の人生は彼によってめちゃくちゃにされたのだから、青井の人生もめちゃくちゃにしたかった。

谷田は、田口を使って、青井を追いつめるシナリオを作った。

なのに、田口があっさりお金を受け取って示談にしてしまったことに腹を立て、口論の末、殺してしまったと自供した。

香里の説明を聞き終わると、青井は、「なんてことだ」と一言呟《つぶや》いた。

「あなた、まさか、ここまで自分が人の恨みをかっていただなんて、知らなかったでしょう？」

「知らなかったよ。僕はてっきり、犯人は……」

「高田ちひろさんだと？」

「ああ、彼女だと。犯人は谷田諭吉だったのか。そんなに彼が僕のことを恨んでいたとは、夢にも思わなかったよ」

「きっと、人は一生のうちに、山ほど人を傷つけているのでしょうね。本人が気がつかないだけで」

「まったくそうだな。でも、どんな真相でも、死ぬまでに一つでも多く知ったほうがいいから、知れてよかったよ」

青井は、静かにそうささやいた。不思議と穏やかな表情をしている。

「そう。そうなの。じゃあ、今から、最後の真実の隠された蓋《ふた》を開けてみることにしようかしら」

「最後の真実って？　犯人と動機が分かった時点で、ミステリ小説だったら終わりなんだけどな。僕たちはすべての真相に行き着いたんじゃないのかい？」

「最後は、人の心のミステリよ」

香里はカバンを膝に置くと、木村晴彦から届いた手紙を取り出した。今朝、これが届いている。

たとき、すぐに読む勇気が湧かず、ここへ持ってきたままになっていたのだ。

「さて、これが最後の謎を解く手紙よ」

香里は、木村晴彦から届いた、万里枝が死ぬ前に彼に書いた手紙を青井に差し示して、これまでの経緯をこと細かく説明した。聞いている間中、青井はただただ驚いた表情をしていたのだ。

「高田ちひろのあの原稿が、そんな複雑な道をたどっていたとは……」

「今、あなたの意識がもどって、これをあなたと読めるなんて、やっぱり何か不思議な力が働いているように思えるのよ。最後の真相をこうしてあなたと分かち合えるなんて」

この中に、望川貴も知らない、死ぬ前の万里枝の胸の内が明かされているのだ。

香里は、青井にも聞こえるように、声を出して、手紙を読み始めた。

読んでいるうちに、万里枝の悲痛な思いに胸が引き裂かれそうになった。読み終わってから、もう一度読み返し、内容を反芻《はんすう》した。

木村晴彦が市華に言った「信じていたものに裏切られた」というのはこのことだったのだ。万里枝が二人の情事の現場を目撃して傷ついたことに、こんな複雑で深い理由があろうとは。香里はその悲劇的な意味に心が痛んだ。

一人の人間の見えている世界というのはなんと小さいものなのだろう。

人は、自分以外の人間の気持ちを無数に誤解したまま死んでいくのだ。真相に行き当たることなどほとんどないのかもしれない。そういう意味では、今回は運良く、真実にたどり着けたといえるだろう。

木村晴彦の、この手紙によって壊れた幻想とは、恐らく、純粋なものに対する彼の善意だったのではないか。自分の善意が無駄に終わってしまったことへの計り知れない失望。弟に対する怒り。

望川貴は、もちろん、この手紙にあるような万里枝の気持ちなど何一つ知らないのだろう。木村晴彦は、弟が一生、真実を知らないままでいればいいと思った。それは、彼が弟に与えた罰だったのだ。だが、今、その判断は、香里にゆだねられている。

真実は知るべきなのか、それとも知らないでいる方がいいのか。それはその人の幸、不幸とは関係のないものだ。

「あなた、どんな真相でも、死ぬまでに一つでも多く知ったほうがいい、って言ったわよね？」

「ああ、僕はそう思う」

「こんなに悲しい真実でも？」

香里は万里枝の手紙を強く握りしめて言った。

「どんなに知るのが辛《つら》い真実でも、僕は知りたいね」

彼のその表情を見ているうちに、香里は、望川貴に真相を知らせる決心をした。

第7章

一

私は買ってきたクリスマスケーキを万里枝《まりえ》の前に置いた。

「ビュッシュ・ド・ノエルや。ちょっと前までクリスマスケーキというたら、デコレーションばっかりやったけど、最近、こんなんみかけるようになった。これ、フランスのクリスマスケーキなんやってな。ノエルはクリスマス、ビュッシュは薪《まき》って意味なんやろう？　クリスマスの薪っておもしろい名前やな」

　私は箱をあけて、ココア色のクリームのたっぷり塗られた薪形のケーキを万里枝に見せた。ところが、彼女はうんともすんとも返事をしなかった。

「デコレーションケーキの方がよかったか？」

万里枝はすねたようにぷいと横をむいたままだ。

私は、新聞と一緒に郵便受けから取り出してきた郵便物を整理した。年末キャンペーンのDM、電話料金の領収書、その他、宅配ピザや寿司のチラシなどの中から水色のA4判くらいの大きさの封筒がでてきたので、それを手に取った。

望川貴様《のぞみかわたか》と手書きで書いてある。封をひっくり返してみると、送り主は、中水香里《なかみずかおり》だったから、私の気持ちはいっぺんに沈んだ。いったい、この女は私に何の用があるというのだ。もう、あの事件は解決したではないか。

一ヶ月ほど前、大学の前の定食屋で、例のごとく新聞の社会面に目を通していて、田口《たぐち》光一《こういち》を殺した犯人が捕まったという記事を見つけた。

犯人が青井《あおい》のぼるではなく谷田諭吉《たにだゆきち》だったというのは意外だった。田口光一と谷田諭吉の接点といえば、「カメリア」くらいしかない。恐らく二人が共謀して青井を脅した、くらいの想像は私にもついたが、そこからどうやって殺人事件にまで発展したのか、記事に書いてないので分からなかった。私の方でもそれ以上の真相を追求する興味はなかったので、そのまま新聞を閉じて、忘れることにした。

青井のぼるの『ホワイトローズの奇跡』は、盗作疑惑が浮上することもなく、現在、全国の映画館で上映されている。

研究室のスタッフらが映画の話をしているのを聞きかじった情報によると、今最も人気のある俳優が主演しているので、滑《すべ》り出しから興行収入第一位と絶好調らしい。映画の中で、私の作品がどのように使われているのか、誰が沙羅《さら》の妖精の役を演じているのか、多少の興味はあったが、映像によって、私の中にある本物の万里枝の記憶がぶれるのがいやなので、観に行かないことにした。

あの事件はすでに解決しているのだから、この女が私に聞きたいことはもうないはずだ。そんなことより、私は、万里枝の細胞を心筋細胞に分化させることに成功し、ここのところ真夜中まで研究室にいた。彼女の心臓の収縮を細胞レベルで見られることに胸がときめき、何時間観察していても飽きないのだ。

中水香里からの手紙を捨ててしまおうとゴミ箱まで持っていった時、万里枝が突然、それを遮《さえぎ》るように私の背中に話しかけてきた。

——それ、誰から？

「知らん人からや」

——分厚いな。なんかいっぱい書いてありそうや。

「きっと、くだらんことといっぱいや」

——読んできかせてえな。退屈してんのやさかいに。

そう万里枝にねだられて、私は仕方なく封をはさみで切った。

中には、中水香里が書いたと思われる便箋二枚の手紙と、もう一つ、赤と青の縁取りのあるエアーメールの封筒が入っていた。

それを手に取り書いてある住所と名前を見た瞬間、全身が凍り付いた。

封筒の宛先は、木村晴彦《きむらはるひこ》だった。差出人は、万里枝とあり、彼女のマルセイユの住所が書かれている。

望川貴様
突然の手紙で失礼いたします。できれば、お会いしてお話がしたかったのですが、それが叶わないので、このような形でお手紙差し上げることにしました。

万里枝さんが亡くなる前日に、木村晴彦さんへ送った手紙を同封させていただきます。そこに彼女の胸の内が書かれています。これは、木村さんが、私に預けてくださったものです。

あなたにお送りしようかどうしようか迷った末、やはり真実をお伝えしたほうがいいと判断しました。

私のような部外者が、あなたたち三人の秘密に介入《かいにゅう》することを不愉快と思われるかもしれません。しかし、これも、あなたが書いた、「沙羅を愛した僧侶」の原稿が発端です。あの作品によって、青井のぼるが巻き込まれた事件を調べているうちに、十年前のあなたたちの関係を追求する必然が私の中に生まれたのです。それには、やはり何か運命的な力が働いたのだと思います。

そこまで読んで、私はいったん手紙の文面から目を離した。中水香里は、あの原稿を私が書いたことを知っているのだ。

いやな予感が煙のように私の胸の中に広がった。これ以上心をかき乱されたくない。私は手紙を机に置いた。

気持ちを落ち着けようと、キッチンへ行って、水を一杯飲んだ。

私はふたたび机の前に座り、しばらく腕を組んで手紙を睨《にら》んでいた。

万里枝に一瞥《いちべつ》をくれると、「早《はよ》う、早う読んでえな！」と催促《さいそく》している。

私は仕方なしに手紙の続きを読んだ。

木村晴彦さんは、あなたと自分と万里枝さんのことを多くは語りませんでした。

木村さんはあなたが万里枝さんにしたことが許せなかったのです。言葉にするのもいやなくらいに。

それがいったいどういうことだったのかは、市華《いちはな》さんからの手紙で知りました。市華さんの話によると、あなたは万里枝さんに、木村さんと彼女の情事の現場に行くように仕組んだそうですね。

そのことに万里枝さんはひどく傷ついたのです。しかし、あなたが傷つけたのは、彼女だけではありませんでした。木村さんのことも、傷つけたのです。

市華さんに彼は「僕は、信じていたものに裏切られたんだ。もう京都にいる気がすっかり失《う》せてしまったよ」と言って、それから京都を去ってしまったのです。

望川さん、あなたは万里枝さんに彼の浮気がバレるように仕向け、それに木村さんが憤慨したのだと思われているのではないでしょうか？　よく考えてみてください。そんなことぐらいで、信じていたものに裏切られた、と木村さんは言うでしょうか？　もちろん弟のあなたに裏切られたともとれます。市華さんとの関係を万里枝さんにあなたは暴露《ばくろ》したわけですから。

でも、話はそんな単純なことではないのです。彼は弟のあなたに、なにかもっと心の深い部分で裏切られたと知り、傷ついたのです。

彼が信じていたものは、あなたの純粋な心だった。また、万里枝さんもそうだったのだと思います。そして、あなたがいかに純粋に万里枝さんを愛しているか、それを彼女に伝え続けていたのは、木村晴彦さんだったのです。

万里枝さんは、あの作品をあなたが書いたことを知っていました。それを彼女に伝えたのは、木村さんです。

彼女が木村さんに宛てた手紙には、あなたの知らない、彼女に起きた悲惨な出来事が書かれています。読んだらあなたにも理解できると思います。彼女のあなたに対する純粋な気持ちが。そして、不運にもあなたたちの間にとんでもない誤解が生じたことを。

今更そんなことを知ってどうなるのかと思われるかもしれません。

もし、真実を直視する勇気があなたにあるのなら、どうか万里枝さんの手紙を読んでください。

中水香里

万里枝の気持ち？　いったいなんのことだ。私は万里枝となら毎日対話しているし、彼女のことは他の誰よりもよく知っている。

こんな女が、私に万里枝の気持ち、などと偉そうに言ってくる権利がどこにあるというのだ。

私は怒りに任せて、手紙をびりびりに破った。まるめてゴミ箱に捨てると、冷蔵庫から昨日の残りの白ワインを取り出して、グラスに注いで飲んだ。

それから、ふとさきほどの文面が私の脳裏に蘇《よみがえ》ってきた。同時に「カメリア」での出来事が鮮明に思い出された。遠い昔のことなのに、ついこの間のことのように脳のフィルムが加速度的に回り始めた。

詩仙堂《しせんどう》へ行った時のこと、西脇《にしわき》のこと、妙心寺《みょうしんじ》で沙羅双樹《さらそうじゅ》を観賞したこと。万里枝をイメージして描いた「沙羅を愛した僧侶」のこと。みんなで一緒に、「ドロップキック」という日本酒を飲み歩く企画に参加したこと。

万里枝と晴彦がつきあうことは、他でもない私が望んだことだが、二人の関係は私が嫉妬するほどに深まっていった。とくに万里枝の方は、晴彦といる時、今までに見たこともないほど幸せそうな顔をしていた。

それなのに、万里枝は、あの短篇を書いたのが私だと知っていた、というのか。そんなバカなことがあるだろうか。なぜ知っていて、晴彦とあんなに仲良くしていたのだ。彼女は明らかに、あの短篇をきっかけに、晴彦と親密になっていったではないか。そして、二人の関係を引き裂くために、私は、シルヴィの部屋へ行くように万里枝に頼んだのだ。

過激なやり方だったかもしれないが、そうすれば、万里枝は私のことだけを頼りきるようになると思ってやったことだった。晴彦のようないい加減な人間に恋心を抱《いだ》いたことを後悔し、恋愛に懲《こ》りて欲しかったのだ。私の母が、晴彦の父親のような男に惚れて、恋愛に懲りてしまったように、彼女もほんの少しだけ痛い目にあえばいいと思った。そのための小さな試練を人工的に作っただけだ。

それが万里枝を想像以上に傷つけてしまったことは認める。

私は万里枝と一緒に、自分の両親のような平穏な家庭が築きたかった。

だが、カランクの崖で万里枝と再会し、今、彼女は私のそばにいる。人間の肉体を取り戻して、私とやり直そうとしてくれているのだ。

「万里枝、今日は鶏の丸焼きを作ろうと思ってんのやけど……」

返事はなかった。私が手紙を破ったことで機嫌を損ねているのだろうか。

「あれ、へんな嫌がらせの手紙やったんや。僕らの関係を邪魔しようとして」

万里枝は返事をしない。私はしばらく彼女を見つめていた。だが、彼女は微動だにしなかった。

私はその日一晩中、ワインを飲みながら彼女に語りかけた。以前、彼女と二人っきりでパスティスを飲んだ日のことを思い出しながら。彼女は笑い上戸《じょうご》で、お酒が入ると、よく笑っていた。私が西脇に嫉妬し、やけ酒になっているのに、そんなことはまるで気にも留めずに笑っていた。

「万里枝、君は無邪気で無神経で、そやのに繊細《せんさい》で傷つきやすうて、僕はずっと君に振り回されどおしや。そやけど、こんなふうに無視するのだけはやめてくれへんか？　なあ、万里枝。万里枝、万里枝……」

私は、万里枝の名前を呼び続けながら、ワインを一本飲み干してしまった。それからもずっとなんの反応も示さない彼女を見つめていた。ファンヒーターが灯油の給油ランプを点滅させながら止まった。

寒々とした空気に耐えられなくなり、ミルクを探してみると、彼女は私に黒い背中を向けたまま、窓辺に座っていた。

私はミルクを膝にのせると、明け方までそうして万里枝の前で、ぼんやり考え込んでいた。彼女は、まるで本当にただの植物になってしまったみたいだった。そこに人間の魂《たましい》が宿《やど》っているとは到底思えない。無機質に静まりかえっている。

私は机の上にあるエアーメールの封筒を手に取った。中には三つ折りにした便箋が二枚入っていた。

広げてみる。見覚えのある字がならんでいた。

木村君へ

私、木村君の言葉をずっと信じていました。いきなり、こんないいかたごめんなさい。勘違いせんといてね、木村君を責めてるのと違うから。

初めて木村君と話したとき、タカのことすごくよく知ってる口ぶりなんでびっくりしました。実は彼と異父兄弟やってきいて、なるほどそういうことなのか、ってすごく納得できました。だって、タカに木村君みたいなお兄さんがいるのって、一見ミスマッチやけど、すごくええ感じなんやもん！　それからずっと木村君にばっかり頼りきってしまって、ゴメンなさい。

幼稚園で、初めてタカと目が合った時、彼の視線が私の心臓に突き刺さったのを感じました。それから、私、ずっと彼が私にとっての運命の人やと思ってました（ゴメン、これを言うと、木村君、「はいはい、ごちそうさま！」ってうんざりした顔でいっつも言うもんね）。

でも、タカと出会うまでの私は孤独で惨めで、まるで泥にまみれた汚い人形みたいな自己イメージしか持てへんかったんです。周りの子には、髪の毛の色や目の色がへんやって気持ち悪がられて友達になってもらえへんかったし、お母さんもあんなんやから、日本人からみたらまるっきりの外人、一歩も二歩もひかれて、他のお母さん同士の輪に入れへんかったし。お父さんは有名作家になれへんから、お母さんに責められて夫婦げんかが絶えへんかったし。外にいても、家にいても身を置く場所がなかったの、私。このまま私なんか消えてなくなってしもたらええのにって、すでに三歳くらいで思ってました。京都へ来て、幼稚園へ通うようになって、タカと出会って、私の人生は一変したの。これも、木村君には、なんべんも話してるから知ってるよね。同じことなんべんも吹き込んで、ゴメン。

彼は他の子みたいに色眼鏡で私を見ることがなかったから、私は救われたんよ！　それだけと違って、彼は私にすごく優しくて、なにがあっても私のことを守ってくれる、そんな態度で接してくれました。幼稚園の時、タカと二人で夢中で遊んだのが私の人生の中で最高に幸せな思い出です。時間を忘れてあんなに夢中で同世代の子と遊べたん生まれて初めての経験やったんやもん。あれで私自分に自信がもてるようになったの。それまで同世代の子がすごく怖かったけど、こっちから積極的に明るく話しかけたら、みんななんの抵抗もなく私を受け入れてくれることが分かったんです。いつの間にか、明るい活発な万里枝、いうイメージになってしもてて、自分でも驚きです。タカが私に自信をつけてくれたんです。

でも、私、本当はそんなに明るくないし、それを知ってるのはタカだけでした。彼にだけは私の弱いところダメなところも平気で見せられたから、やっぱり心の底から彼のことを信じていたんやと思います。

私にとって、タカといる時が家族といる時みたいでした。彼の家族は、私のところと違って、みんな心が広くって、誰かが誰かを非難するようなことが全然ないから、すごく羨《うらや》ましかった。タカの家に行って、おばちゃんに爪切ってもらったり、親切にしてもらってる時、ここが私の家なんや思て、心が安らぎました。そやから、私、タカの家族の一員になりたいって、ずっと思ってたのです。きっと、タカの方でもそれを望んでくれてるのやと……。

でも、中学くらいになってから彼、急によそよそしくなって、なんか私を避けてるみたいな態度になったんです。彼の気持ちが知りたくて、時々彼の家に押しかけて、数学の宿題を教えてもらったりしたんやけど、その時も宿題は写させてくれるけど、それ以上私がいるの、なんか嫌そうやったからさっさと切り上げて帰ってきたんです。

その時の私の気持ち、分かる？　せっかくすがるもんを見つけたのに、また捨てられて、哀れな泥人形にもどってしまいそうで、ものすごく不安になりました。

大学に入ってから同じサークルになって、また、タカと少し話すようになったけど、なんかよそよそしくて他人行儀やから、やっぱりもう彼に見放されてしもたんかなって、寂しい思いしてました。そんな時、木村君がサークルに入ってきて、実はタカも私のことがずっと好きなんやっていうてくれた時、飛び上がらんばかりに嬉しかった。サークルで合評した「沙羅を愛した僧侶」。あれも木村君、言うてたやんね。「あの作品、本当はタカが書いたんだ、あいつは照れくさくて万里枝に自分の本当の気持ちが伝えられないから俺が書いたことにしてるんだ、不器用なやつだよ」ってね。

あの頃の私、木村君とタカの話をしてる時が一番幸せやった。木村君がそこまで私にしてくれるのは、「あいつの純粋な気持ちに、柄《がら》にもなく感動したからなんだ」って言うてたよね。ちっとも柄にもないことあらへん。私は知ってる、木村君もすごく純粋な人やってことを！

ここまでは木村君も全部知っていることです。これから書くことは、実は木村君にも打ち明けていないことです。

つい一ヶ月ほど前、実は、死にたいほど辛い出来事があったんです。これは誰にも話さんとこうと思ったけど、木村君にだけ打ち明ける決心をしたから、今、この手紙を書いてます。なんでかというと、先ごろ、お母さんのマンションへ行って、寝室で私が目撃したこと（木村君と彼女のこと）を整理しているうちに、それと一ヶ月前に私に起きたことが関係あるように思えてきたからです。

　今年の十一月の半ば頃、母が通訳の仕事で一週間ほど東京へ行ったので、私は植物に水をやりにマンションへ行きました。

　その時、あの男（母の愛人）がマンションにいたんです。

　――やあ、万里枝ちゃん、何しにきたの？

　気持ちなんか全然こもってへんくせして、私のことを見て表面的ににこにこ笑ってるんです。私は適当に相づちを打って、ベランダの植木に水をやって、さっさと帰ろうとしたんです。

　すると、あの男は言いました。

　――まあ、ゆっくりしていきなさい。お茶でも淹《い》れてくれないか。

　なれなれしい口調で言うの。その時、私は、もうそろそろ寒くなりはじめていたけど、比較的あたたかかったので、ジーンズ生地のミニスカートやったんです。あの男が私の足をじろじろ見てるんで、すごくいやな気分になって、急いでいるから、言うて帰ろうとしたんです。するとあの男の声のトーンが一段低くなったんです。

　――いつものことだけど、あまりにも無愛想《ぶあいそう》やないか、君。私が大目に見てやってるからっていい気になるんじゃないよ。そんなんでは社会人として通用しないよ。君のそんな態度を見たら、きっとシルヴィが悲しむことになる、分かってるのかい？　今日だって彼女、私が紹介した人の仕事で東京へ行ってるんだ。

私は言葉を失い男の顔を見ていました。

——何も難しいことを言っているわけじゃない。もう少し私に心をひらいて欲しいと言っているんだ。その方が君ら親子にとって賢明だと思わないか？　世の中というのはそういうものなんだから。私と少しだけここでくつろごうと提案しているのに、さっさと帰ってしまうというのか、君は。なあ、私たちは家族同然だろう？

私は仕方なく、お茶を淹れたんです。それでも、その男はまだ私のことを引き留めて、私たちはもっと分かり合う必要がある、と言うんです。自分がいかに、母の世話をしているかをくどくどと説明して、そのおかげで私が今の大学へ行けるようになったことを恩着せがましく言うんです。私は、話を聞いているうちに悔しくてたまらんようになったんやけど、なんとか「感謝しています」と小声で言いました。

——ちょっとは物分かりがよくなったね。それでいいんだよ。お世話になっている人には、感謝の気持ちが一番大切だからね。

とても威圧的な響きでした。

そのうち、彼は立ち上がり、私の肩に手をかけて、一緒に寝室に行こうとしました。私が彼の手をふりほどいて逃げようとすると、思い切り頰を打たれました。そんなんじゃ、世の中通用しない、立派な社会人になれないんだよこの恩知らず、と怒鳴って、それから何度も頰を打たれました。

泣きじゃくる私を寝室へ無理矢理連れて行って、彼は私の耳元で囁《ささや》きました。お母さんは了解してるんだから、って。私は、目の前が真っ暗になりました。

母はわざと、私に植物の世話をさせにここへ来させ、娘を自分の男に売った、その事実が私を打ちのめしました。

それから、寝室で思い出すのもいやな、とてもひどいことを、その男にされました。それをされている間中、男は、君は母子家庭だから、常識ある社会人としての教育が足りない、それを教えるのは自分の役目だ、と耳元で囁き続けるんです。お礼を言いなさい、と言われて、黙っていると、大人を舐《な》めるんじゃないよ、ってたたかれました。泣きながら「ありがとうございます、感謝してます」って言いました。

それから、数日間、私は、自殺を考えました。

母がもし、私のことを売ったのだとしたら、本当に私は自殺していたかもしれません。

——お母さんは、知っているが、あえてこのことは話さないでおきなさい。君ももう大人なんだから、ね、暗黙の了解ってやつだよ、分かるね。

男が最後に何度も私にそう念を押したことが心に引っかかりました。もしかしたら、母は、知らないのではないか、と。

その男にされたことはもちろん母には話せませんでした。それで、別の形で、さりげなく母に確認してみると、母は自分が東京へ行っている間、その男は、仕事で中国に行っていると思いこんでいたようなのです。つまり、あの男は、母には自分は中国へ出張に行くと偽り、私が植物の世話をしにくるのを知っていて、待ち伏せしていたんです。あいつは、私を心理的にも、そして肉体的にも、とても汚い方法で傷つけたのです。あまりの卑劣なやり方に胸が引き裂かれそうなほどの怒りを感じました。

いつか復讐《ふくしゅう》してやりたい、と思うようになりました。でも、母はあの男のことを信じきっていて、それで幸せそうやったから、私は何もいえへんかったんです。私たちの生活があの男頼みなのは確かやったから。外国人の母は、日本では、やっぱり社会的に弱者やし、誰か力のある人に頼らないと仕事が得られないから、あんな男でも我慢してたんやと思います。

私は自分が無力なのが情けなくて情けなくて、でも、どうしようもなくて、それからというもん、すごく投げやりな気分になってました。まさか、木村君にもこんなこと相談できひんかったし。

とりあえず、二度と同じことがおきひんように、母が留守の間、植物の世話はタカにしてもらうことにしたの。母にそう提案すると、タカのことは信用しているので、快《こころよ》く了解してくれたんです。母の方でも、愛人との生活がかいま見える部屋に私が入ってくるのは、あんましええことやと思ってへんかったんでしょう、きっと。こんな形でも、タカはいつも私のことを守ってくれている。そう思うことで、私の傷はちょっぴり癒《い》やされてました。

あんな薄汚い男にけがされた私のことを、タカが受け入れてくれるかどうか不安やったのは確かです。でも、木村君と話してるとなんか勇気が湧いてきました。あいつの愛は本物やっていつも木村君は言うてくれてたから。

タカに言われて、また再び母のマンションへ行くことになった時、なんとなくいやな予感がしたから、やめようかと思ったの。でも、タカに急用ができて私が来ることになったなんて、あの男が知るはずあらへんもんね。そやから、待ち伏せされるはずもないと思い直して、行くことにしました。念のために、カバンの中にナイフを忍ばせてたの、あの時。

もし、あの男がいて同じことをしようとしたら、逆にこっちが脅かすつもりやったんです。

母が私を売ったわけと違うのに、あんな嘘を言う男、もう怖くもなんともなかったんよ、私からしたら。あいつだって、母にバレるのは怖いみたいやったし。それで、私はマンションへ行きました。すると、寝室から人の声が聞こえてきたからびっくりしたわ。

その時、私は何を思ったのか木村君、分かる？　突拍子もないことが頭を過《よ》ぎったんです。あの男が母の部屋に別の女を連れてきた、と咄嗟《とっさ》にね。よう考えたら、そんなはずはなかったたんやけど。だって、植物の世話をタカがしに来ること、あの男は知っていたんやもん。そんなところに他の女を連れてくるはずがないやんね。でも、その時、そんな疑惑を抱いた私は、あの男の浮気の現場をつかまえて、母に証拠を突きつけたら、男と別れてくれると考えたんです。

浮気の現場を撮影できるように、携帯電話をポケットの中で握りしめて、寝室の扉をあけました。

それからは木村君も知っての通り。私は不可解な現場を目にすることになったわけです。木村君があそこに女の人を連れてきてる、ただそれだけやったら別に不可解でもなんでもないんよ。なんか好きな人ができたみたいなこと聞いてたし、それに、木村君が誰を好きになろうと勝手やから。でも、何で、母のマンションで？　くらいは思いました。けど、まあ、それにもいろいろ事情があるんやろう、くらいにあっさり考えて終わってたと思う。

でも、その時、木村君が発した言葉に私はショックを受けました。

「あいつが仕組みやがった！」

木村君はそういうたよね。そう、全部タカが仕組んだことやったんやと。タカはどうして、そんなことを仕組んだの？　いくら考えてもあの時は分かりませんでした。

それについて私の出した答えはこうです。

タカは、私があの男にされたことを知っていたんです。

寝室のベッドで、木村君と女の人がしているようなことを、おまえはあの男とやっていただろう。タカは、そのことで暗に私を責めるために、あのマンションへ私を行かせたのです。

なあ、木村君、そうとしか考えられへんやろう？　私の想像は辻褄《つじつま》が合ってると思わへん？

タカがそんなこと知ってるはずない、って思う？

その疑問にもちゃんと辻褄の合う答えがあるんです。

あの男がタカに口汚い言葉を使って、私のことを語ってきかせたんです。考えすぎやって？　そんなことないの、これは考えすぎと違うんよ。充分ありうることなんです。

植物の水やりを私の代わりにタカが引き受けたこと、あの男はお母さんから聞いて知っていたんです。それを、あいつは、私があの男に抵抗していると解釈したのです。そのことに腹を立てたあの男は、あの部屋でタカを待ち伏せして、自分が私にしたことを話して聞かせたんです。その機会やったらいくらでもあったから。

あの男のことやから、巧妙な嘘を混ぜ込んで、私を薄汚い女みたいに貶《おとし》めるうまいやり方で話したにちがいないんです。男の人特有の妄想、性的虐待をあたかも女が喜んでいるようなご都合主義な作り話です。

でも、そんなことはええのよ。あの男が勝手に妄想していることやから。それより一番ショックやったんは、タカが私を信用してくれへんかったことです。そして、私を傷つけるようなことを平気でする人やった、いうことです。

あの時、私の目の前に浮かんだのは、私のことを責め、そしてあざ笑う真っ黒な気持ちでいっぱいのタカの顔でした。

ねえ、木村君、タカは私のことをずっと好きで、命をかけて守ってくれる、言うてたよね？　木村君の言うてたことは全部私を喜ばせるための嘘やったん？　私がよわっちいあかんたれやから、慰《なぐさ》めるために言うてくれてたことやったん？

いくら自分に問いただしてみても分からへんから教えてくれる？

考えれば考えるほど、希望のもてる答えが見つからへんの。どんどん生きる気力がなくなってきてます。ここのところ何にも手がつかず、一日中窓から見える旧港に浮かぶヨットをながめてます。

明日、カランクの崖を見に行くつもり。あの崖に立っている私のことをタカがものすごく褒めてくれたん今でもよく覚えてる。実はあの崖に立った私は、いつも大声でタカの名前をなんども叫んでいたんです。

そんなことタカには打ち明けてへんかったけど、タカがあの写真をまぶしそうに見てくれるもんやさかい、こんな私でもそんなふうに思ってくれる人がいるってことが嬉しくて、自分で自分がすっごく誇らしかったんよ。

子どもの頃からずっと、彼が私の自信の源やったん。そやのに、今の彼は、私の自信を挫《くじ》く存在に見えてしょうがないの。こんなふうに思う私は、真実の見えるレンズをどこかに置き忘れてきてしもたんやろか？

もう一度、カランクの崖に行って、タカの心に大声で話しかけてみるわね。

万里枝

十二月二十六日

万里枝、いったい君は、何をわけの分からないことを想像してるんや。私は心の中で呟《つぶや》いた。こんなふうに考えすぎてしまう万里枝のことを私はよく知っていた。しかし、まさか、私に対してそんな誤解をしているとは夢にも思わなかった。

彼女は昔からそうだった。友達関係でもとんでもない妄想に取り憑《つ》かれて、勝手な解釈をして傷ついていた。

それにしても、シルヴィの部屋で、そんなひどいことをあの男にされただなんて、私は何も知らなかった。知っていたら、傷が癒えるまで、ずっとずっと慰めてあげられたのに。あの男を思い切り殴ってやりたい衝動に血が煮えたぎった。だが、それももう十年も前のことなのだ。

万里枝はどうして私に相談してくれなかったのだ。どうして、そんな大切なことを……。私たちは、幼稚園で出会ったときから、ずっと強い絆で結ばれていたではないか。誰も揺るがすことのできない運命の糸で。

なのに、なぜこんなことになってしまったのだ。いったい、どこで何がどう狂ってしまったというのだ。私のせいなのか。私があんなことをしたからなのか。

——なあ、万里枝、すまんかった、ゆるしてくれ。西脇に君を取られるんちゃうかって思うようになってから、もう何がなにやら分からんようになってしもたんや。君を取り戻しとうて、それで、それで、やったことなんや。

万里枝は返事をしなかった。

取り戻す？　なにも取り戻す必要などなかったのだ。万里枝は私のことをずっと好きでいてくれたのだ。

――すべてを水に流してもう一度僕とやり直そうや、な。そのために僕は毎日研究に励んでるんや。そのためだけに僕は生きてるんやから。君もそれを望んでいるのやろう？

それにも返事はなかった。

カランクの崖で、石になった彼女が私に話しかけてきたのは人間の肉体を取り戻して、もう一度私とやり直したかったからではないのか。

私は、自分の手のひらを広げてみた。幼稚園のころ、万里枝と砂場で一緒にトンネルを作って彼女の手を探り当てたときの感動がよみがえってきた。もう一度この手で万里枝の生身の肌を感じたい。

私は何も言わない万里枝をしばらく眺めていた。

万里枝に手を伸ばし、葉の束を手の中にゆっくりと包み込んだ。そして、彼女の手を砂の下から見つけたあの時みたいに強く握り締めた。

葉がぷちんと音を立ててちぎれた。手をひらいてみる。ちぎれた葉が指の隙間から滑り落ちた。

私は床に落ちた葉と万里枝をしばらく見比べていた。相変わらず、彼女はなんの反応も示さなかった。急に部屋の温度が下がり、体が冷たくなった。

これは万里枝ではない、ただの椿なのだ。そのことを私は悟り、全身の力が抜けていった。

机の上に置かれた便箋に目を落とした。私はもう一度彼女の手紙を読み、内容を嚙みしめた。

ふいに彼女の叫び声が私の心の中に飛び込んできた。万里枝はカランクの崖に立ち、私の名前を大声で呼びながら地中海へ落ちていったのだ。その姿が映像としてくっきりと私の目の前に浮かんできた。

どうして彼女は自分の胸のうちを私に直接打ち明けてくれなかったのだ。なぜこの手紙は晴彦に宛てられたものであって、私に宛てられたものでないのだ。

そう心の中で問うてからはっとなった。自分はいったい、何てバカなことを……。万里枝ではない、バカなのはこの私だ。どうして私は彼女を信用してやれなかったのだろう。幼稚園で初めて視線が合ったときから二人は強い絆で結ばれていたというのに。誰も入り込む隙のない強固な絆で。すべてを台無しにしてしまったのは、この私だ。

私は自分の愚かさに戦慄《せんりつ》した。

真実はこの手紙だけだった。それ以外のすべては私の虚構の産物だったのだ。

私は植木鉢をかかえると、それをベランダまで持っていき、思いっきりコンクリートにたたきつけた。

鉢は割れ、土が飛び散り、ちぎれた葉が空中を舞った。

もはや私の中で世界は終わった。いや、万里枝を信じることができなくなった十年前にすでに世界は終わっていたのだ。

突然、けもののような叫び声があたりの空気を破った。

私はのども張り裂けんばかりに慟哭《どうこく》した。

解説

書評家・青木《あおき》千恵《ちえ》

〝沙羅双樹《さらそうじゅ》の花の色、盛者必衰《じょうしゃひっすい》の理《ことわり》をあらはす〟。『平家《へいけ》物語』の冒頭《ぼうとう》に登場する沙羅双樹は、ナツツバキ（夏椿）の別名だ。ツバキ科ナツツバキ属の落葉高木で、梅雨《つゆ》の時期に花を咲かせる。黄色い雄しべに白い花びらをつけ、朝に咲き、夕方には散ってしまうことから、はかなさ、無常《むじょう》の象徴《しょうちょう》とされている。

本書は、白椿をモチーフにした長篇ミステリだ。両親に愛され、一人っ子としてのんびり育った望川貴《のぞみかわたか》は、幼稚園に転入してきた女の子、万里枝《まりえ》・プティと五歳の時に出会った。日本人とフランス人のハーフで、両親の離婚でフランス人の母と京都に越してきた万里枝は、肌の色がひときわ白く、グレーの瞳と赤い髪を持ち、他の園児と違う雰囲気《ふんいき》をまとっていた。視線が合った時、〈ついに自分と気持ちの分かち合える同類に出会えた〉と思った貴は、「自分が一人やと思ってる？」と話しかけて仲良くなる。砂遊びをしたり、お気に入りの絵本を読んだり。二人で夢中で遊んだ時から、貴は万里枝を大切な存在として見つめつづけた。ずっと一緒にいたくて同じ大学に進み、創作のサークル「カメリア」にそろって入部する。ところがサークルの一員で、日本を代表する財閥、西脇《にしわき》グループの御曹《おんぞう》司《し》、西脇忠史《ただふみ》が万里枝に接近してきて、焦《あせ》り始める。〈私の大切に育ててきた、この世で、いやこの宇宙で唯一《ゆいいつ》の花を、彼は、他の花よりちょっと珍しいからというだけの理由で、摘んでしまおうとしているのだ〉。心配で仕方がなくなった貴は、あることを企《たくら》む——。

物語は7章で構成され、第1章では貴と万里枝が出会って共に成長した、幼稚園から大学時代までの出来事が語られる。語り手は「私」で、大人になった貴がこれまでを回想しているかたちだ。五歳で出会い、小、中、高校と成長するうちに、貴と万里枝の関係は微《び》妙《みょう》に変化した。幼稚園の頃のお気に入りの絵本が『はらぺこあおむし』であるのは象徴的だ。食いしん坊のあおむしがいろいろな果物を食べて、最後に美しい蝶になる。メタモルフォーゼ（変身）のところで二人は同時に目を開き、蝶の美しさにうっとりしたものだった。小学生になると、万里枝は周囲となじみ、活発《かっぱつ》で明るい人気者になっていく。その変化を蝶だとすれば、人づきあいに一向に慣れず、小柄で太り気味、運動神経は鈍《にぶ》く、勉強も普通、いわゆる〝地味系男子〟の貴はあおむしのまま。引け目を感じて万里枝と距離を置き、思いを抱《かか》えながら、遠くから万里枝を見つめるだけでよしとしていた。

　本書は、岸田るり子さんの魅力が詰まった作品だ。登場人物の人生と心理が、「謎解き」と関わりあっているのである。まず第1章、京都市内のS大学に進学し、創作のサークル「カメリア」に入った貴と万里枝は、同学年のメンバーたちとグループになる。実は文学部に行きたかったが、財閥の跡継ぎとして経済学部に入学した西脇忠史。純文学志向で頭がきれる文学部国文学科の高田《たかだ》ちひろ。アイドルのような容姿で、西脇に好意を寄せている英文学科の沢口《さわぐち》ユリ。ユリ目当《めあ》てでサークルに入り、裕福で性格もいい西脇を妬《ねた》む法学部の田口光一《たぐちこういち》。貴は理学部、万里枝は文学部だ。それぞれに個性豊かで、京都市内のあちこちにグループで繰《く》り出すようすは、社会人になる前の学生時代のことが思い出されて懐《なつ》かしい。このあたりは青春群像もののつくりで、本書には青春小説の趣《おもむき》がある。

　もう子どもではないが、まだ社会人でもない。社会に出るまでの猶予《ゆうよ》期間、「モラトリアム」と呼ばれる大学時代は、見た目や親の財力といった「見えるもの」に翻弄《ほんろう》される時期である。比較的裕福な家に育った貴だったが、財閥御曹司の西脇と比べられたら勝ち目がない。地味な自分に引け目を感じ、万里枝のことをいちばん知っていると自負《じふ》しながら、「持っている」男の出現に心が千々《ちぢ》に乱れるのだ。そんな折、下宿に突然転がり込んできたのが異父兄の木村晴彦《きむらはるひこ》で、貴にとり、彼との出会いも衝撃だった。大学生になって初めて会った異父兄は、父母の美貌《びぼう》を受け継いだ見惚《みほ》れるような美青年だった。〈容姿というのは、人の人生を大きく左右するものなのだ〉と、改めて思い知る。自分が何者か分からないからこそ、周りと比べては揺れてしまう。希望と失望。人の内面で絶えず揺れ動く気持ちは、「鬱屈《うっくつ》」も含めて外からは見えない。「きっと、人は一生のうちに、山ほど人を傷つけているのでしょうね。本人が気がつかないだけで」と、本書の登場人物が言うセリフは、その通りだと思う。子どもから大人に成長していく中で、人は自分を知り、折り合いをつけていくのだが、若い頃は千々に乱れる。悩み多き青春時代なのである。

次に、京都を舞台にしているのも、岸田作品ならではだ。自然にグループになった「カメリア」のメンバーは、創作の種（題材）を求めて市内のあちこちに繰り出していく。著者の岸田るり子さんは京都府出身だ。詩仙堂《しせんどう》、祇園《ぎおん》、ねねの道など、熟知《じゅくち》する街の描写《びょうしゃ》が本書にはちりばめられていて、京都の街へと読者を誘《いざな》う。なかでも「白椿」の題材と深く結びついた場所が、沙羅双樹の寺として知られる東林院《とうりんいん》だ。妙心寺《みょうしんじ》塔頭《たっちゅう》・東林院には樹齢三百年を数える沙羅双樹の木があり、見頃の時期だけ特別公開される「沙羅の花を愛《め》でる会」に、メンバーで出かける。「たった一日で散ってしまう花やなんて、切ないわ」と万里枝がしみじみ言うのを聞いた貴は、苔《こけ》の上に散った沙羅の花に心引き寄せられる。ふいに着想し、空想を膨《ふく》らませて拵《こしら》えた一篇のファンタジー小説が、「見えない作中作」として本書の重要な要素になっている。

京都はまた、伝統と革新、寺社と自然科学が共生する街でもある。京都大学の山中伸弥《やまなかしんや》教授らのグループが、世界で初めて人工多能性幹細胞（iPS細胞）の作成に成功したのは二〇〇六年のこと。研究を推進《すいしん》すべく、二〇一〇年に京都大学iPS細胞研究所が開所され、山中教授は二〇一二年にノーベル生理学・医学賞を受賞している。この最先端のトピックにも触れている点は、京都ミステリとしての本書の特徴であり、面白さだ。

そして、本書は恋愛ミステリだ。万里枝を思う貴をはじめ、さまざまな恋のかたちが描《えが》かれ、恋愛で揺れ動く心理の描写が見事である。人が人を好きになる。恋愛は本当に不思議なもので、好きな人がいると人生に充実感《じゅうじつかん》を覚えて、いわゆる〝リア充〟の日々となるが、深みにはまって傷つくこともある。特に若い頃の恋愛は厄介《やっかい》だ。人生経験が少ない分、恋人のことで翻弄《ほんろう》されてしまう。

貴の母は離婚を経験していて、前夫との間にもうけた子どもが晴彦だ。恋を実《みの》らせて結婚しても、別れる場合がある。逆に、共に過ごした時間が短くても、相手のことが心に深く刻まれたなら、それは恋だ。思いのかたちは多様で、人への思いは「恋愛」に限らない。会えなくなった父の影を追って、万里枝が小説家を目指《めざ》したように、創作のサークルに個性さまざまなメンバーが集ったように、本書は、思いをかたちにする芸術についても問う物語だ。人の心は見えないし、分からない。思いがすべて叶《かな》うわけではないから、想像し、創造する。

青春、京都、恋愛、芸術、さまざまな要素が絡《から》まりあう本書は、見えないものをかたちにした「人の心のミステリ」だ。展開に驚かされ、真相が知りたくて引き込まれる。

人間の命は八十年くらいで、子どもから大人へと成長し、老《お》い、死を迎える。日本の成年年齢は二十歳とされていたが、二〇二二年四月から十八歳に引き下げられる。ただ、半世紀以上生きた私が振り返るに、二十歳の頃は「若かったなあ」と思う。またこれはごく個人的な連想なのだけれど、私は本書を読みながら、俳人の中村苑子《なかむらそのこ》さん（一九一三―二〇〇一）のことを思い出した。高齢になって活躍する人を紹介する新聞の連載企画があり、一九九六年に句集『花隠れ』（花神社）を刊行した中村苑子さんに、翌年にインタビューをした。当時八十四歳の中村苑子さんは着物を着こなし、とてもチャーミングだった。本書『白椿はなぜ散った』の中に〈世の酸《す》いも甘いも知った上で、それでも濁《にご》らない水〉という一節があるが、まさにそんな印象で、見事なたたずまいが心に残り、思い出された。

実は『花隠れ』には、「沙羅双樹」の章がある。沙は春、羅は夏、双は秋、樹は冬。久しぶりに本棚から取り出し、「鳴き急ぎ死に急ぐなよ初蟬《はつせみ》よ」の句に目を留めた。巻末の初句五十音索引から「夏」の季語を探して「ああ」と思うことがあったのだが、個人的な連想行動によるものだし、記さないことにする。ひとつ言えるのは、中村苑子さんの句が、いま読んで生き生きと胸に飛び込んできた事実だ。

本書は、岸田るり子さんの長篇第八作にあたり、二〇一一年八月に文藝春秋から刊行された。加筆・修正しての初文庫化である。単行本刊行から十年近く経《た》つが、いま読んで実に面白く、引き込まれ、胸打たれる。貴も万里枝も、晴彦も、物語の中で生き生きと生きている。森羅万象《しんらばんしょう》の中で滅びずに生き抜くのは、丹精《たんせい》込めて紡《つむ》がれた、驕《おご》りのない言葉なのだろう。読者が手に取れば、いつでも生き直す。

少々かちっとした感じで解説を書かせていただいたが、本書はミステリ、エンターテインメントで、謎解きの楽しみが味わえる。

また、作中に登場するブイヤベースが美味《おい》しそうで、食べたくなる。

すべての謎が解き明かされた時、あなたはどんな思いを抱《いだ》くだろう。

二〇二〇年五月

本書は2011年8月に文藝春秋より刊行されたものを加筆・修正をいたしました。なお、本作品はフィクションであり実在の個人・団体などとは一切関係がありません。

徳間文庫

白椿《しろつばき》はなぜ散《ち》った

2020年7月15日 初刷

著者 岸《きし》田《だ》るり子《こ》
発行者 小宮英行
発行所 株式会社徳間書店
東京都品川区上大崎三―一―一 目黒セントラルスクエア 〒141―8202
電話 編集〇三(五四〇三)四三四九 販売〇四九(二九三)五五二一
振替 〇〇一四〇―〇―四四三九二
印刷 製本 大日本印刷株式会社

ISBN978-4-19-894573-2 (乱丁、落丁本はお取りかえいたします)